TÖDLICHE

Jens Burmeister, 1967 in Wilhelmshaven geboren, ist promovierter Chemiker und arbeitet in der Pharmaforschung. Als Experte für das Weinanbaugebiet Mittelrhein veröffentlicht er Weinführer, kulinarische Krimis und Kurzgeschichten. Gemeinsam mit seiner Frau wohnt er in Leverkusen.

JENS BURMEISTER

TÖDLICHER RIESLING

Kriminalroman

emons:

Lust auf mehr? Laden Sie sich die »LChoice«-App runter, scannen Sie den QR-Code und bestellen Sie weitere Bücher direkt in Ihrer Buchhandlung.

Bibliografische Information der Deutschen Nationalbibliothek
Die Deutsche Nationalbibliothek verzeichnet diese Publikation in der Deutschen Nationalbibliografie; detaillierte bibliografische Daten sind im Internet über http://dnb.d-nb.de abrufbar.

© Emons Verlag GmbH
Alle Rechte vorbehalten
Umschlagmotiv: shutterstock.com/iravgustin
Umschlaggestaltung: Nina Schäfer, nach einem Konzept
von Leonardo Magrelli und Nina Schäfer
Umsetzung: Tobias Doetsch
Gestaltung Innenteil: César Satz & Grafik GmbH, Köln
Lektorat: Susanne Bartel
Druck und Bindung: CPI – Clausen & Bosse, Leck
Printed in Germany 2019
ISBN 978-3-7408-0615-6
Originalausgabe

Unser Newsletter informiert Sie regelmäßig über Neues von emons:
Kostenlos bestellen unter
www.emons-verlag.de

*Der höchste Genuss besteht
in der Zufriedenheit mit sich selbst.*

Jean-Jacques Rousseau
in »Émile oder Über die Erziehung«

Prolog

»Armin ist dein Sohn«, hatte sie mir durch das Gitter des Beichtstuhls zugeraunt. Ich suchte ihre Augen, fand nur ein feuchtes Glitzern darin. Ihre Stimme klang heiser. Vier Worte, die sich wie Giftpfeile in meinen Körper bohrten, mich nun langsam zersetzen. Armin. Wie oft habe ich in all den Jahren seine Hand geschüttelt, ihm nach dem Gottesdienst freundschaftlich auf die Schulter geklopft. Armin, mein Sohn. Wovor bin ich damals weggelaufen? Geradewegs in die Arme des Herrn. Den warmen Schoß der Kirche. Ich hätte es einfacher haben können. Heiraten, Familie, Enkelkinder vielleicht, irgendwann. Doch ich bin weggelaufen, so als hätte mich jemand magisch fortgezogen.

Bin eingezwängt, kann mich nicht bewegen. Mir ist heiß. Das Holz riecht staubig, modrig, atmet den Dreck der Jahrhunderte. Kühl läuft mir der Schweiß den Rücken hinunter. Dicke Tropfen. Das Kollar nimmt mir die Luft. Ich atme tief ein, wieder aus, konzentriere mich auf den Rhythmus meines Atems. Raus muss ich, raus hier. Aber ich kann nicht. Das unwillige Fleisch. Ich sitze. Und sitze. Erdrückt von der Last der Bilder. Warum musste sie damit so lange warten? Die vielen Fragen, die mir durch den Kopf wirbeln. Keine einzige davon habe ich ihr gestellt. Keine. Alles wie pulverisiert in diesem einen Augenblick.

Erst Mutter, jetzt Susanne. Zwei Frauen, die mich um mein Leben betrogen haben. »Vater ist nicht dein Vater. Biologisch, meine ich. Ich wollte es dir schon lange sagen, aber …Tut mir leid, du verstehst schon.«

Ja, ich verstehe, habe es zumindest versucht. So wie ich immer versucht habe, die Menschen zu verstehen, die ihre Schuld bei mir abladen.

Warum zweimal? Der Herr hat's gegeben, der Herr hat's

genommen. Wie oft ich das gepredigt habe. Leicht kamen mir Hiobs Worte über die Lippen. Hatten ja nichts mit mir zu tun. Die Beichtstuhltür nebenan wird geöffnet. Holz knarzt. Ich rieche Zigarettenqualm und Schnapsfahne. Ein Räuspern, gefolgt von den altbekannten Worten: »Vater, ich habe gesündigt.«

1

Jaspal Wöhler blieb stehen, stützte die Arme in die Hüften und beugte sich nach vorn. Er keuchte. Die kalte Luft schmerzte in seiner Lunge. Was war in letzter Zeit los mit ihm? Warum war er nach den paar Metern vom Pfarramt zur Bopparder Karmeliterkirche bereits so geschafft? Er war heute viel zu früh aufgestanden, die Strapazen der Weinernte steckten ihm in allen Knochen. Ein fatales Gemisch aus Plackerei und mentaler Anstrengung. Die Handlese in den steilen Lagen des Bopparder Hamm war wahrhaftig kein Kinderspiel. Wöhler musste die Lesemannschaft koordinieren, aufpassen, dass die Erntehelfer sorgfältig arbeiteten, sich an seine Anweisungen hielten. Sie machten so schnell Fehler. Erst gestern hatte er beobachtet, wie Wojciech Kowalski vollkommen gesunde Trauben auf den Boden fallen lassen und dafür die faulen geerntet hatte. So etwas konnte einen ganzen Jahrgang ruinieren! Immer wieder hatte Wöhler die Ärmel hochgekrempelt und selbst mit angepackt, ohne die Helfer aus den Augen zu lassen.

Wie erleichtert würde er sein, wenn er die letzte der orangefarbenen Lesekisten in den Anhänger gehievt und ins Weingut gebracht hätte. Anschließend würden die Trauben nochmals penibel von Hand selektiert, bis der Most endlich abgepresst werden konnte. Jeder musste sich hundertprozentig auf den anderen verlassen können. Und jeder musste verstehen, worum es hier ging. Um Qualität. Ohne Kompromisse. Die Aromen, die in den Beeren schlummerten, mussten mit Samthandschuhen angefasst werden, damit sie unbeschadet den Weg in die Flasche überstanden.

Obwohl Wöhler den Winzerjob erst seit einem halben Jahr machte, konnte er sich jetzt schon keine schönere Arbeit mehr vorstellen. Dieses komplexe Gebilde aus unwägbarer Natur, wirtschaftlichen Anforderungen und launischen Mitarbeitern durch alle Höhen und Tiefen zu steuern, das war genau das Richtige für ihn. Und als Aromaforscher, der er auch war, liebte er es, jeden Tag etwas Neues dazuzulernen.

»Qualität«, zischte Wöhler jetzt, presste die Lippen zusammen und ballte die rechte Faust. Als er sich aufrichtete und den Rücken durchdrückte, spürte er jeden Wirbel.

Er blieb vor der Kirche stehen, hielt den Atem an, schaute der als Traubenmadonna bekannten Marienfigur ins Gesicht. Bleich, oval, fein geschnitten. Die Augenbrauen schwangen sich zu filigranen, kühnen Bögen auf, eine römische Nase teilte das symmetrische Antlitz. Ihr Kindermund war schmallippig, wirkte entschlossen. Schauten ihre dunklen Mandelaugen ihn an, oder starrten sie in eine unbestimmte Ferne? Sie war von schlanker Statur, trug ein fließendes, bodenlanges Kleid, darüber einen samtroten Umhang mit Goldbesatz. Der hauchdünne Kopfschleier fiel ihr locker auf die Schultern, auf dem blonden Haar saß eine goldene Krone. In der rechten Hand lag etwas Eiförmiges, Goldenes, während sie mit der linken schützend das Jesuskind umfasste. Der Knabe versuchte, nach der goldenen Traube zu greifen, doch Maria hielt ihn sanft, aber bestimmt davon ab. Von links wuchs ein Rebstock zwischen den Pflastersteinen die Wand hinauf. Er schwang sich über den Kopf der jungen Frau, die reifen Rieslingtrauben hingen schwer und prall herunter, als könnten sie die Ernte kaum erwarten. In den schmiedeeisernen Zaun vor der Mauernische mit der Marienfigur hatte jemand einen Rebzweig mit inzwischen angetrockneten roten Trauben gesteckt. Eine Gabe für die Muttergottes? Die Blätter waren mittlerweile welk und freudlos, für immer abgeschnitten vom Lebenssaft, dem sie ihre Existenz verdankten.

»Hey, Jaspal! Was ist los? Flirtest du mit der Traubenmadonna?«

Erschrocken fuhr Wöhler herum, schaute in das vom Joggen rote Gesicht des jungen Winzerkumpels. »Mann, Daniel, bist du verrückt? Denk an mein schwaches Herz!«

»Klar, besonders wenn's um die Frauen geht, ist es sehr schwach, hab ich recht? Aber seitdem die fesche Elisabetta wieder auf Sizilien ist, sieht es bei dir ja eher mau aus.« Daniel schob die Kapuze seines grauen Hoodies nach hinten und wischte sich den Schweiß von der Stirn. Während er weiter auf der Stelle joggte, um den Rhythmus nicht zu verlieren, wischte er sich die Brille mit den kreisrunden Gläsern notdürftig an seinem Shirt ab. »Jetzt mal im Ernst, Jaspal, was treibt dich in aller Herrgottsfrühe hierher? Du hast doch sonst nichts mit der Kirche zu tun.«

»Stimmt. Seit Köln hab ich keine Kirche mehr betreten. Aber ich suche Kaltenborn.« Wöhler rieb sich die Augen und gähnte.

»Jetzt lass dir doch nicht alles aus der Nase ziehen! Was willst du vom Herrn Pfarrer?« Daniel erhöhte die Frequenz, mit der seine grellgrünen Laufschuhe den Boden berührten, so als wollte er in wenigen Sekunden wieder durchstarten. Ein dicker Schweißtropfen quoll aus seiner Stirn, rann hinunter und verlor sich in der linken Augenbraue.

Wöhler senkte die Stimme, schaute vorsichtig nach links und rechts, sprach im Flüsterton. »Es geht um die Vinea. Wenn wir Kaltenborn auf unserer Seite hätten, könnte das den Knoten endlich zum Platzen bringen. Du weißt, wie viel Einfluss er auf die Gemeindemitglieder hat und wie dicke er mit den meisten Winzern ist. Nie hätte ich gedacht, dass es eine solche Knochenarbeit ist, die Mittelrhein-Winzer auf eine gemeinsame Sache einzuschwören.«

»Sind alles Individualisten. Ich weiß das. Auf mich könnt ihr jedenfalls zählen. Vinea Rhenus Media. Der Name ist Musik in meinen Ohren! Es müsste doch mit dem Teufel zugehen, sollte es Paul und dir nicht gelingen, die störrischen Mittelrhein-Winzer zu überzeugen. Wenn nicht euch, wem dann?«

»Das mit dem Teufel hast du schön gesagt.« Wöhler ließ seinen Blick erneut über das Gesicht der Traubenmadonna gleiten, bevor er sich wieder an Daniel wandte. »Aber lass gut sein, ich will dich nicht vom Sport abhalten!« Er klopfte ihm auf die Schulter.

Daniel zog die Kapuze über den Kopf und klatschte mit Wöhler ab. Er raunte noch verschwörerisch: »Maria – Beschützerin der Trauben und des Weines«, dann sprintete er los.

Kopfschüttelnd schaute Wöhler ihm nach, bevor er sich umdrehte und die Stufen zum Hintereingang der Kirche emporstieg.

Er drückte gegen die massige Holztür, die knarrend nachgab, und betrat den schummrigen Innenraum des imposanten Gotteshauses. Kurz blieb er stehen, lauschte in die Stille und sog den süßlich-schweren Weihrauchduft ein. Als er an der Zitrusnote die Sorte Angelus erkannte, grinste er zufrieden.

Sein Blick schweifte über die dunkelbraunen Holzbänke und die verblichenen Fahnen der Nachbarschaften, die von den seitlichen Säulen herabhingen. Sie erinnerten ihn daran, dass die Tradition der nachbarschaftlichen Vereinigungen in Boppard bis ins Mittelalter zurückreichte. Das Kirchenschiff war menschenleer, vom Pfarrer keine Spur. Wöhler wandte sich nach links, passierte einen Altar und blieb vor der ersten der mächtigen Säulen, die die beiden Kirchenschiffe teilten, erneut stehen.

Er betrachtete den hölzernen, mit Gold übergossenen Schaukasten, der an der Säule befestigt war. Drei gekreuzigte Männer, zu deren Füßen zwei Frauen und ein Mann in goldenen Gewändern trauerten. Wieder sog er den intensiven Weihrauchduft ein und registrierte diesmal eine metallische Note, die seiner feinen Aromaforschernase bislang entgangen war. Er atmete stoßweise ein und in einem Zug wieder aus, genau so, wie er es in der praktischen Aromaausbildung gelernt hatte. Was war das? Der metallische Geruch kam ihm bekannt vor, doch es gelang ihm nicht, ihn zuzuordnen. Wöhler rieb sich die Nase und ging gemessenen Schrittes weiter in das zweite, etwas größere Kirchenschiff. Der Weihrauch, die Stille, die feierliche Atmosphäre des Ortes ließen ihn immer ruhiger werden, beinahe vergessen, warum er hier war.

Sein Blick fiel linker Hand auf einen Altar, eingerahmt von hohen gotischen Bogenfenstern, durch die das Morgenlicht hereinflutete. Zu beiden Seiten des Altars standen dunkle, kunstvoll verzierte Bänke vor einer hohen, prächtig gearbeiteten Holzwand. Das war vermutlich das Chorgestühl, in dem einst die Mönche ihren Platz gehabt hatten. Leibhaftig konnte er sie vor sich sehen, die Männer in ihren braunen Kutten mit überdimensionierten Kapuzen, unter denen sie ihre feisten rotwangigen Gesichter verbargen. In Wahrheit saß gerade natürlich niemand im Chor. Und auch der Rest des Kirchenschiffes war verwaist. Von Kaltenborn keine Spur.

Wöhler gähnte, ließ sich auf die Holzbank in der zweiten Reihe fallen. Er würde einfach ein paar Minuten dasitzen und warten. Vielleicht käme der Pfarrer ja noch. Er hatte gesagt, dass ein Kollege den sonntäglichen Gottesdienst, der in St. Severus stattfand, übernommen hatte, in der Bopparder Hauptkirche konnte er also nicht sein. Warum hatte er, Wöhler, sich eigentlich nicht Kaltenborns Handynummer geben lassen? Er war wohl etwas aus der Übung, was Kommunikation betraf, das wäre ihm in seiner Zeit als Chef-Forscher der Rheinischen Aroma Fabriken mit Sicherheit nicht passiert. Damals hatte seine Sekretärin alle wichtigen Telefonnummern für ihn gespeichert. Doch inzwischen war er halt ein bodenständiger Winzer – und mächtig stolz darauf. Er stellte immer noch Aromen her, aber natürliche, nicht dieses künstliche Zeug, das er in Köln entwickelt hatte.

Er kniff die Augen zusammen, betrachtete die Scheiben der Kirchenfenster zu beiden Seiten des Altars. Fast hätte er vergessen, dass es sein Freund und Kompagnon, Paul Zeehse, gewesen war, der der Kirche die prächtigen Fenster spendiert hatte. Sie wirkten wie der Stempel des 21. Jahrhunderts auf diesem mittelalterlichen Bauwerk, das die Zeiten überdauert hatte. Wöhler grinste und stellte sich vor, wie Paul durch die Kirche getobt sein musste. Mal aus Frust über die Unfähigkeit der Handwerker, mal aus Begeisterung darüber, dass seine

Vorstellung sich endlich in einem Kunstwerk materialisierte. Gewiss hatte der Pfarrer seine helle Freude an Wöhlers Künstlerfreund gehabt.

Wöhler hörte ein Knarren, drehte sich um und sah, wie die Hauptpforte der Karmeliterkirche sich langsam öffnete, eine Frau hereinschaute und zögerlich, mit vorsichtigen Schritten, das Gotteshaus betrat. Ihre rötlichen Haare betonten ihre helle Haut. Sie ging leicht gebeugt, schaute erst nach links, dann nach rechts, in Richtung des Beichtstuhls. So leise, dass Wöhler es kaum verstehen konnte, raunte sie: »Claus, bist du hier?« Als ihr Blick Wöhler streifte, blieb sie abrupt stehen, strich sich ihre Locken hinter die Ohren. Dann sahen sie einander in die Augen. Wöhler spürte, wie das Blut in seinen Kopf stieg. Wo war er dieser Frau schon mal begegnet?

Sie senkte den Kopf, wandte sich ab und verließ die Kirche mit schneller werdenden Schritten, ohne sich noch einmal umzudrehen.

Wöhler rieb sich nachdenklich über das Kinn, stand ruckartig auf und ging links aus der Bankreihe heraus. Er drehte sich nach rechts, lief an der Außenwand des Kirchenschiffes entlang, bevor er das Kreuzgewölbe unter der Orgelempore betrat. Auf einem achteckigen Podest in einer Mauernische saß abermals die Muttergottes vor einem goldglänzenden Wandmosaik. Diesmal lag der tote Sohn auf ihren Knien. Maria schien den Karmelitern wirklich ans Herz gewachsen zu sein. Bei ihrem Anblick dachte Wöhler wieder an die unbekannte Rothaarige. War er ihr tatsächlich schon einmal begegnet? Und wenn ja, wo?

Er beschloss, die Kirche zu verlassen. Er musste zurück ins Weingut, konnte nicht noch länger auf den Pfarrer warten. Er verließ den Kreuzgang, schritt auf die Eingangstür zu. Da war er wieder. Dieser metallisch-süßliche Geruch, ein bisschen wie Rost. Jetzt viel intensiver als zuvor. Blut, schoss es Wöhler durch den Kopf. Na klar, warum hatte er das nicht sofort erkannt? In der Karmeliterkirche roch es eindeutig nach Blut! Sein Blick durchsuchte nochmals die Kirche und blieb am Beichtstuhl hängen. Er hatte drei Türen, wobei die mittlere dem Pfarrer vorbehalten war. War da nicht ein Schatten hinter ihr, schemenhaft durch die hellbraun getönte Scheibe zu erkennen? Wöhler änderte seine Richtung, beschleunigte seinen Schritt und blieb vor dem Beichtstuhl stehen. Da saß wirklich jemand. Vorsichtig klopfte er gegen die Tür.

»Hallo, alles in Ordnung?« Die Antwort blieb aus. »Kann ich Ihnen helfen?« Wöhler klopfte abermals, merkte, dass die Tür sich öffnen ließ, und erstarrte.

Auf einem Holzstuhl, eingezwängt in den engen Bretterverschlag, lehnte Pfarrer Claus Kaltenborn an der Rückwand des Beichtstuhls. Sein Kopf war unnatürlich nach hinten gekippt, sein Gesicht rot. Blutrot. Die Augen waren zugeschwollen, hatten sich zu zwei kleinen krebsroten Ballons verformt. Die Nase war unförmig und platt gedrückt, getrocknete Blutrinnsale verliefen aus beiden Nasenlöchern in Richtung Mund, die Lippen waren an mehreren Stellen aufgeplatzt. Mit zittrigen Fingern berührte Wöhler die Halsschlagader des Geistlichen, versuchte, einen Puls zu erfühlen. Doch da war nichts. Wöhlers Hirnzellen führten einen Veitstanz auf, Gedanken wirbelten durcheinander. Sollte er Erste Hilfe leisten, oder war es dafür bereits zu spät? Nein, es war definitiv zu spät! Er befand sich an einem Tatort, und das Einzige, was er für den Toten noch tun konnte, war, die Polizei zu rufen.

Er stolperte ein paar Schritte rückwärts, ließ sich auf die am nächsten stehende Kirchenbank fallen. Er schwitzte, wischte sich über die Stirn. Seine Finger zitterten noch immer, als er den Notruf wählte. »Jaspal Wöhler hier. Ich bin in der Karmeliterkirche in Boppard und habe gerade den Pfarrer Claus Kaltenborn gefunden.« Wöhler stockte, atmete tief ein. »Er ist tot, hat keinen Puls. Sieht aus, als wäre er verprügelt worden. Sie müssen sofort kommen.« Er ließ seinen Atem entweichen. Es klang wie ein Seufzer.

»Vielen Dank für Ihren Anruf, Herr Wöhler«, sagte der

Beamte am anderen Ende. »Bitte bleiben Sie vor Ort. Wir schicken unverzüglich einen Notarzt und eine Streife.« Es knackte in der Leitung, und das Gespräch war beendet.

Wöhler würgte. Die Geruchsmischung aus Blut und Weihrauch löste bei ihm Schwindel aus. Bildete er sich das ein, oder hörte er ein leises »Kyrie eleison« aus dem Chorraum des Hauptschiffes? Hatte sich dort ein Mönchschor versammelt, oder litt er plötzlich unter Wahnvorstellungen?

Um sich zu beruhigen und die Halluzinationen loszuwerden, wandte Wöhler den Blick vom blutüberströmten Pfarrer hin zu den fünf hohen Kirchenfenstern an der Nordwand des Seitenschiffs. Paul hatte in jedem von ihnen eine auffällig farbige Madonnenfigur platziert. Im mittleren fand Wöhler die Pieta wieder, die er gerade noch in der Mauernische im Kreuzgang bewundert hatte. Das nächste zeigte die Traubenmadonna mit einer goldenen Rieslingtraube in der einen und dem Sohn Gottes in der anderen Hand. Paul hat viel Wert darauf gelegt, die Rieslingtraube so naturgetreu wie möglich abzubilden, dachte Wöhler.

Immer wieder hatten ihre gemeinsamen abendlichen Gespräche im Weingut oder in Pauls Villa an der Bopparder Promenade die bedeutenden Themen des Lebens umkreist, während die eine oder andere Flasche Riesling geleert wurde. Doch vor der Beantwortung der Gretchenfrage, was ihn dazu bewogen hatte, diese beeindruckenden Fenster anfertigen zu lassen und sie der Kirche zu schenken, hatte Paul sich stets gedrückt. Einen christlichen Lebenswandel konnte man ihm wahrhaftig nicht unterstellen. Wöhler verschränkte die Arme vor der Brust. Hatte sein Kompagnon am Ende aus schlechtem Gewissen gehandelt? Oder gedacht, dass es mit Sicherheit nicht schaden könnte, ein paar Argumente für die Diskussion an der Himmelspforte parat zu haben?

Wöhler selbst hatte lange nicht mehr über das Motiv für die Schenkung nachgegrübelt. Dafür hatte ihm ganz einfach die Zeit gefehlt. Viel zu schnell war das Leben an ihm vorbeigerauscht.

Jetzt blickte er zur Seite, senkte aber sofort wieder den Kopf. Ihm schauderte, wenn er auch nur wenige Sekunden in das Gesicht des toten Pfarrers blickte.

Ein paar Minuten später wurde die Hauptpforte geöffnet, und ein Notarzt und zwei Polizisten eilten in die Kirche. Der Arzt marschierte auf den Beichtstuhl zu und begann sofort mit der Untersuchung, während die Beamten Wöhlers Personalien aufnahmen, ihm Fragen stellten und sich Notizen machten. Irgendwann nuschelte der Notarzt etwas, wovon Wöhler nur die Worte »Exitus« und »Gewaltverbrechen« verstand, und der jüngere der beiden Polizisten griff nach seinem Smartphone.

»Hauptkommissar Brenner hier. Melde einen Leichenfund in Boppard. Rheinallee vierundvierzig. Verdacht auf Gewaltverbrechen, Auffinder ist noch vor Ort.« Er stutzte. »Ja, klar meine ich den, wo die Leich aufgefunden hat.« Er wurde lauter: »Ja, in der Karmeliterkirch. Also, macht hin und schickt die Kripo mit großem Besteck. Wir sichern den Fundort.« Er legte auf, schüttelte verständnislos den Kopf und presste »Sesselfurzer« hervor, wobei er eine betont verächtliche Grimasse zog.

Als der Notarzt mit der Untersuchung des Toten fertig war, kam er auch zu Wöhler und erkundigte sich, ob alles in Ordnung sei.

»Körperlich ja. Der Rest wird seine Zeit brauchen.« Wöhler schaute in Richtung des Beichtstuhls.

Der Notarzt nickte, leuchtete Wöhler zur Sicherheit noch mit einer Taschenlampe in die Augen, um sich zu vergewissern, dass die Pupillen reagierten, klopfte ihm auf die Schulter und verabschiedete sich. Für ihn gab es hier nichts mehr zu tun. Er würde den Rechtsmediziner telefonisch informieren und den Totenschein ausstellen.

In der wieder stillen Kirche gingen die beiden Polizisten Richtung Hauptpforte, wo sie einige leise Worte wechselten und sich dabei mehrmals nach Wöhler umsahen.

Dessen Herz schlug schneller. Hielten die beiden ihn etwa

für den Mörder? Als sein Handy klingelte, holte er es hektisch aus der Jackentasche und schaute auf das Display. Seine Mutter rief aus Indien an. Wöhler holte tief Luft, nahm ab, bemühte sich um einen sanften Tonfall. »Hallo, Mutter, was für eine Überraschung. Schön, dass du dich mal wieder meldest! Ich hätte dieser Tage auch angerufen.« Er rieb sich das linke Auge.

»Hallo, Lieblingssohn. Was ist los mit dir? Du klingst müde. Und lüg mich nicht an.«

»Nie, Mutter. Ich weiß doch, dass ich dir nichts vormachen kann.«

»Und dir? Was machst du dir vor?«

»Mir selbst? Gar nichts. Ich habe gerade einen toten Pfarrer im Beichtstuhl gefunden. Ist übel zugerichtet worden. Wahrscheinlich ein Gewaltverbrechen. Mir ist schlecht, ich will einfach nur raus aus der Kirche, aber ich muss auf die Kriminalpolizei warten. Fürchterlich, in unmittelbarer Nähe des Toten zu sitzen!« Wöhler versuchte sich zusammenzureißen, biss die Zähne zusammen und drückte den Rücken durch.

»Das ist ja schrecklich, Jaspal! Wenn ich doch jetzt nur bei dir sein könnte! Aber ich habe eine Überraschung für dich. Morgen Nachmittag holt mich ein Taxi vom Aschram ab.«

»Und wo soll's hingehen?«, fragte Wöhler vorsichtig, seine Vorahnung verdrängend.

»Na, erst mal Neu-Delhi. Das ist von Goa eine Tagesfahrt. Dort übernachte ich, dann geht's per Flieger nach Frankfurt und dann mit dem Zug direkt zu dir. Ist alles schon organisiert. Übermorgen Abend, so gegen acht, bin ich bei dir. Holst du mich vom Bahnhof ab?«

Wöhler schloss die Augen, biss noch fester als zuvor die Zähne aufeinander.

»Jaspal, was ist los? Habe ich dich sprachlos gemacht?«

»Natürlich nicht, Mutter. Ich freu mich einfach nur so, dass du mich besuchst.«

»Schon gut, mein Sohn. Ich weiß, für dich muss alles immer schön seine Ordnung haben. Da kommst du ganz nach deinem

Vater. Aber ich wollte halt erst alles organisieren und dich dann überraschen.« Ihre Stimme klang enttäuscht.

Wöhler dachte an die Weinlese und an den toten Pfarrer und seufzte tief. Seine chaotische Mutter hatte mal wieder zielsicher den schlechtesten Zeitpunkt für einen Besuch erwischt. »Ich freu mich wirklich, Mutter. Ist nur gerade ein bisschen hektisch hier. Wir sind mitten in der Weinlese, und außerdem sitze ich –«

»Aber genau deshalb komme ich doch vorbei, Jaspal, weil ich dir helfen will! Ich hab in meinem Leben schon mehr Trauben gelesen, als du gesehen hast. In dieser Hinsicht hat dein Vater nie etwas an mir auszusetzen gehabt.«

»Das weiß ich, Mutter. Und natürlich hole ich dich vom Bahnhof ab und richte das Gästezimmer picobello her.«

Wöhler schaute in dem Moment auf, als die Hauptpforte mit einem kräftigen Ruck aufgestoßen wurde. Ein hochgewachsener Mann mit zurückgegeltem lockigen Haar, rosafarbenem Hemd und kariertem Jackett betrat die Kirche, gefolgt von einer schlanken Brünetten in dunklem Kostüm und High Heels, die sich interessiert umblickte. Jaspal Wöhler traute seinen Augen nicht.

2

Ein paar Minuten früher

»So, jetzt aber«, murmelte Hauptkommissar Stephan Bäumler und trat das Gaspedal bis zum Anschlag durch. Während er ein leichtes Schwindelgefühl verspürte, beobachtete er mit Genugtuung, wie der Tachometer auf hundertsiebzig drehte und der Traktor im Rückspiegel zu einem grünen Punkt zusammenschmolz. Er liebte diese kurzen Glücksmomente auf der Straße, kostete sie mit jeder Faser seines Körpers aus. Rechts raste das herbstliche Gelbgrün der Reben an ihm vorbei, links flogen die Schiffe den Rhein hinunter. Jetzt ging es in eine weite Linkskurve, hinter der er das Bopparder Ortsschild erblickte. Er bremste auf sechzig runter, verließ die B 9 und bog ab auf die Rheinallee, auf der es bereits von Ausflüglern und Sonntagsspaziergängern wimmelte.

Bäumler bremste so scharf, dass die Reifen quietschten, zog das Auto nach rechts, legte den Kopf in den Nacken und schloss kurz die Augen. Vor ihm schob im Schneckentempo ein gebeugter weißhaariger Mann mit grauer Strickjacke einen Rollator über die Straße. Dabei fletschte er seine gelbbraunen Zähne so sehr, dass man Angst bekam, sie könnten jeden Moment herausfallen. Bäumler seufzte, trat wieder aufs Gaspedal und schaffte es gerade noch, die Kurve in die Karmeliterstraße zu nehmen und auf dem Parkplatz neben der Kirche zum Stehen zu kommen. »Das Bächle ist wie üblich schon da«, grummelte er, während er neben dem Audi A4 der Kollegin parkte.

Er stieg aus, schaute durch die Seitenscheibe des anderen Wagens. Sigrid Bächle telefonierte mit ernster Miene und hatte ihn noch nicht bemerkt. Ihre rot lackierten Fingernägel hoben sich effektvoll von dem weiß glänzenden Smartphone ab. Holte sie sich letzte Anweisungen vom Chef, bevor es zur Besichtigung der Leiche ging? Immer einen Schritt voraus, das war doch genau ihre Art. Bäumler klopfte gegen die Scheibe.

Bächle fuhr erschrocken herum, winkte ihm fahrig zu, beendete schnell das Gespräch und entstieg dem Auto so grazil, als würden sie dabei Hunderte von Kameras filmen. Vor dem Wagen richtete sich die Kommissarin auf, warf das braune Haar mit einer schnellen Kopfbewegung nach hinten und strich mit einer lässigen Bewegung ihr perfekt sitzendes Jackett glatt, während sie die Hand ignorierte, die Bäumler ihr hinhielt.

Businesswoman durch und durch, dachte er. Sogar am Sonntagmorgen. »Einen wunderschönen guten Tag, Frau Bächle«, unterbreitete er ihr sein Friedensangebot.

»Morgen, und nun übertreiben Sie mal nicht. Einen Leichenfund würde ich nicht als wunderschön bezeichnen.«

»Nein, natürlich nicht. Damit meinte ich eigentlich auch den jungen Tag, die klare Luft und Ihre überaus reizende Erscheinung!«

»Vergessen Sie es, Bäumler. Aus Ihnen wird kein Poet mehr. Der Chef hat mir nochmals eingeschärft, dass wir hier mit größter Umsicht vorgehen müssen. Wenn die katholische Kirche involviert ist, ist Sensibilität gefragt.«

Bäumler biss sich auf die Lippen und sparte sich eine Erwiderung.

Zwei Polizisten, die vor der Kirche standen, grüßten knapp, stießen das Tor zur Karmeliterkirche auf, ließen Bäumler und Bächle passieren. Die beiden Männer schienen einen Sinn für den dramatischen Auftritt zu haben.

Bäumler ging in die Kirche, blieb abrupt stehen. »Wöhler?«, sagte er erstaunt.

»Den kenn ich doch auch«, zischte Bächle.

Mit einem knappen »Morgen, Herr Wöhler« grüßten beide Kommissare den Aromaforscher, der auf einer Kirchenbank in der Nähe des Beichtstuhls kauerte, mit gekrümmtem Rücken, den Kopf in die Hände gestützt. Doch zunächst galt die volle Aufmerksamkeit der Kommissare der Leiche.

Bäumler schluckte, unterdrückte einen Würgereiz. »Wurde ganz schön zugerichtet, der Arme«, flüsterte er.

»Sieht aus, als wäre das Genick gebrochen, so unnatürlich, wie der Kopf nach hinten gekippt ist«, meinte Bächle mit rauer Stimme.

Der Hauptkommissar kratzte sich nachdenklich am Kopf. »Ob die Kirche auch der Tatort ist?«

»Eine tödliche Prügelei direkt vor dem Beichtstuhl? Und anschließend hat der Täter ihn reingestoßen?« Bächle deutete mit dem rechten Arm eine schiebende Bewegung an. »Muss aber nicht genau hier passiert sein. Die Kirche ist groß genug, es gibt viele Möglichkeiten, wo eine Prügelei mit Todesfolge hätte stattfinden können.«

»Nicht immer diese voreiligen Schlüsse, Herr Bäumler. Ich schlage vor, Sie befragen Herrn Wöhler, und ich koordiniere derweil die Spurensicherung.«

Der Hauptkommissar seufzte. »Wie Sie wünschen.« Er machte auf dem Absatz kehrt.

Bächle zückte ihr Smartphone und verließ die Kirche. Sicher wollte sie dem Chef Informationen aus erster Hand liefern. Na ja, sollte sie doch.

Bäumler klappte ein zerfleddertes Notizbuch auf und wandte sich an Wöhler. »Ich hätte nicht gedacht, dass wir uns so bald wiedersehen. Sie haben den Pfarrer also gefunden?«

»Erst habe ich ihn gar nicht bemerkt. Aber dann habe ich das Blut gerochen und gesehen, dass jemand im Beichtstuhl saß. Ja – und dann habe ich die Tür geöffnet. Ein schreckliches Bild. Wird mir nie mehr aus dem Kopf gehen.«

»Sie haben das Blut gerochen?«

Wöhler kniff die Lippen zusammen, nickte.

Bäumler schrieb etwas in sein Büchlein. »Was wollten Sie denn zu dieser Zeit in der Kirche? Nein, lassen Sie mich raten. Sie wollten doch nicht etwa beichten?«

»Nein, ich hatte einen Termin mit Herrn Kaltenborn. Eigentlich bei ihm zu Hause. Aber er war nicht da, und seine Haushälterin meinte, er wäre entweder im Pfarramt oder in der Karmeliterkirche.«

»Kaltenborn? Das ist der Name des Toten?«

»Ja, Claus Kaltenborn. Vorname mit C, Nachname mit K.«

»Worum sollte es bei Ihrem Termin gehen?«

»Um die Vinea Rhenus Media. Eine Winzervereinigung, die ich gemeinsam mit meinem Geschäftspartner Paul Zeehse gründen will. Pfarrer Kaltenborn wäre der ideale Multiplikator gewesen.«

Bäumler runzelte die Stirn. »Vinea wie?«

»Vinea Rhenus Media. Zu Deutsch: mittelrheinische Weinrebe.« Wöhler buchstabierte die lateinischen Worte in das Notizbuch des Hauptkommissars.

Als ein Knarren erklang, drehte sich Bäumler um und beobachtete, wie Bächle mit einem Trupp weiß gekleideter Männer mit Aluminiumkoffern die Kirche betrat. Vorneweg schritt die Koblenzer Rechtsmedizinerin mit den dicken Brillengläsern, die Bäumler bereits kannte.

»Herr Bäumler, darf ich Sie etwas fragen?«, meldete sich Wöhler zögerlich zu Wort.

»Aber bitte doch.«

»Warum ermittelt die Kölner Polizei in diesem Fall?«

Bäumler lachte, merkte, dass sein Verhalten pietätlos wirken könnte, und hielt sich schnell die Hand vor den Mund. »Tut sie nicht, Herr Wöhler. Ich bin seit Kurzem bei der Koblenzer Kripo. Und wirklich seltsam, dass wir uns schon wieder an einem Leichenfundort treffen. Nun ja, die Welt ist klein.« Er musterte Wöhler kritisch.

»Was schauen Sie mich so an? Denken Sie vielleicht, mir macht das Spaß? Erst im Spätsommer eine Leiche in der Steillage vor meiner Haustür und jetzt das hier. Ist doch völlig verrückt!« Wöhler massierte sich den Nacken.

»Solange Sie nicht wieder anfangen zu ermitteln, soll das für mich okay sein.«

»In der Hinsicht habe ich keinerlei Ambitionen, Herr Bäumler, das garantiere ich Ihnen. Ich werde nicht noch einmal in die Wohnung eines Verdächtigen einbrechen, um dort nach Beweisen zu suchen, nur weil Sie mir nicht glauben. Es sei denn, Sie zwingen mich dazu.«

»Na schön. Dann lassen wir das mal so stehen. Ist Ihnen denn irgendetwas aufgefallen, als Sie die Leiche gefunden haben? Und sei es auch noch so nebensächlich?«

Wöhler schaute hoch zur Kirchendecke. »Doch, jetzt, wo Sie so direkt danach fragen. Das hätte ich fast vergessen.«

Bäumler wartete gespannt. Es waren genau diese frischen, womöglich unscheinbaren Details, die es bei einer Ermittlung zu sichern galt.

»Da war eine Frau mit rötlichen Haaren, die kurz in die Kirche kam und eilig wieder verschwand, als sie mich sah. Sie schien nach jemandem zu suchen.«

»Kannten Sie die Dame?«

Wöhler stutzte, schien nachzudenken. »Ich hatte den Eindruck ...«

»Ja?«

»Ach, schon gut. Nein, ich kannte die Dame nicht.«

Sekundenlang schwiegen die beiden Männer. Das Murmeln der Kriminaltechniker erfüllte die Kirche wie die Gespräche der ersten Gäste in einer Großkantine zur Mittagszeit.

»Sonst noch etwas? Denken Sie genau nach.«

Wöhler schüttelte den Kopf.

»Na dann. Ihre Personalien haben wir ja noch. Hier die Visitenkarten von meiner Kollegin und mir. Bitte halten Sie sich zu unserer Verfügung. Wir werden uns bei Ihnen noch wegen eines Termins im Präsidium melden.«

Die zwei verabschiedeten sich voneinander.

Bäumler blickte Wöhler hinterher, der die Kirche mit eiligen Schritten verließ. Dann wandte er den Blick Richtung Sigrid Bächle, die sich bückte, mit dem behandschuhten Zeigefinger über den Boden wischte und das Ergebnis eingehend betrachtete. Sie schien etwas entdeckt zu haben und winkte zwei Kriminaltechniker herbei, die sofort eine Flasche aus ihrem Koffer holten und mit deren Inhalt den Kirchenboden besprühten. Täuschte Bäumler sich, oder sah er plötzlich tatsächlich ein blaues Leuchten auf dem Stein?

Die Rechtsmedizinerin kam auf Bäumler zu, zupfte zaghaft an seinem Arm. Ihre dicken Brillengläser verkleinerten die eng beieinanderstehenden, ohnehin winzigen Augen noch stärker. »Frau Vahlbruch-Wiesendank. Wir hatten vor einiger Zeit bereits das Vergnügen, oder irre ich mich?«, fragte der Hauptkommissar.

»Vahlbruch-Wesendonck, wenn ich bitten darf, Herr Bäumler.«

»Genau. 'tschuldigung … Und? Was meinen Sie?«

»Sie wissen, dass ich so früh … Also, ich meine, ohne Obduktion kann ich natürlich überhaupt noch nichts sagen.«

Bäumler verzog das Gesicht, als hätte er plötzlich heftige Zahnschmerzen. Er erinnerte sich noch allzu gut an die durcheinanderpurzelnden Satzfragmente der Koblenzer Rechtsmedizinerin mit dem eigenwilligen Doppelnamen. »Versuchen Sie es doch wenigstens, Frau Vahlbruch-Wesendonck. Mir zuliebe«, brachte er mit einer Stimme hervor, die zuckersüß klingen sollte, aber an ein Reibeisen denken ließ.

»Also, glauben Sie nicht, dass ich mich … Also, einwickeln lass ich mich nicht, denken Sie das bloß nicht. Todeszeitpunkt, den wollen Sie doch wissen, nicht wahr? Ich schätze, vor zehn bis fünfzehn Stunden, also, das heißt gestern am vorgerückten Abend.«

Bäumler nickte, machte sich eilig Notizen. »Und? Ist er im Beichtstuhl …?«

»Glaube ich kaum. Wurde zusammengeschlagen, ist dann ganz klar hingefallen und Genickbruch. Also, eindeutig außerhalb. Dann wurde er hindrapiert.«

»Sonst noch was?«

Die Medizinerin nickte und holte tief Luft. Doch ihre Antwort blieb ihr im Halse stecken, da Bächle ihr zuvorkam.

»Dürfte ich bitte auch erfahren, was Sie herausgefunden haben, Frau Dr. Vahlbruch-Wesendonck?«

Die Angesprochene seufzte, ließ dann aber einen zusammenfassenden Wortschwall aus ihrem Mund sprudeln. »Und außerdem«, beendete sie ihren Monolog, »habe ich dieses Heftchen in der Soutane des Toten gefunden.« Sie präsentierte den Beamten ein Notizbuch.

Bächle griff danach und blätterte es eilig durch. »Ein Terminkalender. Für jeden Tag ist ein Bibelspruch abgedruckt, darunter stehen kryptische Einträge, die von Hand vorgenommen wurden.« Sie krauste die Stirn. »Der hier ist von gestern: ›Danket dem Herrn und rufet an seinen Namen; verkündigt sein Tun unter den Völkern!‹«

»Und der kryptische Eintrag?«, hakte Bäumler gespannt nach.

»›S. in B.E.‹, dann: ›Beichte S., 20:00‹«, las Bächle nachdenklich vor.

»Sex in B.E.? Vielleicht eine Abkürzung für den Plan, in einen Puff zu gehen? Ganz schön lebenslustig, der Herr Pfarrer«, platzte es aus Bäumler heraus. Er hatte den Kalauer einfach nicht zurückhalten können, und sein Lachen durchbrach die sakrale Stille.

Auch über das Gesicht der Rechtsmedizinerin huschte ein Grinsen.

Bächle zog vorwurfsvoll die Augenbrauen hoch. »Mensch, Bäumler, wenn Sie doch nur einmal etwas Unerwartetes sagen würden. Ohne Anhaltspunkte kommen wir damit nicht weiter, aber ›Beichte S., 20:00‹, die Notiz könnte doch etwas mit dem Todeszeitpunkt zu tun haben, oder?«

Vahlbruch-Wesendonck nickte.

»Wöhler erwähnte eine Frau, die vor Kurzem die Kirche betreten haben, dann aber schleunigst wieder verschwunden sein soll. Vielleicht ein Indiz?«, versuchte sich Bäumler an einem betont sachlichen Tonfall.

»Nun lassen Sie uns doch erst mal das Ergebnis der Obduktion abwarten, Herr Kollege.«

»Na schön, wie Sie wünschen, Frau Bächle. Haben Sie denn gar nichts gefunden? Keine Spuren, die uns weiterhelfen, vielleicht Blut auf dem Boden …?«

»Wir sind fertig hier. Sie bekommen dann unseren Bericht, Frau Bächle«, meldete pflichtschuldig der größte der Kriminaltechniker. Er war ein Schlacks mit Spargelbeinen, kantigen Schultern und einem winzigen eiförmigen Kopf auf dem langen Hals. Auf sein Zeichen verließ der kriminaltechnische Tross, inklusive Rechtsmedizinerin und Pfarrer im Zinksarg, die Karmeliterkirche.

Sofort legte sich eine drückende Stille wie schwarzer Samt über die sakrale Stätte, die die Kommissare nun ganz für sich hatten. Bäumler schaute erwartungsvoll Bächle an, die hoch konzentriert im Terminkalender des Toten blätterte und seinen Blick nicht zu bemerken schien. Einer spontanen Eingebung folgend, setzte er sich auf den Platz des Pfarrers im Beichtstuhl. Die Kriminaltechniker hatten den Stuhl sauber hinterlassen.

Jetzt endlich nahm Bächle Notiz von ihm, warf ihm einen vorwurfsvollen Blick zu, wandte sich ab und stöckelte genervt davon. Bäumler lehnte sich zurück, lauschte in die Stille. Er sammelte sich, spürte, dass er bereit war. Bereit dafür, S. das heilige Sakrament der Beichte zu spenden. Wer auch immer sich hinter S. verbergen mochte. Jetzt wusste er immerhin, wie es sich anfühlte, wenn man kurz davorstand, die Sünden einer armen Seele zu hören.

Meine Beine zittern. Die Hände, ich kann sie nicht kontrollieren.
Mein Herz hämmert. Es zersprengt mir den Brustkorb.
Ich schlage zu, noch mal. Und noch mal. Meine Faust kracht
in sein Gesicht. Gut, dass ich Handschuhe trage. Seine Augen
schwellen zu. Es knackt. Das war die Nase. Ich bin außer mir
vor Wut, Blut rauscht in meinen Ohren, ich bin wie von Sin-
nen. Er strauchelt, fällt, landet auf dem Hinterkopf. Fassungslos.
Will was sagen, röchelt aber nur. Sein Blick bricht. Blut, alles
voller Blut. Warum habe ich das getan? Aber er ist doch selber
schuld, hat's nicht besser verdient. Warum musste er mich auch
provozieren? Selber schuld ist er, selber schuld!
Meine Hände, endlich hört ihr Zittern auf. Durchatmen.
Durchatmen. Ruhiger muss ich werden, muss einen kühlen Kopf
bewahren. Sie werden nicht lockerlassen, das ist klar. Werden
mir alles nehmen, was ich habe. Ich brauche Geld. Mehr Geld.
Muss die Sache noch viel schneller, viel effizienter durchziehen.
Aber wie um Himmels willen? Wie?

3

Bäumler rückte den Bürostuhl dichter an den Schreibtisch heran, starrte auf den Computerbildschirm. Die Webseite wurde von plüschigem Rot bestimmt, im Menü konnte er aus den Kategorien »Über uns«, »Girls«, »Ambiente«, »Preise« und »Kontakt« auswählen. Er klickte auf »Girls«. Im Zeitlupentempo baute sich eine neue Seite auf. Zwölf teils blutjunge, teils leicht verbraucht wirkende Frauen räkelten sich knapp bekleidet auf dem Monitor. Manche trugen Dessous, andere reckten dem Betrachter die nackten Brüste entgegen. Ihre Gesichter waren verpixelt. »Bel Étage – Deine Eintrittskarte ins Paradies« lautete die Überschrift. Bäumler stützte den Kopf in die rechte Hand und musterte die Mädchen, deren Dienste angepriesen wurden. Erst die Bürotür, die aufflog, riss ihn aus seinen Gedanken.

Bächle stolzierte herein. Heute trug sie hautenge Bluejeans, dazu hohe braune Stiefel. Sollte wohl nach Arbeit aussehen. Was für ein Weib, dachte Bäumler und konnte nicht umhin, die Wandlungsfähigkeit der Kollegin zu bewundern.

Bächle stellte sich hinter ihn und schaute entsetzt auf den Bildschirm. »Mensch, Bäumler, muss das denn sein? Können Sie sich das nicht für Ihren Feierabend aufsparen? Den Chef wird's sicher freuen, wenn er davon Wind bekommt!«

»Sie glauben doch nicht im Ernst …?«

»Jetzt soll das auch noch beruflich sein, oder was?«

Bäumler drehte sich um, sah in Bächles unergründlich dunkle Augen.

Sie neigte den Kopf, grinste kurz, setzte aber eilig wieder eine ernste Miene auf.

»Schauen Sie mal auf den Namen des Puffs. ›Bel Étage‹, klingelt da was?« Bäumler lächelte so zuckersüß, wie er konnte.

Bächle tippte sich mit dem Finger an die Stirn. »Das glauben

Sie doch wohl selbst nicht, Herr Kollege. Sind Sie immer noch auf diesem Trip? Der Pfarrer soll also zum Sex im ›Bel Étage‹ gewesen sein, bevor er ›S.‹ die Beichte abgenommen hat? Und selbst wenn, was bringt uns das?«

»Das werden Sie schon sehen. Erst mal müssen wir den Tagesablauf des Opfers so minutiös wie möglich rekonstruieren. Und sobald sich jemand von der *schönen Etage* an den Herrn Pfarrer erinnert, sind wir ein Stückchen weiter. Lassen Sie mich einfach machen.«

»Sie verrennen sich da«, murmelte die Kommissarin und verschanzte sich hinter ihrem großformatigen Monitor.

Das Büro, das die beiden sich teilen mussten, war schlauchförmig und so eng, dass die Schreibtische mit der Langseite dicht aneinandergerückt standen, damit jedem noch Platz für einen Stuhl blieb. Neben der Tür stand ein kleiner Besprechungstisch. Bächle hatte ihren Bildschirm so platziert, dass er Bäumler den Blick versperrte, Bäumlers kleiner Monitor stand rechts von ihm. Hinter Bächles Schreibtisch prangte der Stadtplan von Koblenz, daneben ein Wandkalender, in den sie ihren Urlaub eingetragen hatte. Sie hingegen musste auf das Wappen des 1. FC Köln sowie auf ein signiertes Foto der Meistermannschaft von 1978 schauen. Er hatte ihr schon mehrfach vorgeschlagen zu tauschen, aber sie wollte nicht. Wahrscheinlich befürchtete sie, dass hereinkommende Kollegen sie dann für eine Fußballproletin halten würden.

Bäumler klickte die Webseite des Bordells weg, verschränkte die Arme hinter dem Kopf, lehnte sich auf dem Stuhl zurück und lauschte dem Klappern von Bächles Tastatur, das nach heftigem Regen klang, der auf ein Zeltdach trommelt. Es war einer jener Momente, in denen er sich fragte, warum er sich nicht vehementer gegen die Versetzung nach Koblenz vor zwei Monaten gewehrt hatte. Er hatte einen neuen, jungen und sehr ehrgeizigen Chef bekommen, der gemeint hatte, Bäumler tue es nach fünfundzwanzig Dienstjahren in Köln mal gut, seinen Horizont zu erweitern. Außerdem sei er ja ungebunden. In

Wahrheit wollte dieser Karrierist ihn, ein altes Eisen, nur entsorgen, um ein willfähriges junges Talent auf Bäumlers Posten hieven zu können.

Und so war er hier gelandet. Ausgerechnet in Koblenz. In einem Betonpräsidium mit orangefarbenen Jalousien, das den Charme eines Plattenbaus versprühte. Die graue Trutzburg wäre der Stasi-Zentrale würdig gewesen. Heute Morgen hatte er am Eingang zum Präsidium ein Plakat gesehen:»Fahndungserfolg: Karriere!«, stand darauf. Und darunter:»Komm zur Polizei Rheinland-Pfalz«. Dass ich nicht lache, dachte er.

Aber so schnell würde er sich nicht unterkriegen lassen. Er griff nach der Boulevardzeitung, die er vorhin am Kiosk gekauft hatte, und überflog den Bericht über den Leichenfund in der Karmeliterkirche.»Die Polizei macht keine weiteren Angaben über den Ermittlungsstand.«Was gut so war. Darunter ein Artikel, der ihn sofort in seinen Bann zog.»Hier, Frau Bächle, das müssen Sie unbedingt hören!« Laut las er vor:»Ufos über Burg Stahleck. Pressekonferenz am Samstagabend. Die verrückte Ufo-Sekte, die seit einem guten Jahr unser romantisches Mittelrheintal aufmischt, hat in den historischen Burgsaal geladen. Die internationale Presse lauscht gespannt, als Maître Dionysos (61), bürgerlich Jürgen Matthusen, sein Erweckungserlebnis im Hunsrück schildert. Das grüne Männchen, das dem Raumschiff entstiegen sei, habe ihm persönlich den Auftrag gegeben, den er nun ausführe. Der Zulauf wissbegieriger Jünger sei gewaltig, Burg Stahleck werde schon bald zu eng für die Anhänger des Weingottes sein. Alois Hinterbach (46), Leiter des Tourismusverbandes Mittelrhein, lobt die Sekte für ihr Engagement. ›Seitdem die Dionysos-Jünger sich in Bacharach niedergelassen haben, steigen die Übernachtungszahlen in der Region. Zwanzig Prozent mehr Tagesgäste in einem Jahr, das ist eine sensationelle Entwicklung‹, so Hinterbach …«

Bäumler hielt inne, da Bächle mit der flachen Hand auf ihre Schreibtischplatte geschlagen hatte.

Jetzt lugte sie hinter ihrem Monitor hervor und rief mit kratziger Stimme:»Es reicht, Bäumler, ich kann diesen Quatsch echt nicht mehr hören. Diese schwachsinnige Story wird auch durch ständiges Wiederholen nicht besser. Sind denn am Mittelrhein jetzt alle verrückt geworden?«

Bäumler schmunzelte, faltete die Zeitung zusammen und legte sie zurück auf den Schreibtisch. Er hatte sein Ziel erreicht, die Kollegin aus der Reserve gelockt.»Was meinen Sie eigentlich zu Wöhler? Ist seine Aussage glaubhaft?«

Bächle schüttelte unwillig den Kopf.»Wieso denn nicht? Ist Herr Dr. Wöhler Ihnen vielleicht zu seriös? Ich kann mir jedenfalls nicht vorstellen, dass er den Pfarrer brutal zusammengeschlagen hat. Und nach einem überstandenen Kampf sah er nun auch nicht gerade aus.«

»Na schön. Und die unbekannte Dame?«

»Die könnte ein erster Anhaltspunkt sein. Das Phantombild erscheint mir aussagekräftig. Wöhler verfügt über eine exzellente Beobachtungsgabe. Vielleicht fällt ihm ja noch etwas Sachdienliches zu der Frau ein. Für alle Fälle hat er ja unsere Handynummern.« Bächle strich sich eine Haarsträhne aus dem Gesicht.»Natürlich können wir das Bild nicht veröffentlichen, sie ist ja keine Verdächtige.«

»Aber es so lange rumzeigen, bis jemand sie erkennt, das können wir schon«, brummte Bäumler, als jemand zaghaft an die Tür klopfte.

»Herein«, flötete Bächle.

Nichts geschah.

»Herein«, polterte Bäumler, doch wieder passierte nichts.

Durch die getönte Glastür war der Umriss eines kleinen Mannes zu erkennen. Bäumler schaute auf die Uhr, stand auf, murmelte:»Muss der Kaplan sein, den ich einbestellt habe«, und öffnete die Tür.

Mit unsicheren Schritten betrat eine schmächtige Person das Büro. Ihr Priesterkragen leuchtete so weiß wie ein fabrikneuer Tischtennisball.

Man gruppierte sich um den winzigen Besprechungstisch,

dann ergriff Bächle die Initiative: »Schön, dass Sie gekommen sind, Herr Kamp. Wie ich hörte, hat Jesus Sie also vor einem Jahr nach Boppard geführt. Und – haben Sie sich bereits eingelebt?« Der Kaplan nestelte an seinem Kollar. Sein Gesicht ähnelte dem einer Spitzmaus, und genauso hektisch blickte er abwechselnd zu Bäumler und Bächle. »Eingelebt? Wie meinen Sie? Zeit brauche ich. Ankommen braucht Zeit und Geduld, verstehen Sie?«

»Wem sagen Sie das, Herr Kaplan.« Bäumler schaute zu Bächle, wartete auf eine Reaktion.

Doch die fragte ungerührt weiter. »Dann sind Sie also noch nicht angekommen?«

»Kennen Sie die Sage von den indischen Trägern, die einfach auf dem Boden sitzen blieben, anstatt weiterzugehen?«

»Nein«, antworteten die Kommissare unisono.

»Als der Expeditionsleiter sie zum Weiterlaufen auffordert, antworten sie: ›Wir können nicht. Wir müssen warten, bis unsere Seelen nachgekommen sind.‹ Genau das haben wir in unserer unruhigen Zeit doch alle verlernt, zu warten.«

Bäumlers Augen weiteten sich. Er bohrte sich einen Finger ins rechte Ohr und überließ Bächle die Antwort.

»Das haben Sie wirklich schön gesagt, Herr Kamp. Aber jetzt müssten wir mal loslegen: Wie war denn Ihr Verhältnis zu Herrn Kaltenborn?«

Der Kaplan schien von dieser einfachen Frage überrumpelt. Für Bäumlers Geschmack dachte er einen Moment zu lange über die Antwort nach, bevor er sich schließlich einen Ruck gab. »Herr Kaltenborn war ein sehr tüchtiger Dechant. Ein wahrer Menschenfischer«, antwortete er mit Nachdruck.

»Menschenfischer? Könnten Sie das konkretisieren?«, setzte Bächle nach.

»Na ja … Er mochte die Menschen. Besonders … Also, wenn ich es recht überlege, mochte er besonders die Frauen.« Wieder schaute der Kaplan aufgeregt vom einen zum anderen und legte dann die Hand vor den Mund, als bereute er seine Worte schon.

Bäumler trommelte mit den Fingern auf dem Tisch, während Bächle mit gesenkter Stimme weiterfragte. »Ist das nicht schwierig in Ihrem Beruf?«

»Na ja, schon. Aber er hat sie gerne angefasst. Frauen ... War halt ein bisschen unheimlich.«

»Unheimlich?«

»Ja, bei unserem Gemeindefest im letzten Jahr hat er mir erzählt, er würde sie gerne berühren. Den meisten hat es wohl gefallen, aber den einen oder anderen Ehemann hat er damit schon gegen sich aufgebracht.«

»Aha. Darüber hat die Gemeinde sich bestimmt mokiert. Gab es sonst noch etwas, über das die Leute geredet haben?«

»Es wurde ja so viel geredet, Frau Bächle. Viel zu viel. Natürlich auch über Grace.«

»Grace?«, fragte Bächle.

»Die Haushälterin. Die sehen wir nachher noch«, warf Bäumler genervt ein. Er hasste es, wenn eine Befragung im Schneckentempo voranging.

Bächle ignorierte Bäumlers Bemerkung und bohrte geduldig weiter. »Und was wurde über sie geredet?«

»Passte natürlich nicht allen, dass die schwarze Haushälterin bei ihm wohnte. Viele dachten, dass die beiden ein Verhältnis hätten.«

»Und? Hatten Sie?«

»Woher soll ich das denn wissen? Fragen Sie sie doch selbst!« Der Kaplan wischte sich über seine mittlerweile schweißnasse Stirn.

»Na schön. Hatte Herr Kaltenborn denn sonst noch Feinde, neben Rassisten und eifersüchtigen Ehemännern?«, schaltete Bäumler sich wieder ins Gespräch ein.

»Aber klar. Den Guru natürlich. Ich dachte, das wüssten Sie!«

»Den Guru?«, fragten die beiden Kommissare wieder unisono.

»Ja, den von der Ufo-Sekte, diesen Bacchus oder wie immer

er sich nennt. Den hat er mit aller Macht bekämpft, wollte ihn aus dem Tal vergraulen. War ja auch gut so, dass jemand dem mal die Stirn bot!«

Bäumler schaute zu der Zeitung, die auf seinem Schreibtisch lag, und kratzte sich am Kinn. »Hochinteressant«, murmelte er, schaute auf seine Armbanduhr. »Wir müssen dann auch, Frau Bächle«, raunte er seiner Kollegin zu, bevor er sich vom Kaplan verabschiedete. Genugtuung lag in seinem Blick.

Während Bächle ihre Dienstlimousine über die Europabrücke steuerte, betrachtete Bäumler das dunkelblau schimmernde Moselwasser.

»Muss nur kurz wenden, dann geht's wieder zurück auf die B 9. Bevor Sie fragen«, erklärte die Kommissarin unaufgefordert ihre Route.

»Schon klar. Ich fühle mich bei Ihnen sehr gut aufgehoben«, antwortete Bäumler sarkastisch und zwang sich dazu, nicht allzu offensichtlich auf Bächles wohlgeformte Oberschenkel zu starren.

Als es klingelte, drehte Bächle das Radio leiser, was Bäumler mit einem erleichterten Seufzer quittierte. Xavier Naidoo gehörte definitiv nicht zu seinen Favoriten. Lieber rockte er zu den Rolling Stones ab.

»Sigrid Bächle hier?«

»Frau Bächle, gut, dass ich Sie direkt erreiche«, antwortete ein müde klingender Bass aus der Freisprechanlage. »Haben Sie einen Moment Zeit, oder ist es gerade schlecht?«

Bächle schaute kurz zu Bäumler, zögerte mit der Antwort.

»Hallo, Herr Jagemann, schießen Sie los. Was gibt's Neues von der KTU?«, knurrte der Hauptkommissar.

»Ach, Sie sind beide …? Na, ist ja auch besser so. Also, wir sind bereits mit unserer Auswertung fertig.«

»Soll heißen?« Bäumler war schon wieder viel zu ungeduldig.

»Also, laut Spurenlage wurde Herr Kaltenborn auf dem Parkplatz neben der Kirche zusammengeschlagen, dann in die

Kirche geschleppt und schließlich im Beichtstuhl abgelegt.«
Jagemann bemühte sich, schnell zu sprechen. Er holte kaum
Luft, verschluckte Buchstaben.

»Wie viele Täter, wissen wir das schon?«, fragte Bächle.

»Also, es scheint ein einzelner gewesen zu sein. Und nicht
gerade ein Schwächling.« Jagemann hustete und klang nach zu
vielen Zigaretten. Als seine Stimmbänder wieder frei waren,
fuhr er fort. »Wir haben einen Fußabdruck sichergestellt, der
vom Täter stammen müsste. Leider nur einen einzigen und
dazu nur unvollständig abgeformt im Schotter des Parkplatzes.
Größe vierzig bis zweiundvierzig, ausgeprägtes Profil. Ich tippe
auf schwere Stiefel oder Wanderschuhe.«

»Klasse, Herr Jagemann. So viel haben wir nicht immer. Sonst
noch etwas, was uns weiterhelfen könnte?«

»Ruhig Blut, Frau Bächle, ich war doch noch gar nicht fertig.« Jagemann räusperte sich. Ein unangenehmes Geräusch, so
als würde Metall auf Metall reiben.

Bäumler spürte ein aufdringliches Jucken in den Ohren,
lauschte aber gespannt auf das, was nach dem nächsten »Also«
kommen würde.

»Also, es scheint einen Autounfall gegeben zu haben. Wir
haben Splitter eines Vorderscheinwerfers gefunden. Auf Kaltenborns Namen war eine alte E-Klasse zugelassen, Baujahr 1995.
Die Splitter passen. Das waren doch die ersten Fahrzeuge der
210er-Baureihe. Die mit den coolen elliptischen Scheinwerfern.
Das Vieraugengesicht. Sie wissen, was ich meine, Herr Bäumler?«

»Na klar«, erwiderte der Hauptkommissar trocken.

»Und weiter? Haben Sie auch Kaltenborns Fahrzeug sichergestellt? Das mit dem Vieraugengesicht?«, presste Bächle
schnippisch hervor.

Bäumler musterte protestierend grunzend das Profil seiner
Kollegin.

»Also, nein. Vom Fahrzeug keine Spur, obwohl wir den Parkplatz und die nähere Umgebung sehr gründlich überprüft haben. *Niente. Nothing.* Nichts.«

»Verstehe.« Bächle bremste so hart, dass das Auto ein Stück rutschte, bevor es zum Stehen kam. »Danke, Herr Jagemann. Das ist doch schon mal etwas. Kollege Bäumler und meine Wenigkeit müssen jetzt zur nächsten Befragung. Sie sind so lieb und schicken Ihren Bericht per Mail, ja?« Ohne eine Antwort abzuwarten, legte sie auf.

Der Schotter des Parkplatzes knirschte unter den Schritten der Kommissare. Schweigend marschierten sie nebeneinander an der Karmeliterkirche vorbei und über die Christengasse in die Eltzerhofstraße. Bäumler versuchte, die Bilder beiseitezuschieben, die ihm nicht aus dem Kopf gehen wollten. Der Autounfall auf dem Parkplatz. Ein kräftiger Mann mit schweren Stiefeln, aber kleinen Füßen, der den Pfarrer zu Brei schlägt, in die Kirche schleppt, im Beichtstuhl ablegt und vielleicht noch die begangene Todsünde beichtet, bevor er sich eilig davonmacht, um unbeobachtet zu entkommen. Was hatte der Pfarrer ihm bloß getan? Was hatte ihn so verdammt wütend gemacht?

Sie erreichten das hell gestrichene Pfarramt. Mit der dunklen Tanne, die den Vorgarten beschattete, der alten Holzbank daneben und dem Rosenbogen über dem Eingang mutete es verwunschen an. Nach Anmeldung über die Gegensprechanlage öffnete sich die Tür mit einem Summen.

»Die Treppe hoch bitte, in den ersten Stock!«, rief eine mädchenhaft klingende Stimme.

Bächle ließ Bäumler den Vortritt, und so war es an ihm, als Erster das Büro der Gemeindereferentin zu betreten.

Die Frau mit der jugendlichen Stimme eilte hinter ihrem Schreibtisch hervor und reichte den Kommissaren die Hand, die sich feucht und weich anfühlte.

Margarete Pellworm war eine kleine, rundliche Frau Mitte fünfzig mit unreiner Haut und brauner, abgetragener Strickjacke. Bäumler hatte den Eindruck, als hätte sich die Mädchenstimme in einen völlig unpassenden Körper verirrt, und stellte amüsiert fest, dass die Farbe ihrer Strickjacke genau die ihrer zerzausten dunkelbraunen Haare hatte.

»Darf ich Ihnen etwas anbieten? Tee, Kaffee, Wasser? Ach bitte, setzen Sie sich doch«, sprudelte es aus dem personifizierten Wollknäuel hervor.

»Danke nein und danke«, antworteten die Kommissare und nahmen auf den Holzstühlen Platz, die vor dem Schreibtisch platziert waren.

Pellworm verschwand hinter dem Tisch und räumte zwei Zeitschriftenstapel beiseite, um ihre Gesprächspartner überhaupt sehen zu können. »Bitte entschuldigen Sie die Unordnung, aber Sie glauben nicht, was hier momentan los ist.« Wie zur Bestätigung klingelte das Telefon.

»Kirchengemeindeverband Boppard, Pellworm hier. – Ach, Sie? – Nein, das tut mir leid. Da müssten Sie bei der Polizei nachfragen. – Ja, danke schön und auf Wiederhören.« Mit Schwung landete der Hörer auf der Station. »Presse. Als hätte ich nicht schon genug um die Ohren. Wie die Kakerlaken!« Die Besitzerin der Mädchenstimme rieb sich die Augen, nahm einen Kugelschreiber in die Hand und drehte ihn zwischen den Fingern. »Was kann ich denn jetzt für Sie tun?«

»Erst mal herzliches Beileid. Herrn Kaltenborns Tod ist sicher ein schwerer Schlag für Sie.« Bäumler starrte fasziniert auf den Kugelschreiber, der sich immer schneller drehte.

»Wenn Sie wüssten. Der Herr Dechant war doch das Beste, was uns jemals passiert ist. Wir sind alle noch wie gelähmt.« Eine Träne kullerte aus ihrem linken Auge, wurde von einem Pickel abgelenkt und rasch fortgewischt.

»Wissen Sie, was Herr Kaltenborn am Samstagabend in der Karmeliterkirche gewollt haben könnte?« Heute war es wohl an ihm, Bäumler, die Befragung zu leiten, Bächle protokollierte eifrig in ihr Tablet.

»Er liebte die Karmeliterkirche über alles. Dort fühlte er sich dem Herrn besonders nah. Erst recht, seit Paul Zeehse die neuen Fenster gespendet hatte.«

»Hm. Dann wissen Sie also nicht konkret, was er dort wollte? Sie haben keinen Zugriff auf seinen Terminkalender?«

»Sehe ich aus wie eine Sekretärin? Sie haben wohl keine Vorstellung davon, was eine Gemeindereferentin heutzutage zu leisten hat. Immer stärker erwartet man von uns, dass wir den Priestermangel ausgleichen!« Rote Flecken hatten sich auf ihren Wangen gebildet, und ihre Stimme hatte sich noch eine halbe Oktave höher geschraubt.

»Schon gut, Frau Pellworm«, brummte Bäumler, griff in die Innentasche seines knallgelben Jacketts und holte den Kalender des Pfarrers hervor. »Würden Sie das hier bitte mal lesen? Herr Kaltenborn trug diesen Terminplaner bei sich, als wir ihn … Na, Sie wissen schon.«

Bächle kommentierte Bäumlers Feingefühl mit einem Zischlaut und demonstrativem Kopfschütteln, während Bäumler sich weit vorbeugte, um den aufgeklappten Kalender über den Schreibtisch zu reichen.

Mit zitternden Händen nahm die Gemeindereferentin ihn entgegen, las laut vor: »›S. in B.E. Beichte S. um 20:00.‹ Keine Ahnung, was das heißen soll. Tut mir leid.« Vorsichtig strich sie mit dem Finger über die Seite, und wieder kullerte eine Träne aus ihrem linken Auge.

»Na schön. Dann kennen Sie vielleicht diese Dame?« Bäumler reichte ihr das Phantombild, das nach Wöhlers Beschreibung angefertigt worden war.

Pellworm warf einen kurzen Blick darauf, sah rasch wieder hoch und kniff die Augen zusammen. »Nein, warum? Wer soll das sein?«

»Das wüssten wir gerne, Frau Pellworm. Bitte denken Sie genau nach.« Bäumler war nicht entgangen, dass inzwischen auch der Hals der Gemeindereferentin feuerrot leuchtete.

»Nein«, wiederholte sie blitzschnell, ohne noch einmal auf das Bild geschaut zu haben, und reichte es Bäumler zurück.

»Danke Ihnen. Sollten Sie sich doch noch erinnern, dann sagen Sie uns bitte Bescheid. Herr Kaltenborn war also sehr beliebt?«

»Aber ja doch. Er war so gutmütig. Ein wahrer Vater. Nein,

ein Hirte. Der gute Hirte, der sich rührend um seine Schafe kümmerte. Um Alt wie Jung, Mann wie Frau. Er fehlt uns so sehr, das können Sie sich gar nicht vorstellen.« Sie rieb sich die Augen, kämpfte gegen die nächste Tränenflut an.

Bäumler räusperte sich und blickte zu Bächle, die eifrig weitertippte, anstatt Notiz von ihm zu nehmen. »Hatte er Feinde? Können Sie sich an einen Streit in letzter Zeit erinnern?«, fragte er mit rauer Stimme.

»Feinde? Streit? Nein, alles war harmonisch. Allerdings … nur so lange, bis seine Haushälterin bei ihm einzog, dieses schwarze Biest. Mit der ging es los. Entschuldigung, aber so war es nun einmal.«

»Grace …«

»Muchingiari«, warf Bächle ein und tippte sofort weiter.

»Genau. Was war also mit der Haushälterin, Frau Pellworm?«

»Sie passte überhaupt nicht zu ihm. Und auch nicht zu uns. Zur Gemeinde. Wollte ja nie was …« Mitten im Satz hielt sie inne, da Bächles Handy klingelte, die Kommissarin aufsprang und den Raum verließ.

Bäumler schob seinen Oberkörper nach vorne und schaute konzentriert in das gerötete Gesicht hinter dem Schreibtisch. »Was wollte Frau Muchingiari nie?«

»Sie wollte nichts mit der Kirche, mit uns als Gemeinde zu tun haben. Alle waren so nett zu ihr, aber sie hat uns mit Füßen getreten. Selbst im Privathaus des Pfarrers hat sie angefangen, ihre Götzen aufzustellen.«

Bäumler zog die Augenbrauen hoch. »Und deswegen gab es Streit? Wegen unterschiedlicher religiöser Auffassungen?«, fragte er nach, selbst überrascht über seine Geduld.

»Sicher. Sie sagen das so abfällig, als wäre das eine Sache, die keinen Streit rechtfertigen würde!«

Ihre hohe Stimme schmerzte in seinen Ohren. Na klar, Religion ist immer einen Streit wert. Man denke nur an Kreuzzüge, Islamismus … *Imagine there's no heaven*, ging es Bäumler plötzlich durch den Kopf, und seine Mundwinkel verzogen sich leicht. »Haben Sie jemals eine Auseinandersetzung zwischen den beiden mitbekommen?«

»Konkret? Ich hab die beiden ja selten zusammen erlebt. Aber warten Sie. Vor Kurzem war ich wirklich live dabei. Ich stand vor seiner Haustür, um den Herrn Dechant abzuholen, zur Wallfahrt nach Windhausen. Das liegt an der Mosel, und dort gibt es eine Schwarze Madonna. Er hatte vorgeschlagen, gemeinsam zu gehen, auch Frau Muchingiari sollte dabei sein.« Die Gemeindereferentin mit der Mädchenstimme kratzte sich hinter dem Ohr. Ihr glühendes Gesicht strahlte den Feuereifer eines Erzengels aus. »Während ich wartete, streichelte ich Aaron, den Schäferhund. Plötzlich schrie sie aus dem ersten Stock herunter, er solle sie gefälligst in Ruhe lassen und allein mit dem Friedhofsgemüse wandern gehen.«

»Friedhofsgemüse?«

»Ja. Exakt das war ihre Wortwahl. Ordinäres Biest! Ihr Ausbruch war dem Herrn Dechant sehr peinlich, er antwortete etwas Nettes, schloss eilig die Tür und tat so, als wäre nichts gewesen. Dabei sah er so traurig aus, dass ich ihn am liebsten in den Arm genommen hätte. Aber das ging natürlich nicht.«

Die Vorstellung, wie das winzige, runde Wollknäuel den kräftigen Pfarrer umarmte, amüsierte Bäumler. Zudem fand er die Tatsache, dass Kaltenborn seine Haushälterin trotz religiöser Differenzen nicht einfach vor die Tür gesetzt hatte, hochinteressant. »Nicht gut, solche Unstimmigkeiten. Gab es noch andere Streitigkeiten im Umfeld von Herrn Kaltenborn, von denen Sie wissen?«

»Aber ja doch. Sie müssen mir schon zuhören, Herr Kommissar. Ich sagte doch, dass es mit der Schwarzen losgegangen ist. Und dann kam der Guru. Der hat Herrn Kaltenborn das Leben so richtig schwer gemacht. Der verführt die Jugend zu Sex und Drogen, wäscht ihr das Gehirn, missbraucht sie für seine Zwecke. In letzter Zeit hat Herr Kaltenborn über nichts anderes mehr geredet. Innerhalb von Sekunden war er dann in

Rage. Er wollte die Sekte verbieten lassen und den Guru anzeigen. Wenn Herr Kaltenborn einen Feind hatte, dann Matthusen: den widerwärtigen Maître Dionysos.«

Bächle kam ins Büro zurück, immer noch mit dem Handy am Ohr.»Besten Dank für Ihren Anruf. Das hilft uns bei den Ermittlungen weiter. Bitte sagen Sie sofort Bescheid, wenn Sie noch was haben.« Sie beendete das Gespräch, blickte kurz zu Pellworm, dann zu Bäumler und setzte sich wieder.»Bitte, Frau Pellworm, fahren Sie doch fort. Ich hörte, Sie waren gerade beim Maître Dionysos?«

»Ich denke, wir sollten Ihre Geduld nicht länger strapazieren, Frau Pellworm. Sie haben mir schon so viel erzählt. Hier ist meine Karte. Scheuen Sie sich bitte nicht, mich anzurufen, wenn Ihnen noch etwas einfällt. Und wegen des Befragungsprotokolls melden wir uns.« Bäumler erhob sich ruckartig und nahm befriedigt zur Kenntnis, dass es ihm gelungen war, seine Kollegin zu überraschen. Gleichzeitig bedauerte er es, sie düpiert zu haben. Einerseits fühlte er sich zu ihr hingezogen, andererseits musste er ihr aber klarmachen, dass sie mit ihm nicht umspringen konnte, wie sie gerade wollte.

Bächle klappte ihr Tablet zu und erhob sich schwankend.

Auch das braune Wollknäuel rollte hinter dem Schreibtisch hervor und verabschiedete sich erst von der Kommissarin, bevor sie sich Bäumler zuwandte, zu ihm hochschaute und seine Rechte mit ihren immer noch feuchten Händen ergriff.»Bitte, Herr Kommissar, legen Sie Matthusen das Handwerk, bringen Sie ihn hinter Gitter. Sie tun unserem geliebten Tal damit ganz bestimmt einen Gefallen, glauben Sie mir!« Pellworms Sopran flatterte in der Luft wie ein aufgeregter Kanarienvogel.

4

»So eine Unverschämtheit, Herr Bäumler. Das wird ein Nachspiel haben, darauf können Sie Gift nehmen!« Dies waren die ersten Worte, die Sigrid Bächle mit zorniger Stimme hervorpresste, nachdem die Kommissare das Pfarramt schweigend verlassen hatten.

»Aber Frau Bächle, das war doch nicht bös gemeint. Sie haben mich halt provoziert, als Sie da wieder reinmarschiert sind und dann gleich die Führung übernehmen wollten.«

»Davor hab ich mich die ganze Zeit zurückgehalten, was wollen Sie denn noch?« Ihre Augen funkelten, die dunklen Haare flogen im Wind.

Was für ein Weib, schoss es Bäumler abermals durch den Kopf. Laut sagte er: »Na gut. Der Punkt geht an Sie. Warten Sie mal ab, nicht mehr lange und wir sind das Dreamteam von Koblenz, Frau Bächle.«

»Träumen Sie schön weiter, Bäumler.«

Der Hauptkommissar grinste und wechselte eilig das Thema. »Ich fass mal zusammen, was wir bisher haben: Der Pfarrer wurde auf dem Parkplatz erschlagen und seine Leiche in den Beichtstuhl geschleppt. Der Täter trug schwere Stiefel, es gab einen Autounfall, aber vom Wagen des Pfarrers keine Spur. Laut den Leuten, die wir bisher befragt haben, war er liebenswürdig, vor allem Frauen gegenüber, hatte aber Streit mit dem Guru, mit eifersüchtigen Ehemännern und seiner Haushälterin. Auf die bin ich übrigens schon sehr gespannt. Was hat denn der hilfreiche Anruf ergeben, den Sie gerade im Pfarramt bekommen haben?«

Bächle stutzte, fuhr sich durch die Haare. »Nun ja … erst rief die Vahlbruch-Wesendonck an. Die Obduktion hat leider nicht viel Neues erbracht. Der Pfarrer wurde ziemlich brutal malträtiert und ist durch den Aufprall auf den Hinterkopf gestorben. Im Magen hatte er eine deftige Vesper, bestehend aus ordentlich Leberwurst und Riesling.«

»Aha. Und wer hat noch angerufen?«

»Der Jagemann. Er hat gemeint, es gebe in letzter Zeit eine Häufung von Autodiebstählen in der Gegend von Boppard. Vielleicht besteht da ein Zusammenhang. Die Kollegen vom Diebstahl kümmern sich bereits.«

»Was hat denn Jagemann damit zu tun? Der ist doch KTU.«

»Hat mich auch gewundert. Ich glaub, der will zu uns und jetzt zeigen, was er draufhat. Na ja, vielleicht steckt ja wirklich eine Bande von Autodieben dahinter, wer weiß. Wir müssen nach jedem Blindenstock greifen, solange wir im Dunkeln tappen.«

»Das war alles? Keine weiteren Anrufe?«

»Mensch, Bäumler. Warum vertrauen Sie mir eigentlich nicht?«

Der Hauptkommissar wich instinktiv zurück, sein Herzschlag beschleunigte sich, er hielt den Atem an. Ein schwarzer Schäferhund, der durch ein geöffnetes Gartentor entwichen war, kläffte ohrenbetäubend und starrte ihn aus dunkelgelben Wolfsaugen an. Der Geifer tropfte von seinen Lefzen, der Schwanz wedelte heftig. Bäumler stand starr wie ein Brett da, fühlte sich hilflos.

Bächle jedoch beugte sich hinab und streichelte dem Hund zärtlich über den Kopf. »Ruhig, mein Großer, der Herr Bäumler ist doch ein ganz Harmloser.«

»Aaron! Bei Fuß! Aber plötzlich!«, schrie eine tiefe Frauenstimme vom Garten her, und der Hund gehorchte sofort. Er trollte sich, verschwand hinter der undurchdringlichen Hecke. Hinter dem Eingangstor erschien zwischen der mannshohen Hecke eine athletische dunkelhäutige Frau. Wow, Grace Jones, war Bäumlers erster Gedanke. Sie trug eine dunkelblaue Latzhose, Arbeitshandschuhe und robuste grüne Gummistiefel. In ihrer Linken hielt sie eine Gartenschere von der Art, wie man sie zum Abkneifen von dicken Ästen verwendet.

»Ist echt höchste Zeit, hier mal freizuschneiden. Man kann ja kaum noch durch die Fenster auf die Straße schauen.«

»Frau Muchingiari, nehme ich an? Sigrid Bächle mein Name, das ist mein Kollege, Kriminalhauptkommissar Bäumler.«
Die Haushälterin nickte, zog die Handschuhe aus und reichte den Beamten die Hand.

Bäumler blickte in ihre Augen und registrierte weit geöffnete Pupillen, während er in dem männlich kräftigen Händedruck ein Zittern spürte.

»Was kann ich für Sie tun? Bitte, kommen Sie doch herein.«
Die Kommissare folgten ihr auf einem Kiesweg in den schattigen Garten, der das Haus des Pfarrers umgab. Es stimmte, ein drastischer Rückschnitt war erforderlich. Vor lauter Büschen und uralten Kiefern konnte man kaum noch die Fenster im Erdgeschoss des zweistöckigen Hauses erkennen. Grace Muchingiari setzte sich an das Kopfende eines rechteckigen Campingtisches und ließ Handschuhe und Gartenschere fallen. Die Polizisten nahmen an den Längsseiten des Tisches Platz, der Schäferhund legte sich rechts neben seine neue Herrin. Bäumler schien es, als wollte das Tier ihn nicht aus den Augen lassen. Mit den hellbraunen Wildlederschuhen und dem gelben Jackett kam er sich aber auch maximal deplatziert in diesem ländlichen Ambiente vor. Diesmal wollte er der Kollegin generös den Vortritt lassen. Er zog seinen Notizblock aus der Tasche, demonstrativ bereit zu protokollieren.

Auf Nachfrage gab Muchingiari an, aus Simbabwe zu stammen, aber in den Niederlanden aufgewachsen zu sein. Die Frau auf dem Phantombild kannte sie nicht, und auch zur Klärung der Notiz des Pfarrers in seinem Terminplaner konnte sie nichts Sachdienliches beitragen.

»Sie und der Pfarrer«, bohrte Bächle nach, »wie war das mit Ihnen?«

»Ich war unendlich dankbar dafür, dass ich für ihn arbeiten durfte. Ist ja nicht so leicht, was Vernünftiges zu finden.«

»Und sonst? Neben der Arbeit? Sie wohnen doch auch hier?«

»Ist mir schon klar, was die Leute reden. Aber jetzt, wo er tot ist ...« Sie stockte, wischte sich über die Augen.»Ach, egal. Ich habe diese Heimlichtuerei ohnehin von Anfang an gehasst. Aber das war der Preis, den wir zahlen mussten. Das war Claus' Meinung.«

»Dann waren Sie also ein Paar? Gab es denn öfter Meinungsverschiedenheiten zwischen Ihnen?«

»Ein dumme Frage. Natürlich waren wir sehr verschieden, aber wir haben uns geliebt, waren nach Gottes unerforschlichem Ratschluss füreinander bestimmt.«

»Hat Herr Kaltenborn das so formuliert?«

»Ja. Möchten Sie was trinken? Ich verdurste.«

Nachdem die Kommissare dankend abgelehnt hatten, verschwand Muchingiari im Haus.

Bäumler gähnte, lehnte sich zurück, schaute zu den Bogenfenstern im zweiten Stock hoch.

Wenige Minuten später kehrte Muchingiari zurück, setzte sich und stellte eine geöffnete Bierflasche auf den Campingtisch. Unbeholfen wischte sie sich Schaumreste vom Mund.

Bäumler musterte die Flasche. Sie war bereits zur Hälfte geleert.

»Es gab also Meinungsverschiedenheiten?«, nahm Bächle den Faden wieder auf.

»Ja. Er hatte sich in letzter Zeit verändert. Erst dachte ich, es gebe eine andere. Er war nervös, schwitzte stark und trank viel mehr als sonst. Und er war oft weg, manchmal den halben Tag, ohne mir zu sagen, wo. Er meinte nur, er brauche etwas Abstand, Zeit für sich.«

»Sie müssen doch eine Vermutung gehabt haben.«

»Klar. Ich dachte, dass etwas mit seiner Familie wäre. Über die hat er immer geschwiegen. Er hat mich nie jemandem vorgestellt, aber ich bin mir sicher, dass sein Vater oder seine Mutter oder sogar beide noch leben. Vielleicht weiß ich das ja nach der Beerdigung.« Die Haushälterin kniff die Augen zusammen und nahm einen kräftigen Schluck aus der Bierflasche.

Bäumler kritzelte hektisch in sein Notizbuch. Er musste an das »Bel Étage« denken. Von wegen familiäre Fürsorge. Der Herr Pfarrer war aus ganz anderem Holz geschnitzt gewesen!

»Auch wenn Herr Kaltenborn in letzter Zeit sehr viel unterwegs war, haben Sie sich denn nicht gewundert, dass er vorgestern Abend nicht nach Hause kam?«

»Nun ja …« Gedankenverloren begann Muchingiari, mit ihrem rosafarbenen Fingernagel Stücke vom Etikett der Bierflasche runterzureißen. »Da war ich selber unterwegs.« Ein Sonnenstrahl malte einen hellen Fleck auf den Campingtisch.

Bäumler hielt in seinem Schreibfluss inne, schaute Muchingiari erwartungsvoll an. Ihre Pupillen waren immer noch so geweitet, dass man kaum etwas von der Iris sehen konnte.

»Was soll's. Sie finden es ja sowieso heraus. Also, ich habe auf Burg Stahleck übernachtet. Beim Meister.«

Bäumler und Bächle schauten einander überrascht an. Der Schäferhund schreckte auf, öffnete die Augen und spitzte die Ohren. Muchingiari schabte ein weiteres Stück vom Etikett der Bierflasche ab.

»Wusste Herr Kaltenborn davon?«, fragte Bächle nach.

»Natürlich. Ich hatte ihm gegenüber niemals Geheimnisse.«

»Und wie fand er das? Er war doch nicht gerade ein Freund von Herrn Matthusen, oder?«

Muchingiari hatte jetzt fast die Hälfte des Etiketts abgerissen und rollte das Papier zwischen ihren Fingern zu kleinen Kügelchen. »Nein, natürlich fand er das nicht toll. Ihm war von Anfang an klar, dass wir in Sachen Glauben unterschiedlicher Meinung waren. Doch Claus war sehr tolerant. Er stand hundertprozentig zu mir. Nur offiziell musste alles seine Ordnung haben. Da ließ er sich auf keine Kompromisse ein, und keiner sollte etwas von unserer Beziehung erfahren.«

»Pfarrer Kaltenborn war also sehr tolerant. Auch gegenüber dem Guru?«

»Nein, das habe ich doch gerade gesagt. Er hasste den Maître und wollte die ›Bordell-Sekte‹, wie er uns nannte, verbieten lassen.« Muchingiaris Stimme brodelte wie geschmolzenes Erz. »Ich glaube, er dachte, das mit mir und dem Meister wäre nur eine kurze Episode. Das würde schon wieder vorbeigehen, wie ein Schnupfen.«

»Und wie reagierte Herr Matthusen darauf? Hat er wiederum Herrn Kaltenborn bekämpft? Oder die Kirche?«

»Ach, der Meister ist so liebenswürdig, der kann keiner Fliege was zuleide tun. Er fühlt sich am wohlsten, wenn er unter uns Jüngern ist und uns an der göttlichen Offenbarung teilhaben lassen kann.« Mit einem weiteren Riss hatte die Haushälterin auch den letzten Rest des Etiketts von der Bierflasche entfernt.

»Vielen Dank, Sie haben uns sehr geholfen. Wir müssten uns jetzt bitte noch das Arbeitszimmer von Herrn Kaltenborn anschauen, wenn das möglich ist«, sagte Bächle.

Muchingiari nickte und stützte den Kopf in die Hand, als hätte die Unterhaltung sie erschöpft.

Bäumler klappte sein Notizbuch zu und starrte erst auf die robusten grünen Gummistiefel und dann auf die muskulösen Oberarme, die sich unter Muchingiaris T-Shirt abzeichneten. Es war leicht, sich vorzustellen, dass diese athletische Frau, einmal in Rage, den Pfarrer auf dem Parkplatz verprügelt hatte. Dass sie ihn über die Schulter gewuchtet und in den Beichtstuhl getragen hatte. Den Feind ihres geliebten Meisters. Bäumlers Blick fand wieder ihre geweiteten Pupillen. Zwei schwarze Löcher, die ihn magisch anzogen.

5

Jaspal Wöhler zerquetschte eine goldgelbe Beere, ließ den Saft auf die Glasoberfläche des Refraktometers tropfen, hielt das Messgerät vor das rechte Auge und las die Skala ab. »Zweiundneunzig Grad Oechsle. Perfekt reife Spätlesequalität«, murmelte er. Sein nächster Blick ging Richtung Himmel. Sorgenvoll betrachtete er die grauen Wolken, die sich immer mehr verdichteten, zunehmend dunkler wurden. »*No risk, no fun*«, sagte er, seufzte kurz, bückte sich und ordnete die vier Trauben auf der beigefarbenen Decke an, die er auf dem Weinbergsboden ausgebreitet hatte. »Alle herhören!«, rief er. »Bevor wir anfangen, will ich euch kurz etwas erklären. Kommt mal rüber.« Er klatschte aufmunternd in die Hände.

Die Lesehelfer, alle in verschiedenfarbigen Gummistiefeln, Jeans und Pullovern, die gegen die morgendliche Kühle schützen sollten, bildeten einen Kreis um ihn und die Decke. Ihre Gespräche verstummten, erwartungsvoll schauten sie Wöhler an.

Er blickte in ihre geröteten Gesichter, dachte an die Team-Meetings, die er noch vor Kurzem regelmäßig bei den Rheinischen Aroma Fabriken abgehalten hatte. Eine völlig andere Welt.

»Also, kurz noch mal unsere Strategie. Das hier«, er nahm eine grüne Traube von der Decke und hielt sie in die Höhe, »ist eine unreife Traube. Die lassen wir hängen. Viele davon werdet ihr sowieso nicht mehr finden. Okay?«

Manche nickten eifrig, andere schienen Wöhlers Erläuterung nur beiläufig zur Kenntnis zu nehmen.

Er legte die Traube zurück und hob die danebenliegende hoch. »Eine komplett ausgereifte Traube ohne Fäulnis. Die ist perfekt. Die schneiden wir ab.« Dann war das nächste Beispiel dran. »Und diese hier, die ist zu etwa einem Drittel von Botrytis befallen. Bis zu diesem Grad an Edelfäule nehmen wir die Trauben heute mit. Diese jedoch«, er griff nach der letzten Traube, deren Beeren rosinenartig braun und schrumpelig waren, »die lassen wir noch hängen. Wir werden sie später holen, wenn die edelsüßen Weine dran sind. Dann hoffen wir mal, dass das Wetter mitspielt.«

»Verstanden, Chef. Willst du uns denn noch das süße Geheimnis verraten, für welchen Wein wir heute lesen?« Paul warf sein zotteliges Haar nach hinten und blickte Wöhler durch eine Brille an, deren kreisrunde Gläser leuchtend rot eingefasst waren. Er trug sie nur zur Lese.

»Gerne doch, Paul. Heute lesen wir die Lössruhe. Unser Riesling aus dem Feuerlay. Auf unserem tiefgründigen Lössboden wollen wir einen dichten, schmelzigen Riesling mit reifer Aromatik erzeugen. Dafür brauchen wir ein bisschen Botrytis, aber nicht zu viel davon, damit die Frucht nicht verschleiert wird.«

Paul zog die Augenbrauen hoch, nickte Wöhler zu und machte ein schmatzendes Geräusch. »Schmackofatz. Dann mal ran an den Speck!«

Die Lesehelfer hatten ihre Gespräche inzwischen wieder aufgenommen, sodass Wöhler abermals in die Hände klatschen musste, um ihre Aufmerksamkeit auf sich zu lenken. »Los geht's. Verteilt euch wie besprochen auf eure Positionen. Ich nehme hier oben die Kisten an. Und wenn ihr Fragen habt, meldet euch sofort.« Er beobachtete, wie sich die Männer und Frauen Kisten und Rebscheren schnappten, sich im Weinberg verteilten und konzentriert begannen, die Rieslingtrauben zu lesen. Jetzt hieß es nunmehr das Beste hoffen.

Stunden später hob Wöhler eine Kiste an und stemmte sie in den Anhänger des Wagens. Zufrieden ließ er den Blick über die frisch gelesenen Trauben schweifen. Das Team hatte perfekt gearbeitet, seine Anweisungen penibel befolgt. Der Motor des Seilzuges, der die Lesekisten aus dem Steilhang zu ihm nach oben beförderte, ratterte. Was für eine Plackerei, dachte Wöhler, für den das Motorgeräusch neue Kisten und ergo neue Arbeit bedeutete. Gerade wollte er mit einem tiefen Seufzer nach der nächsten Kiste greifen, als ein Schrei das Gemurmel der Lesehelfer übertönte. »*Cholera jasna*. Scheiße, tut das weh!«

»Was ist passiert? Zeig mal her, Wojciech!«, schrie eine zittrige Frauenstimme. »Geh sofort nach oben. Du brauchst dringend einen Arzt.«

Kurz danach hastete ein stämmiger Mann mit kurz geschorenen Haaren und Nickelbrille den Steilhang hinauf. Trotz der niedrigen Temperaturen trug er ein hautenges T-Shirt, unter dem sich ein muskulöser Oberkörper abzeichnete. Mit der rechten Hand umklammerte er den Daumen der linken, die bereits blutüberströmt war. »Habe mich mit Schere in den Daumen geschnitten. Warum muss große Scheiße immer mir passieren?«, stieß er aus, als er vor Wöhler stand.

Der holte den Notfallkoffer aus dem Fahrerhaus des Traktors und säuberte die Wunde mit einer Jodtinktur. Obwohl es höllisch schmerzen musste, zeigte Wojciech Kowalski kaum eine Regung. »Du hast Glück gehabt. Die Fingerkuppe ist noch dran. Ich verbinde das jetzt, und dann bringen wir dich ins Krankenhaus.«

»Nix Krankenhaus. Auf keinen Fall.« Drohend stieß Kowalski die Worte hervor, packte Wöhler am Arm und presste ihn wie ein Schraubstock zusammen.

Wöhler schaute ungläubig, schüttelte die Umklammerung ab. »Was ist los mit dir, Wojciech? Spinnst du?«

»Entschuldigung. Hat nur so wehgetan. Ich wollte dich nicht …«

»Schon gut. Aber jetzt ist für dich Schluss mit der Arbeit.«

»Nein. Bitte nicht. Ich ziehe Handschuhe an, und dann geht es weiter. Wir müssen doch fertig sein, bevor der Regen kommt.«

Wöhler schaute zum Himmel und kniff die Lippen zusammen. »Na gut. Weil du es bist. Aber wenn du Schmerzen hast, hörst du sofort auf. Haben wir uns verstanden?«

»Alles klar, absolut verstanden«, antwortete Kowalski und hastete eilig wieder den Weinberg hinunter.

Wöhler wandte sich den Lesekisten zu. Lange würde es nicht mehr dauern, bis der Anhänger voll war und die Trauben den Weg ins Weingut antreten konnten.

Als er erneut am Arm gepackt wurde, fuhr er verärgert herum.

»Hey, Jaspal. Tut mir leid, wollte dich nicht erschrecken. Wie läuft's mit der Lese? Das Wetter scheint ja zu halten.«

»Daniel. Du schon wieder!«

»Das ist ja mal 'ne nette Begrüßung.«

»Du kannst dich doch bestimmt daran erinnern, wie stressig das erste Mal bei dir war. Und gerade hat sich auch noch Kowalski in den Finger geschnitten. Dass der überhaupt weitermacht, ist grenzwertig.«

»Ausgerechnet mein Tüchtigster? Wollte eh gerade fragen, wie er sich macht.«

»Der ist schon okay. Hat sofort die Zähne zusammengebissen. Ist echt hart im Nehmen. Und danke noch mal, dass du ihn mir ausgeliehen hast. Wir können ihn hier wirklich super gebrauchen.«

»Jaspal? Bist du eingeschlafen? Wir haben noch ein paar frische Kisten für dich!« Pauls Bass dröhnte aus dem Weinberg nach oben.

Wie auf Knopfdruck setzten sich Wöhler und Daniel in Bewegung, hievten die Kisten gemeinsam in den Anhänger und schickten den Seilzug wieder nach unten.

»Schrecklich, das mit Claus Kaltenborn, oder?«, sagte Daniel und rieb sich übers Gesicht.

Erst jetzt bemerkte Wöhler die dunklen Augenschatten. Sein Freund sah aus, als hätte er in letzter Zeit nur sehr wenig Schlaf bekommen. Kein Wunder, die Weinernte war wahrhaftig kein Zuckerschlecken. »Wem sagst du das. Das schreckliche Bild des toten Pfarrers im Beichtstuhl geht mir einfach nicht mehr aus dem Kopf«, erwiderte Wöhler.

»Stimmt es, dass dieser Bäumler wieder ermittelt?«

»Ja, zusammen mit seiner adretten Kollegin. Aber diesmal verdächtigt er mich zum Glück nicht, das ist schon mal ein Fortschritt.«

»Glaubst du denn ernsthaft, dass er den Fall lösen wird? Was, wenn er sich wieder so saublöd anstellt wie beim letzten Mal?«

»Keine Ahnung. Was soll die Frage?« Wöhler zog die Augenbrauen zusammen, sodass auf seiner Stirn eine Zornesfalte sichtbar wurde.

»Ich … Na ja, ich mein ja nur …« Daniel wippte auf den Zehenspitzen und biss auf seinem linken Zeigefinger herum. »In letzter Zeit … Ach, was soll's. Ich hab den Pfarrer Kaltenborn halt schon so lange gekannt, wie ich auf der Welt bin. Deshalb möchte ich unbedingt, dass dieser grausige Mord aufgeklärt wird. Damit er Ruhe finden kann.«

»Ruhe?«, fragte Wöhler und kratzte sich an der Stirn.

»Was ist denn das hier für ein Debattierclub?«, dröhnte Pauls Bass erneut – diesmal hinter Wöhlers Rücken.

»Ich versuche gerade, unseren Herrn Wissenschaftler davon zu überzeugen, dass er ein paar klitzekleine Nachforschungen anstellen soll«, erklärte Daniel.

»Wegen?« Paul schob sich seine rote Brille in die Haare.

»Na, wegen Pfarrer Kaltenborn. Es ist so furchtbar, was mit dem Armen passiert ist. Ich möchte doch nur, dass unser blitzgescheiter Forscher sich ein bisschen umschaut, bevor der Bäumler das wieder vermasselt.« Daniel schlug Wöhler auf die Schulter.

»Dem kann ich nur zustimmen! Der Pfarrer war wirklich ein besonderer Mensch. Hat sich wie ein Kind darüber gefreut, dass ich ihm neue bunte Fenster für seine Kirche geschenkt habe. Jetzt gib dir halt einen Ruck, Jaspal! Sind doch nur ein paar kleine Nachforschungen. Wir helfen dir auch dabei!«

Wöhler schloss die Augen, atmete tief durch, öffnete sie

wieder und begann, mit dunkler, leiser Stimme zu sprechen, wobei er jedes Wort deutlich betonte. »Meine lieben Freunde. Ich verstehe euch. Durchaus. Auch mir macht es zu schaffen, dass Pfarrer Kaltenborn ermordet wurde, das könnt ihr mir glauben. Und ja, ich verstehe auch eure Bedenken hinsichtlich der Effektivität von Bäumlers Ermittlungsarbeit. Aber«, er kniff die Augen zusammen, schaute zu Daniel, dann zu Paul, »ihr könnt von mir echt nicht erwarten, dass ich die Ernte meines ersten Jahrgangs einfach so hinschmeiße und stattdessen wieder einmal die Arbeit der Polizei übernehme.«

Daniel kratzte sich den Hals, wippte weiter auf seinen Füßen, blickte Paul erwartungsvoll an.

»Okay, Jasp, passt schon«, sagte der und knuffte Wöhler in die Seite.

Und obwohl es ihn in den Fingern juckte, die Trauben schnellstmöglich in den Weinkeller zu bringen, nutzte Wöhler die Gelegenheit, das Gespräch in eine andere Richtung zu lenken. »Was macht eigentlich dein Amphorenwein, Daniel?«

»Warum fragst du? Willst du dich über mich lustig machen?«

»Ganz bestimmt nicht. Ich bin nur gespannt, was da rauskommt. Du weißt doch, dass ich nicht der Typ für Vorurteile bin, oder?«

Daniel nickte, seine Gesichtszüge entspannten sich. »Gestern erst sind die georgischen Qvevri geliefert worden. Ihr könnt euch nicht vorstellen, wie mein alter Herr getobt hat! ›Du versaust unseren guten Ruf, trittst unsere mittelrheinische Tradition mit Füßen!‹, hat er geschrien. Immer die gleiche Leier.«

»Wie groß sind die Qvevri denn?«, fragte Wöhler neugierig. »Die muss ich mir unbedingt mal anschauen.«

»Jedes Tongefäß fasst tausendfünfhundert Liter. Drei Stück hab ich geordert. Gestern hab ich den ganzen Tag damit zugebracht, sie von innen mit Bienenwachs zu imprägnieren. Eine Schweinearbeit, kann ich euch sagen.«

»Mit Bienenwachs? Klingt stilecht.« Wöhler fasste Daniel an den Oberarmen und drehte ihn so zu sich, dass er ihm frontal ins Gesicht sehen konnte. »Aber viertausendfünfhundert Liter sind doch ein Drittel deiner gesamten Produktion. Willst du wirklich gleich so viel in den Amphoren vergären?«

»Wenn schon, denn schon. Hälfte Riesling, Hälfte Spätburgunder.«

Wöhler schluckte. »Ich verstehe. Na ja, momentan sind ja Orange Wine, Natural Wine und wie sie alle heißen ziemlich im Kommen. Ich bin zwar ein bisschen skeptisch, was die Amphore von den Feinheiten unserer mittelrheinischen Rieslinge und Spätburgunder übrig lässt, lass mich aber gerne positiv überraschen … Und was hast du dir preislich überlegt?«

»Keine Ahnung, aber darum geht es doch auch überhaupt nicht!«

»Worum dann?«

»Um …« Daniel umfasste den Zeigefinger seiner linken Hand mit der rechten Faust, drehte ihn hin und her. »Ach, was soll's. Es geht um Dionysos! Er soll sich in meinen Weinen endlich wieder ausdrücken können. Ich will ihm ganz bewusst das Spielfeld überlassen. Nur dann kann wirklich Großes aus meinen Trauben entstehen, versteht ihr?« Er ließ die Arme sinken. Eine tonnenschwere Last schien von ihm abgefallen zu sein.

Paul schwieg, forderte Wöhler aber durch ein Kopfnicken auf, etwas zu sagen.

Dessen Puls ging schneller, doch er bemühte sich, ruhig zu sprechen. »Dionysos? Hat der Guru dir diese Theorie erklärt?«

»Ja, der Maître selbst! Er ist so ein großartiger Mensch, ihr müsst ihn unbedingt kennenlernen. Er hatte doch eine Begegnung mit einem Außerirdischen. Seitdem weiß er, dass die Außerirdischen alles Leben auf unserer Erde geschaffen haben. Eine Zeit lang haben sie selbst auf der Erde gelebt, wurden von den Menschen als die griechischen Götter verehrt. Nachdem unsere Vorfahren sich dubiosen neuen Religionen zugewandt hatten, verließen sie die Erde, möchten aber gerne wiederkommen. Und den Maître, den Jünger des Dionysos, haben sie dazu auserkoren, ihre Rückkehr auf die Erde vorzubereiten. Er will, dass der Weingott selbst über meine Amphoren kommt und die Trauben mit seiner Göttlichkeit transformiert. So bereiten wir die Rückkehr der Götter, unserer Schöpfer, vor. Endlich geht es nicht mehr nur darum, Wein zu machen. Aromen, Säure und Alkohol. Die meisten halten ja noch nicht einmal ihre Nase ins Glas. Hauptsache, sie haben einen angenehmen Rausch und ihre Welt wird ein bisschen rosig.« Daniels weit aufgerissene Augen glänzten feucht, sein Gesicht glühte vor Begeisterung.

Wöhler spürte, wie seine Brust enger wurde. Ein Schauer lief ihm über den Rücken, als würde jemand einen Eiswürfel seine Wirbelsäule entlangreiben. Es fiel ihm schwer, seine Gedanken zu ordnen. Was war mit seinem Freund passiert? Hatte der den Verstand verloren, sich von dem Sektenguru verführen zu lassen? So langsam konnte er die Aufregung von Alt senior nachvollziehen. Er nahm die Hand seines Kumpels. »Ich finde es ja toll, dass so ein Feuer in dir lodert, Daniel, aber bist du dir auch sicher, dass der Meister es ernst mit dir meint? Viertausendfünfhundert Liter sind ein hohes finanzielles Risiko. Wenn der Plan in die Hose geht, kann das euren Betrieb ruinieren.«

»Was habe ich mir nur dabei gedacht, mir hier den Mund fusselig zu reden. War ja klar, dass ihr damit nichts anfangen könnt. Meine Freunde, auf die ich zählen kann, ihr seid ja immer so vernünftig!« Daniel machte eine wegwerfende Handbewegung, lachte höhnisch.

Paul setzte seine Brille auf die Nase, beförderte sein dunkles Haar nach hinten. »Klar, wir sind ja alle so kopfgesteuert. Deshalb bin ich auch kein Künstler, sondern Wissenschaftler geworden.« Er lachte. »Ist es denn wirklich so verwunderlich, dass wir mit diesem Dionysos-Geschwafel nichts anfangen können? Außerdem war der Guru der ärgste Feind unseres lieben Herrn Pfarrers, der vorgestern tot im Beichtstuhl saß. Welch ein Zufall. Hast du dir darüber schon mal Gedanken gemacht, mein liebster Daniel?«

»Das reicht jetzt. Das muss ich mir nicht anhören!« Daniel wandte sich um und ging eiligen Schrittes davon. »Arschlöcher«, murmelte er noch, bevor er hinter der nächsten Biegung des Weinbergweges verschwand.

»War das wirklich nötig?« Wöhler sah Paul an und verdrehte die Augen.

»Irgendjemand muss Daniel doch den Kopf waschen. Der Junge rennt sehenden Auges in sein Verderben.«

»Da bin ich sogar deiner Meinung. Ich hab ihn noch nie so erlebt wie gerade eben. Aber mit deiner Gardinenpredigt hast du auch nichts erreicht.«

»Das wird schon. Sobald der wieder zu sich kommt, wird er sich daran erinnern.«

»Deine Worte in Gottes Ohr. Auf jeden Fall müssen wir uns um ihn kümmern. Er ist völlig durch den Wind.«

»Apropos Wind. Der nächste Wirbelwind naht schon, wenn ich die Zeichen richtig deute.« Schmunzelnd zeigte Paul auf das Taxi, das rasant den Weinbergweg herauffuhr.

Wöhler erschrak. »Das hatte ich ja total vergessen«, entfuhr es ihm.

»So, jetzt noch sechs Stunden Maischestandzeit, dann wird abgepresst, und anschließend geht's ab ins große Holzfass zur Vergärung.« Wöhler war erleichtert, die Trauben unbeschadet in den Keller gebracht zu haben. Inzwischen trommelte der Regen wütend auf das Dach der Kelterhalle.

»Maischestandzeit? Ist das nicht eher was für Rotwein?«, fragte seine Mutter.

»Im Prinzip hast du recht, aber heutzutage wird das Verfahren auch beim Riesling angewendet, wenn man mehr Schmelz und Tiefe in den Wein bringen will. Selbst wenn's nicht gleich ein Orange Wine sein soll.« Wöhler grinste verschmitzt.

»Was redest du eigentlich für ein unverständliches Zeug? Na ja, von Kellerwirtschaft hab ich noch nie viel verstanden, das war das Metier deines Vaters. Aber wie sieht's denn in deinem Leben mit Schmelz und Tiefe aus? Immerhin wirst du bald fünfzig.« Aischvarya Wöhler rückte ihr dunkelrotes, mit Blütenmotiven bedrucktes Kleid zurecht, das farblich perfekt zu dem roten Bindi auf ihrer Stirn passte. Sie hatte Jaspals Vater auf dessen Indienreise in den sechziger Jahren kennen- und lieben gelernt, war mit ihm nach Deutschland ausgewandert und nach gescheiterter Ehe in ihr indisches Heimatland zurückgekehrt. Den deutschen Nachnamen hatte sie behalten.

»Ach, Mutter, was soll denn die Fragerei? Seit Elisabetta nach Sizilien zurückgegangen ist, konzentriere ich mich hundertprozentig auf das Weingut. Im Moment füllt mich die Arbeit völlig aus, und hier in Boppard fühle ich mich pudelwohl.«

»Männer halt ... Immer so vernarrt in ihre Arbeit. Aber warte nur ein Weilchen, bald brauchst auch du wieder was fürs Herz. Meditierst du denn regelmäßig, mein Junge?«

»Natürlich, Mutter. Die Meditation gehört für mich zum Alltag wie Zähneputzen. Sie ist mein Ruhepol. Die Tiefe, aus der ich schöpfe.«

»Das freut mich zu hören, Jaspal.« Aischvarya strich ihrem Sohn liebevoll über den Kopf, wofür Wöhler sich zu ihr runterbeugen musste. »Im Flieger treffe ich ja immer die aufregendsten Menschen«, fuhr sie fort. »Auch diesmal. Er saß direkt neben mir. So ein Zufall aber auch.«

»Wen hast du denn getroffen?«

»Ach ... Einen Geschäftsmann aus Koblenz. Schlank, hochgewachsen, grau meliertes Haar, markantes Kinn. Fast so attraktiv wie du. Und so aufgeschlossen. Hat mir seine gesamte Lebensgeschichte erzählt.«

»Hört sich nicht nach einem typischen Banker an.«

»Keine Ahnung. Sein Beruf war so ziemlich das Einzige, was er mir nicht verraten hat. Aber er hat mir vom Meister vorgeschwärmt.«

»Tatsächlich?« Wöhler schwante nichts Gutes.

»Ja, vom Maître Dionysos. Ein spiritueller Führer, der sich auf einer Burg hier in der Nähe niedergelassen hat. Wie es heißt, soll er eine Begegnung mit einem Außerirdischen gehabt haben und gibt seitdem diese umwerfende Erfahrung an seine Jünger weiter. Die Jugend läuft ihm in Scharen zu. Er soll fast so viel Charisma wie der Dalai Lama haben.«

»Aha.« Wöhler konnte ein Gähnen nicht unterdrücken.

»Ja, genau das hat er gesagt, und jetzt bin ich wild entschlossen, den Maître persönlich kennenzulernen. Das wird *die* Geschichte, wenn ich in unseren Aschram zurückkomme. Du bist doch bestimmt so lieb und fährst mich mal zu der Burg des Meisters hin, oder, Jaspal? Vielleicht schon morgen?«

»Klar, Mutter. Aber erst mal muss der Most ins Fass, einverstanden?« Wöhler registrierte Aischvaryas enttäuschte Miene und wusste, dass Paul recht behalten würde. Das nächste Unheil nahte bereits.

6

»Sie sollten dringend was für Ihre Gesundheit tun, lassen Sie sich das gesagt sein.« Bächle klopfte dem Kommissar freundschaftlich auf den Rücken.

Es war Mittwochmorgen, seit der Ermordung des Pfarrers waren drei Tage vergangen.

Bäumler japste, hustete gurgelnd. Sein Puls raste, Schweißtropfen fielen von seiner Stirn auf den Beton der Treppenstufen. Natürlich hatte Bächle recht, seine dürftige Performance war ihm ja selber peinlich. Wirklich zu dumm, dass es keinen Parkplatz direkt bei der Burg gab. Hatte Bächle zumindest behauptet. Ihren Wagen hatten sie unten in Bacharach abgestellt, dann den Fußweg herauf genommen. Als Bächle die Ruine der Wernerkapelle, an der sie vorbeikamen, besichtigen wollte, war Bäumler der Kragen geplatzt. Das hier war doch kein Sonntagsspaziergang! Anfangs hatte er die Stufen noch gezählt, sich aber schließlich nur noch darauf konzentriert, nicht schlappzumachen. »Hab heute halt keinen guten Tag. Sie sind ja noch jung und … Na, Sie wissen schon.«

»Da hat einer aber gerade noch die Kurve gekriegt.«

»In Sachen Political Correctness macht mir so schnell keiner was vor. Was haben Sie gerade gesagt? Kaltenborn hat in letzter Zeit hohe Summen von seinem Konto abgehoben?«

»Sie brauchen also eine Pause? Na schön, von mir aus. Ja, mehrere tausend Euro pro Woche. Ein absolut untypisches Verhalten für ihn, das wurde schon überprüft.«

»Hat er sich das Geld am Automaten auszahlen lassen?«

»Ja, und anscheinend hatte er vorher extra das Limit hochsetzen lassen.«

»Seit wann ging das so?« Bäumler richtete sich auf. So langsam konnte er wieder atmen, musste nicht keuchen. Sein Puls sank auf Normalfrequenz.

»Seit gut zwei Monaten. Ich habe keinen Hinweis darauf gefunden, wo das Geld geblieben ist.«

»Dienstleistungen. Klarer Fall.« Bäumler wischte sich den Schweiß von der Stirn und ärgerte sich, dass ein Tropfen trotzdem auf seinen italienischen Wildlederschuhen landete. Die waren brandneu. Er knurrte unwillig. »Was ist denn mit Ihrem Puff? Kommt der in Frage, um dort Geld loszuwerden?«

»Plötzlich sind Sie also an meinem Puff interessiert? Wie schön. Scheint aber leider 'ne Luftnummer zu sein. Ich habe das ›Bel Étage‹ gestern von oben bis unten durchkämmt. Ich hatte Ihnen nichts davon erzählt, weil ich dachte, Sie lachen mich aus. Niemand konnte oder wollte sich an Kaltenborn erinnern. ›S. in B.E.‹, der Eintrag ist mir nach wie vor ein Rätsel.«

»Immerhin passt das mit dem Geldabheben zu der Aussage von Frau Muchingiari, dass Kaltenborn sich in letzter Zeit verändert hat und ungewöhnlich oft verschwunden ist. Das könnte zumindest eine Spur sein.«

»Puzzleteile. Nichts als Puzzleteile«, murmelte Bäumler. »Von mir aus können wir jetzt auch wieder weitergehen.«

Schweigend durchschritten die Kommissare das Tor eines Häuschens, das sich an die Burgmauer schmiegte. Es folgte ein weiteres Tor und eine lang gezogene Treppe, bis sie endlich vor dem Haupttor an der Nordseite der Burg standen. Sie gingen hinein, und Bäumler bewunderte den wuchtigen Rundturm mit dem kegelförmigen Schieferdach. Bächle hingegen lief schnurstracks zur Brüstung der Aussichtsterrasse. »Zu Klingenberg am Main, zu Bacharach am Rhein, zu Würzburg auf dem Stein, da wächst der beste Wein«, rezitierte sie und deutete begeistert auf den gegenüberliegenden Weinberg.

»Wo haben Sie das denn her?«, fragte Bäumler und stellte sich neben sie. Auch er ließ seinen Blick über die steilen Rebberge schweifen, die sich das Steeger Tal hinaufzogen. Zur Rechten floss der Rhein majestätisch Richtung Nordsee. Zwischen Schiefergebirge und Fluss nutzte das kleine Örtchen Bacharach den wenigen Platz, den ihm die Natur übrig ließ. Sehr deutsch, sehr romantisch, dachte Bäumler.

»Allgemeinbildung. In Köln hat man's wohl nicht so mit dem Wein, oder?«

»Sie kennen ja mein Handicap. Seitdem ich damals diese verdammte Erkältung verschleppt habe, ist mein Geruchssinn nie wiedergekehrt. Manchmal glaube ich kurzzeitig, wieder etwas riechen zu können, aber das ist wohl nur Einbildung. Na ja, und ohne Nase auch kein Wein. Das ist ja wohl klar. Wollen wir?«

»Ja, gerne. Und tut mir leid, das hatte ich völlig vergessen.«

»*Please*, kommen Sie mit«, sagte die junge Frau mit leiser Stimme, wobei sie die Worte betont weich aussprach und in die Länge zog. Mit breitem Stirnband, grellem Make-up, brustlangen glatten Haaren und einem kurzen und schreiend bunten Kleid erinnerte sie an einen Hippie.

»Gerne«, sagte Bäumler und bewunderte ihre perfekten Beine, die weder zu dünn noch zu dick waren. Die Hippiefrau, die sich als »Kardinälin des dritten Ranges« vorgestellt hatte, führte die Kommissare in einen großzügigen Raum mit hellen, wappengeschmückten Butzenfenstern und holzvertäfelter Decke. Der Rittersaal, wie sie ihnen erklärte. Dann verschwand sie durch eine Tür, die sie hinter sich verschloss. Kardinälin des dritten Ranges, dachte Bäumler. Was Ränge, Titel und das ganze Pipapo betrifft, sind doch alle Organisationen gleich.

An einer Wand des Saales hingen Schwerter und Hellebarden, zwischen den Fenstern waren Kerzenhalter angebracht, an der fensterlosen Wand stand ein hoher offener Kamin; das war aber auch schon alles, was an einen Rittersaal erinnerte. Nicht ein einziges Möbelstück fand sich hier. Der Boden war komplett mit einem weichen beigefarbenen Teppich ausgelegt, auf dem auf orangefarbenen Kissen achtzehn Frauen und zwei junge Männer in einem Kreis saßen. Der Guru thronte auf einem roten Kissen. Manche der Jünger trugen wallende Kleider wie das der Kardinälin, andere waren wie der Guru in Weiß gewandet.

Drei der Frauen, zwei Blondinen und eine Rothaarige, waren mit Sicherheit nicht älter als sechzehn. Zur Linken des Gurus saß eine ältere Dame mit rotem Bindi auf der Stirn, ihm gegenüber, mit dem Rücken zu den Kommissaren, betont aufrecht eine dunkelhäutige Frau. War das nicht Grace Muchingiari? Die Runde hatte die Augen geschlossen, als hätte sie die Neuankömmlinge nicht bemerkt. Es war mucksmäuschenstill. Bäumler und Bächle standen zunächst unschlüssig herum, dann räusperte sich Bäumler vernehmlich.

»Kommen Sie bitte, meine Dame, mein Herr, setzen Sie sich zu uns. Wir sind mitten in unserer Morgenmeditation. Wir wollen für die Wiederkunft unserer Schöpfer bereit sein«, sagte der Guru, ohne die Augen zu öffnen.

»Danke, Herr Matthusen, aber nein danke. Bächle, Kriminalpolizei Koblenz. Das ist mein Kollege, Kriminalhauptkommissar Bäumler. Können wir irgendwo ungestört reden? Wir haben ein paar Fragen an Sie.«

»Maître Dionysos, wenn ich Sie darum bitten dürfte. Dionysos tut es auch. Wir haben keine Geheimnisse voreinander, treten Sie doch bitte näher«, antwortete der Guru und winkte die Kommissare mit einer einladenden Geste heran.

»Wenn das so ist …«, knurrte Bäumler und stapfte in die Mitte des Meditationskreises. Ein kurzer Blick bestätigte ihm, dass es sich bei der dunkelhäutigen Frau tatsächlich um die Haushälterin des toten Pfarrers handelte. Bächle baute sich neben ihm auf.

Der Guru war ein kleiner, drahtiger Mann Anfang sechzig mit sorgfältig gestutztem Vollbart, Glatze und kräftigen Augenbrauen. Von beiden Schläfen bis zu den Ohransätzen zogen sich dicke Adern. Als er die Augen öffnete, musterte er Bäumler und Bächle neugierig, und sein Blick blieb an Bächle hängen. »Wie kann ich Ihnen helfen, Frau Bächle?«

»Sie haben vom Tod des Pfarrers Kaltenborn in Boppard gehört?«, fragte Bäumler.

»Aber sicher doch. Wir sind hier ja nicht weltfremd.« Immer noch ruhte der wache Blick des Gurus auf Bächle. Er lächelte liebenswürdig. »Sehr bedauerlich. Ein tragisches Ende.«

»Mochten Sie Herrn Kaltenborn?«, fragte Bächle mit sanfter Stimme.

Auch die attraktive Frau, die zur Rechten des Gurus saß, öffnete jetzt die Augen und schaute kritisch. Sie hatte kurze brünette Haare und aufreizend rot geschminkte Lippen. Bäumler fragte sich unwillkürlich, welchen Rang sie wohl bekleidete.

»Ich hatte leider nie das Vergnügen, Herrn Kaltenborn kennenzulernen«, antwortete der Guru, wobei er der Brünetten liebevoll übers Haar strich.

Und Bäumler begriff. Ihre Position war die des bevorzugten Haustiers. »Natürlich kannten Sie ihn«, bellte er mit kratziger Stimme. »Sie hatten doch permanent Streit!«

»Aber nicht doch, Herr Hauptkommissar. Wir hatten unsere Differenzen, das stimmt. Aber als Menschen kennengelernt, mit unseren wahren Gedanken und Gefühlen, haben wir uns leider nie. Der Pfarrer tat mir einfach nur leid.«

»Aha. Und warum?« Bäumler hatte beschlossen, sich auf das Spiel des Gurus einzulassen. Während Matthusen fortdauernd Bächle anglotzte, widmete der Kommissar seine volle Aufmerksamkeit dem hübschen Gesicht des brünetten Haustiers.

»Weil er für ein Auslaufmodell gearbeitet hat. Zweihundertfünfundvierzig Dogmen. Jungfrauengeburt, der Tod als Straffolge der Sünde. Die Hostie als Leib Christi. Der Papst ist unfehlbar. Die Folge ist, dass zu den Gottesdiensten nur noch ein paar runzelige Alte kommen. Und jetzt schauen Sie sich hier mal um!«

Das Haustier hatte brav zu jedem Wort vom Maître genickt.

»Und worüber genau haben Sie sich gestritten?«, fragte Bächle, ohne dem Blick des Gurus auszuweichen.

»Also nochmals, damit das klar ist: Wir sind uns persönlich niemals begegnet. Es war, wenn Sie so wollen, ein Fernduell. Er hat gegen uns gepredigt, hat die Medien aufgehetzt, hat sogar mit Klagen gedroht.«

»Weswegen?« Bächle knetete ihr linkes Ohrläppchen.
»Er hat mir vorgeworfen, junge Frauen gegen ihren Willen
zum Sex zu zwingen. Sie können mir glauben, dass das nicht
mein Stil ist.« Der Maître überblickte die Runde und lächelte
selbstgefällig. »Wissen Sie, es ist bestimmt schwer für so einen
Berufsreligiösen, wenn er plötzlich auf jemanden trifft, der
wahrhaftige Offenbarung erfahren hat. Das muss schon weh-
tun.«
   »Wo waren Sie am letzten Samstagabend, so ab zwanzig Uhr
bis zum nächsten Morgen?« Bäumler versuchte, dem Guru in
die Augen zu schauen, um keine Reaktion zu verpassen.
   »Am Samstag? Also, da haben wir ein Liebesfest gefeiert.
Hier im Rittersaal. Alle, die jetzt auch anwesend sind … Ach
ja, bis auf Aischvarya natürlich. Sie ist heute das erste Mal bei
uns«, antwortete das brünette Haustier anstelle des Gurus. Der
polnische Akzent der Frau war unüberhörbar.
   Die Inderin zur Linken des Meisters öffnete kurz die Augen
und nickte zustimmend, bevor sie wieder zurück in ihre Meditation fiel.
   »Und wer sind Sie, wenn ich fragen darf?«, sprach Bäumler
die reizvolle Erscheinung mit den roten Lippen an.
   »Magdalena Król. Ich arbeite als Erntehelferin im Weingut
Daniel Alt in Boppard. Ganz legal. Ich lass mir von Ihnen nichts
anhängen«, antwortete das Haustier schnippisch.
   »Lass gut sein, Magda«, sagte der Guru und strich ihr wieder übers Haar. »Frau Bächle und der Herr Hauptkommissar
machen doch nur ihre Arbeit.«
   »Ich denke, wir brauchen keine Einzelheiten vom Liebesfest. Wenn Sie alle Ihre Anwesenheit bei der Veranstaltung
bestätigen können, geben Sie uns das bitte noch schriftlich zu
Protokoll«, bemerkte Bäumler, und bis auf die Inderin nickten
alle zustimmend. Der Kommissar bereute, nicht darauf be-
standen zu haben, den Guru allein zu befragen, beruhigte sich
aber mit dem Gedanken, dass es vermutlich eh nichts gebracht
hätte, weil die Liebesdienerinnen ohnehin zusammenhielten. Es

würde viel Geduld erfordern, diesen eisernen Schweigeriegel zu öffnen.

»Und wo waren Sie, wenn nicht bei der Orgie, Frau …?«, fragte Bächle die Inderin.

»Mein Name ist Aischvarya Wöhler. Ich bin geschieden, aber der Name Wöhler gefiel mir so gut, dass ich ihn behalten habe. Sie kennen vielleicht meinen Sohn, Jaspal Wöhler, der jetzt ein Weingut in Boppard betreibt?«

»Allerdings. Freut mich, Sie kennenzulernen«, murmelte Bäumler. So langsam kamen ihm die häufigen Begegnungen mit den Mitgliedern der Familie Wöhler während seiner Ermittlungen spanisch vor.

»Und für das Liebesfest habe ich ein Alibi. Ich war zu der Zeit noch in unserem Aschram in Goa. Ich bin erst gestern in Boppard angekommen. Leider. Ich wäre sehr gerne dabei gewesen«, sagte sie.

»Danke, Frau Wöhler. Sagen Sie, Herr Matthusen, war die Burg nicht ehemals eine Jugendherberge?«, fragte Bächle.

Überrascht wandte Bäumler sich ihr zu. Was führte seine Kollegin im Schilde? Wollte sie den Guru ablenken und dann in eine Falle locken?

»Sie haben völlig recht, Frau Bächle. Es ist uns nicht leichtgefallen, die Jugend zu vertreiben. Aber immerhin habe ich dem DJH eine topmoderne Herberge in Leutesdorf spendiert. Da wohnen die jungen Leute jetzt viel komfortabler als vorher auf der alten Burg. So ist das nun mal, wenn es um bedeutende Ziele geht: Wo gehobelt wird, fallen auch Späne! Aber mein Auftrag kommt direkt von unseren Schöpfern, lassen Sie sie uns der Einfachheit halber Götter nennen. Das, was wir hier vorbereiten, wird der ganzen Menschheit zugutekommen.«

»Zumindest kommt es Ihnen zugute, wenn ich mich hier so umsehe«, sagte Bäumler, dem langsam der Kragen zu platzen drohte.

»Bisschen spießig, der Herr Hauptkommissar, oder irre ich mich?«, fragte der Guru in Richtung Bächle.

»Ich glaube, wir sind für heute hier fertig«, antwortete die Kommissarin, drehte sich um und wandte sich an Kaltenborns Haushälterin. »Das war also Ihre Übernachtung beim Meister, Frau Muchingiari? Eine Liebesorgie?«

»Hab ich doch gesagt. Ich war den ganzen Abend hier«, erwiderte die Frau, ohne die Augen zu öffnen.

»So eine verdammte Scheiße«, fauchte Bäumler und trottete missmutig durch das zweite Tor, das das Treppenende an der Nordseite der Burg markierte.

»Wieso? Hatten Sie verdrängt, dass wir auch wieder runtermüssen? Ich kann Sie beruhigen, der Hinweg kommt einem immer weitaus länger vor als anschließend der Rückweg. Sie schaffen das schon«, motivierte Bächle ihren Kollegen.

»Ja, super. Aber eigentlich ärgere ich mich vor allem darüber, dass wir jetzt achtzehn neue Verdächtige haben. Mindestens.«

»Achtzehn?«

»Ich habe zwanzig Damen gezählt, aber Frau Muchingiari stand vorher schon auf unserer Liste, und Frau Wöhler scheidet ja wohl aus. Ihre Angabe, dass sie erst nach dem Tod des Pfarrers angereist ist, werden wir natürlich überprüfen.«

»Und der Guru ist selbstredend auch verdächtig. Aber der hat so viele willige Helferinnen, dass er sich die Finger nicht selber schmutzig machen müsste. Charisma hat er ja, der Maître Dionysos, das muss man ihm lassen.«

Bäumler verdrehte die Augen und begann den Abstieg in Richtung Bacharach.

Die Zeitungen sind voll von dem Quatsch. Der Pfarrer sei so ein liebenswürdiger Mensch gewesen. Woher wollen die das wissen? Sobald jemand gestorben ist, feiert ihn jeder als heldmäßigen Obermacker. Ohne Fehl und Tadel. Als hätten die ihn alle persönlich gekannt. Doch bei seinem Tod war niemand dabei, hat niemand das Röcheln gehört, ihm in die brechenden Augen geschaut. Niemand außer mir.

Was treiben die Bullen? Wie viel wissen die schon? Die werden mich bestimmt noch in die Mangel nehmen. Aber sollen sie. Ich bin stark, bin cool, werde mich von denen nicht aus der Ruhe bringen lassen. Wenn die was wüssten, hätten die doch schon längst viel mehr Wind gemacht. Also, Ball flach halten. Bis jetzt scheint es so, als käme ich davon.

Und jetzt ran an die Winzer. Ich muss sie an ihrer Schwachstelle treffen. Kohle ist das Einzige, worum es denen wirklich geht. Der Wein ist doch nur Mittel zum Zweck. Zehn Riesen sollten erst mal reichen.

7

»Du musst den Stapler höher fahren, sonst hebe ich mir schon bei der ersten Lese einen Bruch!«

»Besser so?« Paul schaute fasziniert nach oben, wie ein kleiner Junge davon begeistert, den Gabelstapler zu steuern.

»Viel besser.« Wöhler stand auf der Weinpresse und kippte den Inhalt der Lesekisten, die der Gabelstapler ihm hinhielt, in den stählernen Schlund. Vorher war er die Kisten nochmals durchgegangen und hatte penibel einzelne verfaulte Beeren aussortiert.

»Warum haben wir eigentlich nicht entrappt? Stört dich das gar nicht, wenn die Stiele mitvergoren werden?«, fragte Paul unbedarft.

»Die Stiele werden selbstverständlich nicht mitvergoren. Erst mal geht es darum, die Trauben so schonend wie möglich zu behandeln. Deshalb reißen wir ihnen nicht die Stiele ab. Beim Pressen ist es außerdem ein Vorteil, wenn die Stängel noch dran sind. Dadurch bilden sich Saftkanäle, was eine schonendere und schnellere Pressung ermöglicht. In dem abgepressten Most, den wir vergären, sind dann natürlich weder Schalen noch Stängel.«

»Wahnsinn, Jaspal. Man könnte meinen, du machst das schon seit Jahrzehnten.«

»Danke für die Blumen. Du weißt, heute geht es um unser Schieferkraftwerk. Die trockene Spätlese aus dem Bopparder Hamm Engelstein. Unser Riesling soll die volle Power des devonischen Schiefers in sich tragen.«

Paul schnupperte wie ein Trüffelschwein. »Frischer Most. Stachelbeeren, reife Äpfel und immer wieder Schiefer, Schiefer, Schiefer. Ich kann es kaum erwarten, den in meinem Glas zu schwenken!«

»Gemach, gemach.« Wöhler beförderte den Inhalt der letztcn Lesekiste in die Presse und verschloss ihren Deckel. »Jetzt lassen wir das erst mal fünf Stunden stehen, und dann wird abgepresst.«

»Warum pressen wir nicht sofort?«

»Wegen der Maischestandzeit, so nennt man das. Der Großteil von dem, was den Geschmack des Weines ausmacht, sitzt in der Schale der Trauben. Etwa die Vorstufen der Aromastoffe, die von der Hefe aufgeschlossen und in die eigentlichen Weinaromen umgewandelt werden. Deshalb geben wir der Maische durch die Standzeit die Möglichkeit, sich stärker mit Aromastoffen vollzusaugen, bevor gepresst wird.«

»Verstehe. Und ich dachte schon, du wolltest dir nur ein Päuschen gönnen. Aber selbstverständlich hast du für deine Faulheit wie immer eine überzeugende wissenschaftliche Erklärung.« Paul knuffte Wöhler in die Seite. »Na, dann troll ich mich mal. Bin grad an einer großen Sache dran. Sag Bescheid, wenn du mich brauchst. Du weißt ja, wo du mich findest.«

Wöhler grinste. Paul war immer an irgendeiner großen Sache dran. Mal war das ein Kunstwerk, das er später zu schwindelerregenden Preisen unter die Leute zu bringen gedachte, mal eine neue Muse, der er sich mit ganzem Körpereinsatz widmen musste. Er sparte es sich, nachzufragen.

»Ich verstehe immer noch nicht, wie du so etwas essen kannst.« Aischvarya verzog angewidert das Gesicht und schaute in eine andere Richtung. Dabei streichelte sie Cerberus, dem zweijährigen Labrador, über den Kopf, den Jaspal im letzten Monat von Paul Zeehse geschenkt bekommen hatte. Als Ersatz für die fehlende Weiblichkeit in seinem Leben. Der Hund knurrte genießerisch.

Wöhler setzte das Messer gezielt an der einzigen Stelle an, an der er eine Chance witterte. Es knackte. »Verdammt!«, rief er und beobachtete, wie ein daumennagelgroßes Stück quer über den Tisch flog. »Jetzt hab ich dich aber, du Miststück!« Ein weiteres Knacken folgte, und Wöhler konnte die Austernschalen endlich behutsam voneinander trennen. Mit ein paar geschickten Bewegungen des Messers löste er das Muschelfleisch von der Schale, sodass es nun in dem Wasser schwamm, das die Auster aus dem Meer gefiltert hatte. Er gab ein paar Spritzer Zitrone darauf, trank vorsichtig ein wenig von dem salzigen Wasser und beförderte dann den Rest der Auster gekonnt in seinen Mund. Genüsslich zerkaute er das zarte Fleisch. »Ich kann wirklich nicht verstehen, warum manche sogenannten Genießer die Auster einfach runterschlucken.«

»Na ja, halt Augen zu und durch. Das kann ich sehr gut nachvollziehen.«

»Entweder mag man sie, oder man hasst sie.« Wöhler nahm einen kräftigen Schluck Riesling, bewegte ihn geräuschvoll im Mund hin und her. »Und im zweiten Fall sollte man sich nicht dazu zwingen, sie zu essen.«

»Genau meine Einstellung.«

»Nur die wenigsten wissen, wie perfekt ein mineralischer Riesling zu Austern passt. Nichts gegen Champagner, aber die zitrusfruchtigen und salzig-mineralischen Noten des Rieslings harmonieren doch viel besser mit dem Geschmack der Auster als die brotig-hefigen.« Wöhler lehnte sich zurück, leckte sich über die salzigen Lippen.

»Ach, Jaspal, ist das nicht etwas zu spitzfindig? Austern und Champagner sind schließlich ein Klassiker. Zu französischem Essen passt nun mal am besten ein französisches Getränk. So einfach ist das, und so war es schon immer.«

»Ich halte das ehrlich gesagt für ausgemachten Quatsch. Natürlich passt Chianti zur Wildschweinsalami, und Elsässer Riesling trinkt sich gut zu Choucroute, trotzdem wachsen Kombinationen wie diese nicht zusammen auf einem Baum.« Wöhler nahm noch eine Auster, beträufelte sie diesmal mit ein wenig Tabasco, schlürfte und kaute.

Aischvarya schüttelte sich demonstrativ.

»Das Beste ist der Nachgeschmack. Als hätte man ein ganzes Meer getrunken. Einfach *formidable*!«

»Du bist mit Sicherheit der einzige Winzer im Mittelrheintal, der Austern schlürft, um die Maischestandzeit zu überbrücken.« Aischvarya nahm die Fernbedienung des Fernsehers, drückte auf den Einschaltknopf, begann zu zappen.

»Ist dir unser Gespräch zu intellektuell, Mutter?«

»Im Gegenteil. Aber ich muss unbedingt die Sendung mit Maître Dionysos sehen.«

»Mit dem Verrückten aus Bacharach, bei dem du warst? Sag nicht, dass der es schon ins Fernsehen gebracht hat.«

»Schau, da sitzt er!« Aischvarya drehte den Ton lauter. Die Moderatorin leitete ihre beliebte Talkshow mit leiser, verständnisvoll klingender Stimme ein:»... Sie herzlich willkommen zu ›Gäste bei Tiefenthaler‹, heute mit dem Thema ›Glaube oder Aberglaube – die Macht der Sekten‹.«

Wöhler schnappte sich eine weitere Auster, trotz seiner Abneigung dem Guru gegenüber gespannt auf dessen Auftritt.

»Ich freue mich, Ihnen unsere heutigen Gäste vorstellen zu dürfen. Zu meiner Linken Kaplan Martin Kamp, der Sektenbeauftragte des Bistums Mainz.«

Der Kaplan verzog sein Spitzmausgesicht zu einem gequälten Lächeln und rieb nervös die Handflächen aneinander.

»Neben ihm sitzt der Religions- und Sektenexperte Hubert von Wedel, bekannt durch seinen Bestseller ›Zwischen Religion und Wahn – die Psychotricks der Gurus‹.«

Der Experte griff hastig nach seinem Buch, hielt es in die Kamera, bleckte die Zähne.

»Und ganz besonders freut mich, dass wir heute Martina Blau bei uns haben. Sie hat nach dem Abitur sieben Jahre lang in einer christlichen Ordensgemeinschaft gelebt und darüber ein betroffen machendes Buch geschrieben. Danke, dass Sie heute bei uns sind.«

Blau schaute schüchtern in die Kamera, die eilig weiter auf den Maître schwenkte, als könnte sie es gar nicht erwarten, ihn zu zeigen.

»Unser nächster Gast ist kontroverse Diskussionen gewohnt.

Auch wir haben seine mögliche Teilnahme an der Sendung lange diskutiert ... Aber jetzt ist er hier, bereit zum offenen Gespräch. Jürgen Matthusen, auch bekannt als Maître Dionysos, der Gründer der sogenannten Bacharacher Ufo-Sekte.«

»Wer oder was in diesem Land eine Sekte ist, darüber wird heute noch zu sprechen sein.« Der Meister blickte kampfeslustig.

»Und damit sind wir auch schon bei unserem Thema. Wo verlaufen die Grenzen zwischen Spiritualität, Religion und Sektentum? Und wo lauern die Gefahren, wie und warum fallen Menschen auf die Tricks der Sekten und ihrer Gurus herein? Frau Blau, Sie haben es geschafft, sich aus den Fängen einer christlichen Gemeinschaft zu befreien, die Sie persönlich als Sekte erlebt haben. Und das obwohl der Orden vom Papst legitimiert ist.« Es folgte ein kurzer Einspielfilm, in dem nachgestellt wurde, wie die junge Frau der klösterlichen Gemeinschaft an der Mosel beitrat, dort einer gründlichen Gehirnwäsche unterzogen wurde, den Orden wieder verließ und dann mit dem Erlebten an die Öffentlichkeit ging. In ihrem Buch warf sie einem Priester vor, sie für quälend lange Zeit regelmäßig sexuell missbraucht zu haben.

Mit dem Ende des Films schwenkte die Kamera über die beklommenen Gesichter der Diskussionsrunde.

»Frau Blau, in Ihrem Buch schreiben Sie, dass man Ihnen systematisch Ihr Ich genommen hat. Wie genau können wir uns das vorstellen?«

Blau zupfte an ihrer Nase und begann stockend zu erzählen.

»Ja, also ... Alles war darauf angelegt, uns möglichst kleinzuhalten. Wenn wir Briefe nach draußen geschickt haben, lasen sie vorher die Oberen. Wir wurden systematisch von der Außenwelt abgeschottet, es gab keine Intimsphäre. Und ständig wurde uns ein schlechtes Gewissen eingeredet. Sogar schriftliche Wochenberichte mit unseren intimsten Gedanken haben wir geschrieben.«

»Ich verstehe. Sie wurden also gezwungen, die Briefe und Berichte vorzulegen?«, fragte die Tiefenthaler sanft.

»Offiziell natürlich nicht. Aber trotzdem haben es alle getan.«

»Frau Blau, Sie beschreiben sehr präzise, wie der Priester Sie in die Enge getrieben und dann immer wieder sexuell missbraucht hat. Warum haben Sie so lange geschwiegen?«

»Das hab ich doch gar nicht, aber meine Verantwortliche hat mir nicht zugehört. Sie sagte, ich hätte den Priester in Versuchung geführt. Das haben sie uns immer wieder eingetrichtert. Die Frauen hätten dafür zu sorgen, dass die Männer das Zölibat einhalten!« Blau sprach jetzt mit lauter, fester Stimme. Auf ihrem Hals breiteten sich scharlachrote Flecken aus.

»Und wie haben Sie es geschafft, sich zu befreien?«

»Eine Freundin aus der Gemeinschaft hat gespürt, was mit mir los war. Sie hat mir dabei geholfen. Es war ja schon so weit, dass ich morgens aufwachte und in Tränen ausbrach, wenn ich merkte, dass ich noch lebe. Der Ausstieg war wahnsinnig schwer. Die Gemeinschaft war mittlerweile alles, was ich im Leben noch hatte.« Martina Blau schaute auf ihre Füße, schien in sich zusammenzusinken.

»Vielen Dank für Ihre Offenheit, Frau Blau. Sie haben viel Mut bewiesen, und wir freuen uns, dass Sie trotz dieser schrecklichen Erlebnisse heute wieder fest im Leben stehen.«

»Irrsinnige Geschichte. Und das im 21. Jahrhundert«, murmelte Wöhler, spülte das Fleisch der letzten Auster mit einem Schluck Riesling runter und hörte gespannt weiter zu.

»Herr Kamp, Sie sitzen hier als Vertreter der katholischen Kirche. Was sagen Sie zu den Vorwürfen von Frau Blau?«, fragte Tiefenthaler.

»Vorwürfe?«, eiferte sich der Guru. »Dass ich nicht lache! Hier geht es um einen handfesten Skandal! Aber darin seid ihr ja erfahren. Von den Kreuzzügen über die Inquisition bis hin zu euren pädophilen Pfarrern, ihr seid die größte Verbrecherorganisation der Geschichte!«

»Herr Matthusen, bitte reißen Sie sich zusammen. Sie kommen gleich zu Wort!«, rief ihn Tiefenthaler zur Ordnung.

Der Guru strich sich über seine ölige Glatze und lächelte selbstzufrieden.

»Lassen Sie ihn sich nur selbst diskreditieren, Frau Tiefenthaler.« Kamp schien die Ruhe selbst zu sein. »Zunächst einmal möchte ich, auch im Namen der Kirche, mein aufrechtes Bedauern über das ausdrücken, was Frau Blau zugestoßen und in keiner Weise mit dem Wort Jesu vereinbar ist. Frau Blau, ich entschuldige mich in aller Form bei Ihnen.« Unterwürfig nickte er in die Richtung der Angesprochenen, bevor er beifallheischend in die Runde blickte.

»Mit Entschuldigungen kennt ihr euch ja bestens aus. Manchmal dauert es auch nur ein paar hundert Jahre, bis sie erfolgen!«, rief der Maître dazwischen.

»Herr Matthusen. Jetzt ist aber Schluss damit!«, wies Tiefenthaler ihn wie einen ungehorsamen Schäferhund zurecht.

»Dein Guru nervt«, brummte Wöhler, und seine Mutter nickte sogar.

»Herr Kamp, ich denke, wir alle wissen Ihre Entschuldigung zu schätzen. Aber wie geht es denn jetzt weiter? Wird der Priester des Amtes enthoben? Wird sich etwas an den Zuständen in der Gemeinschaft ändern, wird der Papst ihr die Legitimation entziehen?«

»Das ist Gegenstand der apostolischen Visitation, die noch nicht abgeschlossen ist. Da möchte ich, dafür werden Sie Verständnis haben, nicht vorgreifen. Auf jeden Fall können Sie sich sicher sein, dass wir den Vorwürfen von Frau Blau gewissenhaft nachgehen werden.«

»Mehr können oder möchten Sie dazu nicht sagen, Herr Kamp?«, fragte die Moderatorin.

»Bitte, Frau Tiefenthaler. Das ist die Aufgabe der Kurie und übersteigt meinen bescheidenen Zuständigkeitsbereich bei Weitem.«

»Na schön, dann müssen wir wohl das Ergebnis dieser Visitation abwarten. Herr Matthusen, kommen wir jetzt zu Ihnen.«

Der Guru lehnte sich nach vorn, legte die Hände auf die Oberschenkel, sah die Moderatorin mit großen Augen an.

»Sie gelten nicht gerade als öffentlichkeitsscheu, die Presse hat bereits sehr ausführlich über Sie und Ihre Anhängerschaft, lassen Sie es mich mal so ausdrücken, berichtet. Was sagen Sie zu dem Vorwurf, Sie hätten eine gefährliche Sekte gegründet, die die Kirchenmüdigkeit und Orientierungslosigkeit der Jugend ausnutzt?«

Der Maître ließ sich auf seinem Sessel zurückfallen und faltete die Hände über dem Bauch. »Frau Tiefenthaler, vielen Dank für diese Frage. Ich möchte so antworten: Wer sagt denn eigentlich, dass wir hier die Sekte sind und nicht der Vertreter der Verbrecherorganisation, der mir gegenübersitzt? Wer legt die Grenzen fest? Wer entscheidet, wer recht hat?«

»Herr Matthusen, ich bitte Sie, sachlich zu bleiben. Aber Ihre Frage gebe ich gerne an unseren Sektenexperten weiter. Herr von Wedel, was meinen Sie dazu?«

Der Angesprochene zuckte zusammen, als hätte man ihn aus einem Sekundenschlaf gerissen. »Völlig richtig, Frau Tiefenthaler, völlig richtig. Also, ich sag mal, die Abgrenzung von Sekten gegenüber normalen Religionsgemeinschaften ist alles andere als einfach. Das habe ich ja auch in meinem Buch ausführlich dargelegt. Natürlich hat dieser Umstand, anders als Herr Matthusen uns einreden möchte, nichts damit zu tun, wer recht hat. Diese Frage ist ja ohnehin nur schwer zu beantworten und fast schon eine philosophische.«

»Aber wo verläuft die Grenze Ihrer Ansicht nach?«, bohrte Tiefenthaler beharrlich weiter.

»Ich verstehe unter einer Sekte eine kleine Glaubensgemeinschaft mit hierarchischem Aufbau, deren Ansichten radikal und abwegig sind und den ethischen Grundwerten unserer Gesellschaft widersprechen.«

»Danke, Herr von Wedel. Das scheint mir ja wie die Faust aufs Auge auf die Gemeinschaft zuzutreffen, deren Teil Frau Blau war, oder?«

»Absolut«, antwortete der Experte knapp.

»Und wie sieht es mit den Dionysikern aus? Handelt es sich bei denen Ihres Erachtens nach ebenfalls um eine Sekte? Vielleicht sogar um eine gefährliche?«

»Auch darauf antworte ich mit einem klaren Ja. Alle Punkte, die ich genannt habe, sind erfüllt. Kleine Glaubensgemeinschaft, steile Hierarchie, absurde Ansichten und eine Ethik, die unserer Gesellschaft widerspricht. Dabei denke ich zum Beispiel an Polygamie.«

»Du armseliger Spießer, du! Du hast doch keinen blassen Schimmer, wovon du redest!«, brüllte der Guru los. »Du bist nie bei uns gewesen, reimst dir alles nur in deinem kleinen Spießerhirn zusammen!«

»Herr Matthusen, mäßigen Sie sich!«, rief Tiefenthaler erbost.

»Ist doch wahr. Das einzige Problem, das ihr hier alle habt, ist eure Angst vor der großen, der realen Offenbarung. Ich aber habe sie erfahren. Von Angesicht zu Angesicht habe ich einem Außerirdischen, einem unserer Schöpfer, gegenübergestanden. Das ist ein Gefühl, so unbeschreiblich orgiastisch, dass es jede andere Erfahrung in den Schatten stellt! Dagegen ist deine Papierreligion, Kaplan, ein aufgeblasenes Nichts!«

»Herr Matthusen, wollen Sie nicht objektiv zum Sektenvorwurf Stellung nehmen? Das ist Ihre allerletzte Chance«, presste Tiefenthaler mit bebender Stimme hervor.

»Aber gerne doch! Warten Sie mal, zum Glück habe ich mir die Punkte notiert.« Der Maître hielt einen kleinen Zettel in der Hand. »Erstens: kleine Glaubensgemeinschaft. Warten Sie mal ab, wir stehen ja gerade erst am Anfang. Zweitens: steile Hierarchie. Wenn Sie mehr über steile Hierarchien erfahren wollen, sollten Sie mal lieber bei Herrn Kamp nachfragen. Drittens: absurde Ansichten. Im Gegensatz zu den Kirchenoberen habe ich meine jedenfalls aus erster Hand. Und schließlich: Polygamie. Was bei uns geschieht, geschieht einvernehmlich. Zu diesem Stichwort sollten Sie sich also ebenfalls besser an Herrn Kamp und seine Päderastensekte …«

Während Matthusen noch sprach, machte Tiefenthaler eine Geste in Richtung Kulisse. Kurz darauf erschienen zwei Bodyguards in schwarzen Jeans, schwarzen T-Shirts und mit phantasievollen Tattoos auf den Armen auf der Bühne. Sie packten den Guru, zogen ihn aus dem Sessel und dirigierten ihn routiniert in den Backstagebereich. Der Maître leistete keinen Widerstand, rief aber immer wieder »Päderastensekte!« und »Größte Verbrecherorganisation der Geschichte!« und ließ eine Runde betretener Gesichter zurück.

»Na, Mutter, hat sich ja richtig gelohnt, die Sendung einzuschalten«, sagte Wöhler schmunzelnd. »Äußerst unterhaltsam.«

»So langsam begreife ich es. Dieser Mann ist gemeingefährlich. Glaub mir, ich kenne mich in diesen Kreisen aus.«

»Wenn du das schon sagst …«

»Wirklich, Jaspal. Wenn das keine Sekte ist, dann weiß ich auch nicht. Die Jünger sind total hörig, ihrem Guru willenlos ergeben, und er hetzt sie auf, gegen die Kirche und den Staat … Dem muss unbedingt jemand das Handwerk legen!«

Wöhler schaute nachdenklich durch das Panoramafenster. Der runde Mond strahlte bereits hell vom dunkler werdenden Abendhimmel. »Abpressen bei Vollmond. Wird bestimmt ein großer Wein … Paul meinte gestern, der Guru könnte hinter dem Mord am Pfarrer stecken.«

»Das glaub ich sofort. Ich trau dem nicht über den Weg. Und von Hass erfüllt ist er auch. Das konntest du ja gerade sehen.«

»Na schön … Ich muss jetzt wieder, Mutter. Die Maische ruft.«

Wöhler spürte ein nervöses Kribbeln im Bauch, als er auf den Startknopf der Weinpresse drückte. Ein Warnsignal ertönte, dann erschien auf dem Bildschirm eine rote Schrift: »Fatal system error. Code c00021a. Call service.« Das durfte doch nicht wahr sein! Seine Gedanken überschlugen sich. Gemeinsam mit Daniel hatte er das Programm eingerichtet, war alle Schritte in Ruhe durchgegangen. Heute war das erste Mal, dass er völlig alleine vor der Presse stand, und eigentlich hätte er nichts weiter tun müssen, als einen Knopf zu drücken. Wütend trat er gegen die Presse, fühlte ein Pochen hinter seiner Stirn. Daniel. Er musste ihn anrufen, sofort. Mit zittrigen Händen griff er nach dem Smartphone.

»Super, dass du rangehst. Hast du kurz Zeit?«

»Für dich immer, Jaspal. Schieß los.«

»Danke, ich dachte schon, nach unserem letzten Gespräch … Aber egal, du, mit der Presse stimmt was nicht. Ich hab den Startknopf gedrückt, dann kam ein Warnton und eine Fehlermeldung: ›Fatal system error. Code c00021a. Call service.‹ Was soll ich denn jetzt tun? Die Maische muss doch gepresst werden, sonst kommen da zu viele Bitterstoffe rein!«

»Bleib ganz ruhig. Ich bin gleich da.«

Daniel leuchtete die Elektronik mit der Taschenlampe aus und kroch dabei beinahe in die maschinellen Eingeweide der Presse hinein. »Schau mal, hier ist ein Zettel. Wie der da wohl reingekommen ist? Dürfte aber nichts mit dem Fehler zu tun haben.«

Wöhler nahm das zusammengefaltete, zerknitterte Papier entgegen und legte es beiseite, ohne einen Blick darauf zu werfen. »Und sonst? Schon irgendeine Ahnung, was los ist?«

»Hm, das hier könnte es sein. Na klar, passt auch zum Fehlercode. Wenn die Zeitschaltuhr hinüber ist, kannst du die Automatik natürlich vergessen.«

»Und was machen wir jetzt?« Wöhlers Gedanken fuhren Achterbahn. Wie sollten sie die Maische aus der Presse bekommen? Und könnte er dann vielleicht bei Daniel pressen, oder war sein Wein nicht mehr zu retten?

»Cool bleiben, Jaspal. Dann müssen wir die Einstellungen halt manuell eingeben. Ist gar nicht so schwierig.«

Wöhler atmete durch. »So ein Glück. Warum hast du das nicht gleich gesagt?«

»Ein bisschen Strafe muss sein … Nee, Quatsch. Ich wollte erst mal die Ursache finden. Aber jetzt kann's losgehen.« Gekonnt hatte Daniel die Abdeckung wieder angeschraubt, drückte ein paar Knöpfe und begann, die Presse manuell zu steuern.

Wöhler versuchte, sich jeden seiner Handgriffe einzuprägen, um beim nächsten Mal nicht wieder so hilflos vor der Maschine zu stehen. Er sog den Duft des frisch gepressten Mostes ein. »Stachelbeeren, reife Äpfel ... Und, Paul hatte recht, jetzt rieche ich auch den nassen Schiefer.«

»Womit hatte ich mal wieder recht?«, übertönte eine dunkle Männerstimme den Maschinenlärm.

»Paul. Aus welcher Asche bist du denn entstiegen?«, rief Wöhler.

»Ich und ein Phönix? Zu viel der Ehre. Aber ich musste einfach wissen, wie es um unser Schieferbaby steht«, antwortete Paul schlagfertig.

»Das ist gerade noch mal mit dem Leben davongekommen. Dank Daniel. Du musst jetzt wieder ganz nett zu ihm sein!«

»Aber immer doch.« Paul begrüßte Daniel freundschaftlich. »Was haben wir denn da?« Er hob den in der Maschine gefundenen Zettel auf, faltete ihn auseinander und las vor: »›Das war nur eine Warnung. Besorg zehntausend Euro und leg sie morgen Abend in deine Mülltonne vor dem Haus. Keine Tricks. Sonst vergifte ich deinen ganzen Wein.‹« Paul ließ das Papier sinken und blickte in zwei verdutzte Gesichter.

Das von Daniel war bleich geworden. »Du verarschst uns doch, Paul, zeig her!« Er griff den Zettel mit zittrigen Fingern, überflog die Nachricht. »Das ... Das ist ... der gleiche Text, den ich vor drei Tagen auch bekommen habe«, stammelte er.

»Wie bitte? Aber warum hast du uns nichts davon gesagt? Wir haben doch gemerkt, dass du völlig neben der Spur warst«, antwortete Wöhler.

»Das Problem ... Das Problem ist ...«

»Was denn jetzt? Raus damit!«, rief Paul.

»Dass ich gezahlt hab«, platzte es aus Daniel heraus. Wäre nicht der Lärm der Weinpresse gewesen, wäre die nun folgende Stille mit den Händen greifbar gewesen.

»Aber warum?«, fragte Wöhler, nachdem er den ersten Schock verdaut hatte.

»Warum wohl? Ihr wisst doch, wie viel Stress ich gerade mit meinem Alten habe. Wegen des Amphorenweins. Glaubt ihr vielleicht, da wollte ich ihm das auch noch auftischen? Mit Polizei und allem, was an so was dranhängt?« Daniel schüttelte den Kopf.

»Mit dem Schweigen muss jetzt Schluss sein, Daniel«, sagte Paul energisch. »Wir drei halten zusammen. Wir helfen dir. Jaspal wird sich der Drohungen annehmen. Und vielleicht klärt er ja dabei auch den Mord am Pfarrer auf.« Er lachte, was angesichts der Umstände unpassend wirkte. »Ohne Polizei natürlich, hab ich nicht recht, Jaspal?«

Wöhler musterte die Gesichter seiner Freunde, strich sich mit einem Finger über die Oberlippe, blickte über Daniels Kopf hinweg. »Zahlen werde ich auf keinen Fall … Und die Polizei rauszuhalten finde ich auch richtig … Wir könnten ja eine Webcam über der Mülltonne anbringen und mal sehen, ob sich der Briefeschreiber so leicht enttarnen lässt.«

»Na also, Jaspal. Ich wusste doch, dass dein Ermittlerherz noch immer schlägt«, sagte Paul und nickte Daniel triumphierend zu.

8

Bäumler zog den Kopf ein und quälte sich aus seinem Porsche Cabrio heraus, das für seine Statur definitiv zu eng war. Sein Schädel brummte, und sein Magen rebellierte. Er brauchte jetzt dringend frische Luft und ein wenig Bewegung, um wieder einen halbwegs klaren Kopf zu bekommen. Als er am Morgen völlig gerädert aufgewacht war, war ihm klar geworden, dass er wieder einmal eine Nacht auf seiner Couch verbracht hatte. Die halb leere Bourbonflasche auf dem Fußboden hatte den Rest der Geschichte erzählt.

Er blieb stehen, ließ den Kopf kreisen, verzog schmerzvoll das Gesicht. War sein Polizisten-Job ihm inzwischen so lebenswichtig geworden, dass er dafür alles andere aufgab? Oder bildete er sich das nur ein, und gab es in Wahrheit gar nichts mehr, was er aufgeben konnte – abgesehen von seinem Job? Fakt war doch, dass er hier in Koblenz niemanden und nichts hatte. Außer der flotten Bächle und der abendlichen Flasche Bourbon. Sollte er mal versuchen, beides zu kombinieren und mit Bächle einen trinken zu gehen? Vergiss es, rief er sich zur Räson, das wird sie niemals tun. Wirklich niemals? Vielleicht zahlte sich seine Beharrlichkeit irgendwann doch noch aus, und es würde ihm gelingen, sie weichzuklopfen.

Bäumler trottete weiter, setzte probehalber ein Lächeln auf. Er freute sich auf morgen. Dann würde er gemeinsam mit Harald ins Stadion gehen, mit jeder Faser dazu bereit, den FC Köln zu unterstützen. Er schmeckte schon die herrlich wabbelige Stadionwurst, spürte das Gewicht des Bierbechers aus Plastik in der Hand. Genau genommen war die Stadionwurst das Einzige, was er noch schmecken konnte, aber auch nur in seiner Erinnerung, denn ansonsten war er ja geruchs- und geschmacksblind.

Diese Saison konnte es etwas werden mit dem FC, da war er sich sicher. War immer noch Zweiter hinter den Bayern.

Nur drei Punkte Abstand, aber die Spielzeit war ja noch jung. Morgen ging es gegen Leverkusen. Mehr Derby war unmöglich. So oder so, er würde sich mit Harald in der Südkurve in den Armen liegen und den ganzen Koblenz-Scheiß hinter sich lassen. Na, wer sagte es denn. So langweilig war sein Leben gar nicht. Außerdem könnte er jederzeit nach Köln zurückgehen. Jederzeit. Theoretisch zumindest. Als er einen leichten Schlag in der Seite spürte, schaute er verärgert auf.

»Entschuldigen Sie bitte ... Sehe ich richtig? Sind Sie nicht Hauptkommissar Bäumler aus Koblenz? So ein Zufall aber auch.«

Bäumler runzelte die Stirn, schaute in ein verkniffenes Gesicht, auf dem ein dunkelgrauer Hut saß. Im Mund steckte eine glimmende Zigarette, um den Hals war ein schwarzer Schal geschlungen.

»Ich habe mich ja noch gar nicht vorgestellt. Harry Ramschbach, ich schreibe für den ›Rhein-Anzeiger‹.«

»Angenehm«, murmelte Bäumler.

»Jaja, ganz meinerseits. Sagen Sie, Sie ermitteln doch in Sachen toter Pfarrer, oder? Gibt es da denn immer noch keine Neuigkeiten? Ihre Behörde lässt aber auch so gar nichts raus. Haben Sie nicht ein klitzekleines Leckerli für mich?« Ramschbach zwinkerte Bäumler zu und trat seine erst zur Hälfte aufgerauchte Zigarette auf dem Gehsteig aus.

»Sie wissen ganz genau, dass Sie von mir nichts erfahren. Außerdem muss ich jetzt weiter. Bin schon spät dran.«

»Ermittlungsarbeit? Wie spannend! Hatte ich mir doch gedacht. Sie waren so ... in Gedanken vertieft.«

Bäumler seufzte. »Ich glaube, das reicht jetzt, Herr Ramschbach.«

»Wirklich? Ich kenne ein nettes Café hier gleich um die Ecke. Ginge selbstverständlich auf meine Kosten.«

»Verzieh dich, Schmierfink!«, stieß Bäumler hervor.

»Na, na, Herr Hauptkommissar. Aber schon gut, ich kenne das ja auch. Immer dieser Erfolgsdruck, der auf einem lastet. Der macht einen ganz aggressiv.« Er zog eine frische Zigarette aus der Packung, zündete sie an und blies den Rauch an Bäumlers Gesicht vorbei. »Es war der Guru, oder? Oder ist Ihnen die Erklärung zu einfach? Andererseits reden doch schon alle drüber. Aber na klar, Sie wollen den großen Coup landen. Wollen sich mit einem Knalleffekt einführen, Ihre Duftmarke setzen, stimmt's nicht?«

Bäumler war inzwischen weitergegangen und versuchte, Ramschbach zu ignorieren.

Der hielt keuchend mit ihm Schritt, schleuderte die gerade angerauchte Zigarette fort. »Aber wenn Sie Matthusen festnehmen, dann rufen Sie mich an, abgemacht? Ich verspreche Ihnen, ich werde superprofessionelle Fotos machen und Sie so richtig geil in Szene setzen. Mit meiner Hilfe werden Sie zum ›Hero‹ von Boppard oder Bacharach oder Koblenz, was immer Sie wollen. Und mein Angebot mit dem Café steht natürlich auch noch. Also, was sagen Sie, Herr Hauptkommissar?«

»Ich sage: Verpiss dich, sonst …«, presste Bäumler zwischen zusammengebissenen Zähnen hervor.

»Sonst? Immerhin sind wir jetzt schon beim Du. Zu deinem Glück bin ich auch überhaupt nicht nachtragend. Ich sag dann mal Auf Wiedersehen!« Ramschbach winkte mit seiner Rechten wie ein Tourist, der ekstatisch die Gäste eines vorbeifahrenden Ausflugsdampfers grüßt, und entfernte sich eilig. Anscheinend hatte er trotz allem ein gutes Gefühl dafür, wann es kurz vor knapp war.

Nachdenklich schaute Bäumler dem Journalisten hinterher. Man kann sich seinen Job halt nicht immer aussuchen, dachte er. Mechanisch trottete er weiter. Hatte er die Länge des Weges unterschätzt? Hätte er lieber direkt hinfahren sollen? Damit hätte er sich immerhin die Begegnung mit dem nervigen Ramschbach erspart. Seine Gedanken kreisten wieder um Koblenz. Bächle war nicht einfach nur scharf, nein, er hatte seine Kollegin inzwischen auch ins Herz geschlossen. So richtig. Er mochte die Art, wie sie sich die Haare zurückstrich und sich hinters Ohr klemmte. Wie sie sich an den Hals fasste, so als hoffte sie im Geheimen, dass er sie genau dort berühren würde. Vielleicht sogar küssen.

Sie war längst nicht so tough und selbstbewusst, wie sie immer tat, da war Bäumler sich sicher. In den sportlichen Jeans, den hohen Stiefeln und hinter der coolen Fassade steckte eine Frau, die auf der Suche war. Sie würde sich an ihm festhalten können, und so schnell würde er, Bäumler, nicht aufgeben.

Der Hauptkommissar blieb stehen, registrierte die Hausnummer. »Zweiundvierzig. Scheiße. Zu weit gegangen«, murmelte er und lief zurück. Zweiunddreißig – das passte jetzt. Bäumler taxierte das in schmutzigem Dunkelgelb gestrichene Vier-Parteien-Haus. Zwei oben, zwei unten. Hinten an das Grundstück grenzte der Wald, das Dach war von grünen Flechten überwuchert und an einer Stelle notdürftig mit blauer Folie abgedichtet. Die Fenster waren gardinenlos, nur in der Wohnung links oben hingen an manchen Badehandtücher.

Er schritt die Auffahrt hinauf, blieb vor dem Hauseingang stehen und las die Namen auf den Klingelschildern. »Król/Kowalski«, hatte jemand oben rechts in sorgfältiger Handschrift auf einen Fetzen Klebeband geschrieben. Gerade wollte er auf den dazugehörigen Knopf drücken, als die Haustür ruckartig aufgestoßen wurde.

Der stämmige Mann mit kurzen Haaren, Dreitagebart und Nickelbrille blieb stehen, musterte Bäumler. Seine Augen verengten sich zu Schlitzen, das Gesicht wurde hart.

»Guten Tag, Bäumler mein Name. Kriminalpolizei Köln … äh Koblenz, meine ich.«

Der Kraftprotz zog die Tür hinter sich zu, presste ein »Pfffft …« zwischen den Zähnen hervor, drehte sich um und hastete die Auffahrt hinunter.

Bäumler blickte ihm verwundert hinterher. War das heute ein Tag der Begegnungen der dritten Art? Endlich drückte er den Klingelknopf und konnte die Tür kaum so schnell öffnen, wie das Summen erklang. Man schien ihn bereits zu erwarten.

Bäumler stand von dem unbequemen Sofa auf, streckte sich und verschränkte die Arme hinter dem Kopf. Er ging ein paar Schritte und blieb vor dem Holzregal stehen, das prall mit Büchern gefüllt war. Über Weinbau, Kellerwirtschaft, dazu der »Atlas der deutschen Weine«, das »Rebsortenlexikon«, ergänzt durch Lektüre mit polnischen Titeln, die er nicht verstand. Hochinteressant, dachte er. Über eine Sammlung von Esoterikbüchern hätte er sich weniger gewundert als über die Weinbibliothek. Gut, dass er Frau Król um einen Tee gebeten hatte. War zwar ein alter Trick, funktionierte aber immer noch und gab ihm Zeit, sich in Ruhe umzusehen. Als Bäumler das kurze Klacken von Absätzen auf Linoleum hörte, setzte er sich auf das Sofa zurück.

»Ich hoffe, schwarzer Tee mit Zucker und Zitrone ist in Ordnung? So trinken wir ihn in unserer Heimat.«

»Danke, passt schon. Ich hab mich da nicht so. Das mit dem Wodka ist also nur ein Klischee?«

»So kann man das nun auch wieder nicht sagen. Aber Tee mögen wir fast genauso gerne.«

»Sie interessieren sich für Wein?« Bäumler nahm einen Schluck, verbrannte sich prompt den Mund und ärgerte sich, nicht noch ein wenig gewartet zu haben.

»Sie meinen, wegen der Bücher? Wir arbeiten beide hier als Erntehelfer, aber unser Traum ist ein eigenes Weingut in der Heimat.« Król hatte auf dem Sessel Bäumler gegenüber Platz genommen, allerdings auf der Armlehne, und die langen, nackten Beine übereinandergeschlagen.

Fasziniert verfolgte der Hauptkommissar, wie sie sich nach vorn beugte, nach ihrer Teetasse griff und sie formvollendet im Zeitlupentempo zum Mund führte. Ihr ohnehin schon kurzes Röckchen rutschte dabei gefährlich weit nach oben. Er räusperte sich und nahm zügig einen weiteren Schluck Tee, der inzwischen Trinktemperatur hatte. »Wir?«, fragte er mit belegter Stimme.

»Ich und Wojciech Kowalski, mein Mitbewohner.«

»Habe ich den vielleicht gerade getroffen? Schien es ziemlich eilig zu haben.«

»Ja, der Wojciech hat immer Hummeln im Hintern. Manchmal ist er übrigens auch mein Liebhaber. Aber aktuell nur Mitbewohner.« Sie neigte den Kopf und blickte ihm tief in die Augen.

Bäumler räusperte sich wieder. »Wojciech Kowalski? So wie an der Klingel? Kurze Haare, Nickelbrille, stämmig? Das ist Ihr … Mitbewohner?«

»Richtig, Herr Hauptkommissar. Aber warum wollen Sie das so genau wissen? Haben wir etwas verbrochen?« Sie stand langsam auf, strich ihren Rock glatt und nahm anschließend im Sessel Platz. Wieder schlug sie die Beine übereinander, stützte das Kinn in die Hand und blickte Bäumler kokett in die Augen. Ihre waren hellbraun. Das Weiße um die Iris strahlte heller, als Bäumler es je zuvor gesehen hatte.

»Verbrochen? Äh, nein. Das heißt, das weiß ich natürlich nicht. Mir geht es jedenfalls um den Guru. Um Herrn Matthusen. Wir ermitteln in dem Mord am Pfarrer … in alle Richtungen.« Bäumler lehnte sich zurück, suchte Halt an einer Armlehne. Was führte diese Frau im Schilde?

»Na, endlich. Hab ich doch gleich gespürt, dass es zwischen uns passt.«

»Wie bitte?«

»Ich meine, dass wir die gleichen Ziele verfolgen. Nämlich den Guru und seine Bande zu vernichten.«

»Seine Bande? Ich dachte, Sie –«

»Das ist doch längst wieder vorbei! Eine Sekte ist das. Und was für eine. Matthusen macht sie sich alle gefügig. Um billigen Sex geht es ihm, nur darum. Die Story mit dem Außerirdischen ist doch so was von kindisch, die glauben ihm nicht mal seine naivsten Sexsklavinnen!«

Bäumler war froh, den Weg in das Haus Nummer zweiunddreißig gefunden zu haben. Und dass er Bächle nicht mitgenommen hatte, war ebenfalls eine weise Entscheidung gewesen. Bestimmt würde er heute weit mehr erfahren als Bächle mit ihrer stundenlangen Computerrecherche.

Plötzlich erhob sich Król von ihrem Platz, ging entschlossen auf Bäumler zu, setzte sich auf seinen rechten Oberschenkel, legte den Arm um seine Schulter und flüsterte ihm ins Ohr: »Herr Kommissar, soll ich Ihnen ein Geheimnis verraten?«

»Äh, gern …«

»Im Keller der Burg sollten Sie suchen.«

»Und was werde ich da finden?«

»Eine Überraschung«, hauchte Król mit rauchiger Stimme. Bäumler begann zu schwitzen. »Leider können wir da nicht einfach reinmarschieren. Dazu brauchen wir einen richterlichen Beschluss. Und dafür wiederum eine Grundlage«, erwiderte er betont sachlich, während er Króls warmen Busen an seiner Brust spürte.

»Klonversuche. An Menschen«, flüsterte die junge Frau.

»Wollen Sie mich veräppeln?«

Król sprang auf.

»'tschuldigung, aber ich meine …«

Sie beugte sich vor, schob ihr Gesicht so dicht vor das des Hauptkommissars, dass ihre Nasen sich berührten. »Das ist kein Scherz. Im Burgkeller werden verbotene Klonexperimente an Menschen durchgeführt. Das ist hochkriminell und eindeutig ein Fall für die Polizei. Also für Sie, Herr Bäumler.«

»Und woher wissen Sie das?«

»Ich bin selbst unten gewesen. Habe die Labore gesehen. Alles supermodern. Außerdem hat man uns allen Hautzellen abgenommen und diese eingefroren, damit wir auch nach unserem Tod weiterleben können.«

»So? Hat man das?« Bäumler war verwirrt, fühlte sich hilflos. Er würde der Sache nachgehen, auch wenn es nicht die Art von Spur war, die er hier zu finden gehofft hatte. Aber einen letzten Versuch musste er noch starten. »Und was ist mit Pfarrer Kaltenborn? Wissen Sie etwas über ihn und Matthusen?«

Król blies sich eine Locke aus der Stirn, richtete sich wieder auf. »Nein, keine Ahnung. Aber Sie enttäuschen mich, Herr Hauptkommissar … Hoffentlich zum letzten Mal.« Sie fuhr sich mit der Zunge über die Lippen, drehte sich langsam um und streckte ihm ihr Hinterteil entgegen. »Nimm mich«, gurrte sie. Bäumler traute seinen Ohren nicht. Was um Himmels willen war in diese Frau gefahren? »Bitte?«, stammelte er fassungslos. »Lass uns vögeln«, präzisierte Król. »Sie sind ja verrückt!« »Na los, mach schon!« Nach der dritten Aufforderung klinkte Bäumlers Gehirn sich aus. Er riss Króls Rock samt Höschen mit einem Ruck herunter, öffnete seinen Gürtel, ließ die Hosen fallen und drang ein. Es fühlte sich gut an. Und richtig.

»Beweise, Herr Bäumler, ich brauche Beweise.« Bäumler grinste gedankenverloren. Er hatte kein Wort von dem überlangen Monolog mitbekommen, den Kreikebaum gerade beendet hatte. Er fühlte sich erfrischt, glasklar im Kopf und so vital wie schon lange nicht mehr. Er schaute zu Bächle hinüber, die aufrecht und mit verschränkten Armen dastand. Ihr Blick war eisig. »Mensch, Bäumler, jetzt wachen Sie halt endlich auf!«, ermahnte der Staatsanwalt den Hauptkommissar. »Entschuldigen Sie, Herr Kreikebaum, ich war gerade … Ach, was soll's. Zuerst habe ich ja auch gedacht, dass Frau Król mich verarschen wollte. Aber dann …« »Was?«, fragte der Staatsanwalt ungehalten und sah auf die Uhr über der Eingangstür. »Nun, dann habe ich recherchiert. Herr Matthusen hat tatsächlich in einem Interview behauptet, am Klonen von Menschen zu arbeiten. Er wollte wohl noch mehr Aufmerksamkeit auf sich und seine Sekte lenken.« »Und was soll bitte schön das Motiv für diese Klonversuche sein?«, erkundigte sich Bächle mit kühler Stimme. »Das ewige Leben zu erschaffen. Allen Sektenmitgliedern werden Hautzellen entnommen, die eingefroren werden und nur darauf warten, wieder zu neuem Leben erweckt zu werden.

Außerdem will Matthusen den perfekten Menschen kreieren. Ohne Schwächen, ohne Fehl und Tadel. Es gibt immer wieder Jünger, die auf seine Masche hereinfallen und sich ihm deshalb anschließen.«

»Wenn Sie das sagen, Herr Kollege«, bemerkte Bächle spöttisch.

»Ich habe mich sogar bei der Uni Köln erkundigt. Mein Ansprechpartner sagte, dass zwar noch niemand nachweislich einen Menschen geklont hat, dass aber eine ganze Reihe von Laboren daran arbeitet.« Bäumler versuchte, den Gesichtsausdruck des Staatsanwalts zu deuten. Er wechselte von skeptisch zu hochinteressiert. Kreikebaum schien eine Idee zu haben.

»Nun ja, Herr Bäumler. Vielleicht sollten wir es doch versuchen. Der Innenminister wird bestimmt entzückt sein. Matthusen ist ihm schon länger ein Dorn im Auge, und er wäre sicher sehr erfreut, wenn wir ihm etwas anhängen könnten. Ich kümmere mich um einen Durchsuchungsbeschluss, und Sie beide können schon mal die Pferde satteln. Enttäuschen Sie mich nicht!«

Bächle schaute säuerlich, ging auf den Schreibtisch aus dunklem Holz zu, stützte sich auf, lehnte sich nach vorn und sagte mit sanfter Stimme: »Herr Dr. Kreikebaum, bitte überdenken Sie Ihre Entscheidung. Eventuelle Experimente haben doch nichts mit dem Mordfall zu tun. Und wenn sich das als Hirngespinst entpuppt und unser Vorgehen an die Öffentlichkeit gelangt, machen wir uns bloß lächerlich.«

Der Staatsanwalt schlug mit der flachen Hand auf den Tisch. »Schluss jetzt. Ich habe meine Entscheidung getroffen. Zudem gibt es doch genügend Möglichkeiten, wie Matthusen in den Mord verwickelt sein könnte. Also: Sie liefern mir den Guru. Und zwar Sie beide, damit das klar ist.«

Bächle richtete sich auf und wandte sich zu Bäumler. Ihr wütender Blick hätte ein zarteres Gemüt als seines garantiert erschüttert.

9

Besitzergreifend legte Magdalena Król den Arm um die Hüften des Gurus, der die Geste erwiderte, ohne zu zögern. Mit gespitzten Lippen warf sie ihr dunkelbraunes Haar zurück.

»Reg dich nicht auf, Magdalena. Ich rufe jetzt meinen Anwalt, und dann ist der Spuk genauso schnell vorbei, wie er begonnen hat«, sagte der Maître beschwichtigend.

»Das hätten Sie wohl gern, Herr Matthusen. Ihren Anwalt können Sie von mir aus gerne anrufen, trotzdem fangen wir schon mal an, die Spuren zu sichern. Mit dem Durchsuchungsbeschluss hat alles seine Richtigkeit.« Bäumlers fester Blick war auf den Guru gerichtet, er vermied es, Król anzuschauen.

»Spuren … dass ich nicht lache. Aber bitte schön, schauen Sie sich ruhig um. Vielleicht haben wir am Ende ja ein paar Gefolgsleute mehr, wenn Ihre Männer hier durch sind«, antwortete der Maître.

»Ganz bestimmt. Wir werden dann mit Ihren Privaträumen beginnen. Wären Sie so nett?« Bäumler blickte verstohlen zu Bächle, die links neben ihm stand, die Arme verschränkt wie schon in Kreikebaums Büro. Sie sagte kein Wort.

»Na schön. Frau Król wird Sie begleiten. Ich komme später mit meinem Anwalt hinterher.«

Die Angesprochene warf den beiden Kommissaren feindselige Blicke zu und bedeutete ihnen mit einer herrischen Geste, ihr zu folgen.

Bäumler wusste nicht, wie ihm geschah. Welches Spiel spielte Król? Warum war sie zu Matthusen zurückgekehrt? Oder war sie sich ihrer Sache völlig sicher und wollte nur dabei sein, wenn sie ihn hochgehen ließen? Jedenfalls war sie eine begnadete Schauspielerin. Und nicht nur das …

Bächle stieß Bäumler in die Seite. »Reißen Sie sich zusammen, Bäumler«, zischte sie.

Hatte sie etwa seinen verträumten Blick bemerkt, der auf Króls wiegendem Hinterteil ruhte? Und hatte er sie jetzt endlich so weit, dass sie eifersüchtig war? In was hatte Bäumler sich da nur reinmanövriert?

»Treten Sie näher und tun Sie, was Sie nicht lassen können.« Król stieß die Tür zu den Privatgemächern des Gurus auf und ließ die Kommissare und den Tross der Kriminaltechniker passieren.

Bäumler, Bächle und ihre Entourage traten ein und blieben in der Mitte des ersten Raumes stehen. Sie schauten an die bemalte Decke, musterten die plüschigen Sofas, die prunkvollen Säulen, die mit Goldbrokat besetzten Stühle. Das Zimmer wirkte, als wäre es vom Bayernkönig Ludwig II. höchstpersönlich eingerichtet worden – oder von einem New Yorker Immobilienmogul. »Wenn das kein Protz ist, weiß ich auch nicht«, murmelte Bäumler.

»Der Maître lebt angesichts seiner Bedeutung für die Menschheit sehr bescheiden. Wohn-, Ess- und Videozimmer, ein Schlaf- und ein Badezimmer, das ist auch schon alles«, sagte Król.

»Verstehe. Arbeitszimmer gibt es keins?«, fragte Bäumler möglichst sachlich.

»Nein. Heutzutage geht doch alles papierlos. Der Laptop da reicht ihm.«

»Sicherstellen!«, herrschte Bäumler den Kriminaltechniker an, der ihm am nächsten stand und sich sofort in Bewegung setzte.

»Dürfen Sie das? Oder nehmen Sie sich mal wieder einfach nur das, was Sie haben wollen?«, fragte Król schnippisch.

Bächle, die sich bis dahin wie unbeteiligt an eine der Säulen gelehnt hatte, rührte sich plötzlich und lauschte mit sichtbarem Interesse dem Gespräch.

»Nun ja, also … Selbstverständlich ist das von der gerichtlichen Anordnung abgedeckt«, stammelte Bäumler.

»Den Laptop haben wir«, sagte der schlaksige Techniker mit den Spargelbeinen und dem eiförmigen Kopf. »Wie geht's jetzt weiter?«

»Schaut euch wie üblich alle Räume an. Ist ja nur ein bescheidenes Apartment.« Bäumler grunzte. »Wir gehen auch kurz durch und dann schon mal vor in den Keller.« Er hatte sich wieder gefangen, war ganz in seinem Element. »Frau Król, bitte nach Ihnen.«

Sie durchquerten den geräumigen Wohn-Ess-Bereich und betraten den Raum, den Król zuvor als Videozimmer bezeichnet hatte. Er war dunkel, besaß eine Bühne, eine Lichtanlage, die einem Theater alle Ehre gemacht hätte, und imposante Flachbildschirme an den Wänden. »Und was treibt Ihr Meister hier?«, wollte Bäumler wissen, der Król gerne unter vier Augen befragt hätte, was aber angesichts der Umstände unmöglich erschien.

»Was er hier treibt?« Sie hatte das letzte Wort betont. »Seien Sie doch nicht so vulgär! Aber ich werde Sie trotzdem aufklären: Hier dreht der Meister seine Videobotschaften. Unsere Jünger sind schließlich über die ganze Welt verstreut.«

»Videobotschaften ... So wie Osama bin Laden?«

»Unverkennbar der Herr Bäumler! Mäßigen Sie sich!«, rief eine hohe Männerstimme aus dem Hintergrund, dann betrat eine Person eiligen Schrittes, gefolgt vom Maître, den Raum. »Ilya Gutmann, der Rechtsbeistand von Herrn ... des Meisters«, stellte er sich vor, deutete gegenüber Bächle einen Handkuss an und reichte Bäumler die Rechte.

Anerkennend musterte der Hauptkommissar den Anwalt. Er trug einen hellgrauen Anzug, ein rosafarbenes Hemd und dazu eine in Brauntönen gemusterte Krawatte. Ein goldenes Einstecktuch und ein akkurat gezogener Seitenscheitel komplettierten das Erscheinungsbild. Bäumler schaute an sich selbst hinunter. Gewisse Parallelen waren unübersehbar.

»Zeigen Sie mal den Gerichtsbeschluss, bevor Sie hier noch alles durcheinanderbringen«, säuselte Gutmann.

Bächle reichte ihm das Papier, das der Rechtsanwalt eilig überflog. »Okay, okay ... Ja, das sieht formal ganz korrekt aus, da können wir nicht viel machen. Aber das heißt noch lange nicht, dass Ihr Auftritt kein Nachspiel haben wird. Meine Dame, mein Herr, genieren Sie sich nicht, tun Sie Ihre Arbeit!«

»Das soll jetzt alles gewesen sein, Gutmann? Und dafür bezahle ich Sie?«, warf der Guru gereizt ein.

»Ich verstehe Ihren Unmut, verehrter Maître. Aber glauben Sie mir, wir müssen strategisch vorgehen. Wie, das besprechen wir am besten unter vier Augen, okay?« Gutmann schob Matthusen sanft, aber bestimmt aus dem Videozimmer und verabschiedete sich von den Beamten mit einem angedeuteten Kopfnicken.

Bäumler seufzte. »Mal sehen, wie lange die zwei für ihre Strategie brauchen. Ich befürchte, wir werden sie gleich wiedersehen.«

Das Dreiergespann aus Król, Bächle und Bäumler ging weiter ins Schlafzimmer, wo die Kriminaltechniker gerade ihre Arbeit verrichteten, und beendete den Rundgang schließlich im Badezimmer. »Vornehm geht die Welt zugrunde«, sagte Bäumler mit Blick auf den riesigen Whirlpool. »Ich schlage vor, wir lassen die Techniker in Ruhe ihre Arbeit machen und gehen, wie schon angesprochen, vor in den Keller. Ich bin sehr gespannt, was wir dort finden werden.«

»Reine Zeitverschwendung«, zischte Bächle und kassierte dafür ein Lächeln von Król.

Die Polin kramte in ihrer Handtasche, zog schließlich einen Schlüsselbund hervor und überprüfte die Schlüssel der Reihe nach. »Der hier muss es sein«, sagte sie, merkte aber im nächsten Augenblick, dass er nicht passte.

»Herrgott noch mal. Jetzt beeilen Sie sich. Sie wollten doch, dass wir den Keller inspizieren«, maulte Bäumler.

»Geduld! Sie bekommen Ihre Beweise schon. Und zwar mundfertig«, schoss Król zurück. Der nächste Schlüssel passte, und mit einem Schubs öffnete sie die grau lackierte Kellertür und schaltete das Licht ein.

»Wow … ein professionelles Labor!«, entfuhr es Bächle.

»Na klar. Der Polizei gegenüber mache ich keine Scherze«, bemerkte Król maliziös.

Bäumler betrat das Laboratorium, ließ den Blick über die rot gefliesten Arbeitsflächen schweifen. Darauf standen Glaskolben und Bechergläser in verschiedenen Größen und Behälter mit allerlei Chemikalien, deren Namen ihm nichts sagten. Er öffnete eine der vielen Schubladen. In ihr lagen Spatel, Filter- und pH-Papier. Der Kommissar schob die Frontscheibe des Abzugs rechts von sich hoch und berührte den Kolben einer Destillationsapparatur. Er war handwarm. »Kommt der jetzt frisch aus der Spülmaschine, oder wurde gerade noch was destilliert?«, fragte er in Richtung Bächle. »Bitte schnuppern Sie doch mal.«

»Wie bitte? Ach, 'tschuldigung. Hatte ich schon wieder vergessen.« Die Kommissarin reckte ihre Nase in die Luft und witterte wie ein Hund. »Reinigungsmittel. Ein sehr scharfes sogar. Viel Chlor.«

»Hm«, murmelte Bäumler und durchschritt grübelnd das Labor.

Die beiden Frauen beobachteten ihn dabei, warteten gespannt auf sein Urteil.

»Und, habe ich Ihnen zu viel versprochen?«, unterbrach Król die Stille. »Sie könnten sich ruhig mal bei mir bedanken.«

»Wofür? Natürlich ist das ein Labor, aber doch nie und nimmer ein Klonlabor. Wenn mich nicht alles täuscht«, Bäumler schaute auf den Boden, kniff die Augen zusammen und schien nur noch mit sich selbst zu sprechen, »ist das hier ein lupenreines Chemielabor. Wir brauchen Julius von Orthegrafen. Und zwar sofort!« Er griff nach seinem Handy, tippte darauf herum. »Scheiße, kein Empfang. Bin gleich wieder da.«

Der Schäferhund schoss in das Labor und konnte nur mit Mühe an der Leine gehalten werden.

»Nicht so stürmisch, Julius!«, rief die füllige Polizistin und zog ihren Schützling energisch ein Stück zurück.

Der Hund ließ sich von ihrer Ermahnung wenig beeindrucken. Er schnüffelte unter den Labortischen und wedelte dabei aufgeregt mit dem Schwanz. Seine Arbeit bereitete ihm sichtlich Spaß. Nachdem er die erste Reihe der Tische abgerochen hatte, nahm er sich die nächste vor. Emsig schnüffelte er weiter, bis er plötzlich innehielt und laut zu knurren und zu bellen anfing. Es schien, als wäre er vollends verrückt geworden und wollte unter die Laborbank kriechen.

»Schluss! Platz, Julius!«, herrschte seine vollschlanke Chefin ihn an.

Der adelige Schäferhund gehorchte aufs Wort, stellte das Bellen ein und setzte sich auf der Stelle hin.

»Sie hatten recht, Herr Bäumler«, sagte die Polizistin und streichelte dem Hund über den Kopf. »Braver Julius. Wenn es etwas zu finden gibt, dann finden wir es, gell?«

»Was soll dieser Zinnober, Bäumler? Sie wollen doch nicht ernsthaft behaupten, dass wir gerade …?« Bächle beendete den Satz nicht.

»Ein Drogenlabor gefunden haben? Aber ja, genau das ist es. Herr Julius von Orthegrafen ist nicht dafür bekannt, sich zu irren. Nicht wahr?« Bäumler schaute die Hundeführerin auffordernd an.

»Korrekt, Herr Bäumler. Ich lasse ihn jetzt noch schnell zu Ende suchen, und dann kann die Kriminaltechnik übernehmen.« Sie ließ den Rest des Labors von ihrem Schäferhund beschnüffeln, der aber kein zweites Mal fündig wurde, dann verschwanden Frau und Hund genauso schnell, wie sie gekommen waren.

Als jemand vernehmlich hustete, drehte Bäumler sich überrascht um. »Jagemann, Sie kommen wie gerufen!«, begrüßte er den kriminaltechnischen Kollegen.

»Ich wurde ja auch gerufen. Drogen? Wo?«, fragte er mit Raucherstimme.

»Julius hat hier unter dem Labortisch angeschlagen. Könnten Sie das direkt überprüfen? Dann wäre es noch möglich, Matthusen sofort festzusetzen.« Bäumler sah sich um und bemerkte ein triumphierendes Lächeln von Król, die mit verschränkten Armen neben Bächle stand.

»Also, mal sehen.« Jagemann hustete wieder und förderte Besen samt Kehrblech sowie eine Pappkiste aus einem Metallkoffer zutage. »Und das in meinem Alter.« Er ließ sich auf die Knie nieder, leuchtete mit einer Taschenlampe unter den Tisch, fegte sorgfältig ein weißes Pulver zusammen. »Sieht gut aus. Die Menge dürfte reichen. Ich mach vor Ort einen Schnelltest und sollte trotzdem noch genug für die ausführliche Analyse haben.« Er ging durch das Labor, klaubte einen Spatel und ein Becherglas zusammen, wog eine kleine Menge der weißen Substanz ab, löste sie in Wasser auf, steckte einen Teststreifen hinein, blickte auf die Uhr. »Fünf Minuten, dann wissen wir, was Julius gerochen hat.«

Król, Bächle und Bäumler hatten einen Halbkreis um Jagemann gebildet. Gebannt starrten sie auf das Becherglas, warteten auf das Urteil des Experten.

»So, das war's«, murmelte der Kriminaltechniker wenig später, zog den Teststreifen heraus, auf dem man zwei zartrosafarbene Markierungen erkennen konnte, und hielt ihn neben einen Referenzstreifen. »Ganz klar MDMA. Kein Zweifel«, verkündete er im Brustton der Überzeugung.

Bäumler klatschte in die Hände und schlug Jagemann auf die Schulter. »Hab ich's doch gewusst. Jetzt kriegen wir den Guru am Schlafittchen. Los, Frau Kollegin, den schnappen wir uns!«

»MDM... was? Wäre es sehr schlimm, wenn Sie mich einweihen würden?«, fragte Bächle genervt.

»Aber ja doch, gerne. MDMA steht für Ecstasy. Und zwar in seiner reinsten Form. Ganz schwer zu kriegen, hab ich recht, Jagemann?«

»3,4-Methylendioxy-N-methylamphetamin ist pures Ecstasy. Das Zeug, das man auf der Straße kaufen kann, ist mit Batteriesäure und anderem Schrott gestreckt.« Jagemann bekam einen Hustenanfall, als hätte er sich an seinen eigenen Worten verschluckt.

»Dann ist das hier ein Drogenlabor?«

»Sieht ganz danach aus. Ein blitzsauberes – eben bis auf ein paar Krümelchen MDMA. Gut, dass wir den Herrn von Orthegrafen haben!« Jagemann lachte scheppernd.

Mit einem satten Klick rasteten die Handschellen ein. Bäumler liebte das Geräusch. »Herr Matthusen, ich nehme Sie hiermit fest. Sie haben das Recht zu schweigen. Alles, was Sie sagen, kann und wird vor Gericht gegen Sie verwendet werden. Sie haben auch das Recht, zu jeder Vernehmung einen Verteidiger hinzuzuziehen. Haben Sie das verstanden?«

»Mensch, jetzt tun Sie doch endlich was, Gutmann.« Der Kopf des Gurus glänzte feucht und rot. Sein Dauergrinsen war ihm vergangen, die Zornesadern an seinen Schläfen traten beängstigend deutlich hervor.

»Sie können sich auf mich verlassen, Meister. Erst mal müssen Sie sich wohl chauffieren lassen, aber ich werde Sie da schon bald raushauen, glauben Sie mir.« Der Anwalt nestelte an seinem goldenen Einstecktuch, strich sich den Scheitel glatt.

»Chauffieren? Wollen Sie mich verarschen? Ich werde den Polizeipräsidenten anrufen und mich an höchster Stelle beschweren. Da will mir doch jemand was unterschieben. Ich und Drogen – dass ich nicht lache!«

»Ruhe bitte, mein lieber Maître. Machen Sie jetzt bloß keine Dummheiten«, sagte Gutmann beschwörend.

»Dummheiten? Das raten ausgerechnet Sie mir? Sie sind gefeuert, Gutmann! Scheren Sie sich zum Teufel! Magdalena, du kannst doch bestätigen, dass das ein großer Irrtum ist. Wir kochen hier keine Drogen!«

»Dass das alles hier ein großer Irrtum ist, das kann ich tatsächlich bestätigen. Einen schönen Gruß von all den Frauen, die du hintergangen hast.« Król warf ihr lockiges Haar mit Schwung nach hinten.

Der Guru zog den Kopf ein, wohl um den tödlichen Blitzen auszuweichen, die sie aus ihren Augen in seine Richtung schleuderte.

Bäumler schaute einer Gruppe von Touristen in professioneller Wanderkleidung hinterher. Die Männer trugen breitkrempige khakifarbene Hüte, die Frauen Sonnenbrillen auf den gesträhnten Haaren. »Das Leben kann so wundervoll sein«, murmelte er und biss genüsslich ein Stück von der Waffel ab.

»Das Bacharacher Rieslingeis schmeckt wirklich lecker. So frisch und fruchtig.« Bächle hielt sich die Hand vor den Mund. »Oh, bitte entschuldigen Sie … Ich hatte mal wieder ganz vergessen …«

»Das macht doch nichts. Mit Ihnen zusammen hier auf dieser Bank zu sitzen, das entschädigt für vieles.«

Bächle seufzte. »Sie geben wohl nie auf, was? Aber jetzt mal Tacheles: Hatten Sie was mit der hübschen Polin?«

»Kein Kommentar.«

»Wusste ich's doch. Mit einer Zeugin! Sie sind zu allem fähig und für nichts zu gebrauchen!«

»Machen Sie mal aus einer Mücke keinen Elefanten, ja? Jetzt, wo wir Kreikebaum mit Matthusens Verhaftung so eine große Freude bereitet haben, wollen wir doch keine miese Stimmung aufkommen lassen.« Er schob das letzte Stück Waffel in den Mund, zerkaute es geräuschvoll.

»Mit unserem Fall sind wir allerdings kein Stück weiter. Drogenlabor hin oder her.«

»Manchmal muss man sich halt vorsichtig rantasten. Immerhin wohnt der Maître jetzt schon mal zur Untermiete bei uns. Und vielleicht schließt sich ja bald der Kreis, wenn wir erst seinen Laptop ausgewertet haben und mehr über seine krummen Geschäfte wissen.«

»Vielleicht, vielleicht aber auch nicht. Wenn wir ehrlich sind, haben wir doch viel zu viele Verdächtige, 'ne Menge Spuren, aber kein überzeugendes Motiv. Oh, ich glaube …« Bächle zog ihr Handy aus der Innentasche der Lederjacke. »Ja, Bächle hier. – Und Sie sind sich wirklich sicher? – Ich verstehe. – Danke, wir kümmern uns. Ciao.«

»Neuigkeiten?«, fragte Bäumler, lehnte sich zurück und hätte am liebsten den Arm um seine Kollegin gelegt.

»Grace Muchingiari ist spurlos verschwunden. Seit gestern. Die Nachbarn haben sie als vermisst gemeldet. Sind drauf aufmerksam geworden, weil der Hund im Haus eingesperrt war und fürchterlich gejault hat. Unsere Kollegen waren schon drin, aber nichts. Ist menschenleer.«

»Na dann … Ran an die Arbeit!« Bäumler stand auf und warf einen wehmütigen Blick Richtung Bank. Viel lieber hätte er die traute Zweisamkeit noch ausgiebiger genossen.

»'nen Aquavit«, murmelte Bäumler und stützte sich auf der Theke ab. Es war Montagnachmittag, und er hatte beschlossen, vor der Befragung in Bad Ems dem Spielcasino einen kurzen Besuch abzustatten.

»Linie oder normal?«, fragte der Kellner, der einen dunklen Anzug und dazu weißes Hemd und schwarze Fliege trug.

»Normal oder unnormal, das ist mir völlig egal«, antwortete der Kommissar ungehalten.

Der Kellner knallte ein überfrostetes Glas auf den Tisch. Auf dem langen, dicken Stiel saß ein winziger Kelch in Form eines Weinglases. »Linie«, stand in weißen Lettern auf einem blauen Rechteck, darunter das Wort »Aquavit« auf rotem Grund.

Bäumler kippte die goldgelbe, eiskalte Flüssigkeit herunter und spürte, wie sie in den Magen lief, wo sie sofort einrastete. Das tat gut. Er konnte das Geschrei der Jünger, als sie Matthusen abgeführt hatten, einfach nicht vergessen. Wie winselnde Hunde waren sie von allen Seiten zusammengeströmt, hatten versucht, das Unausweichliche zu verhindern. Wie konnten Menschen sich nur so kleinmachen!

»Noch so einen«, raunzte er den Kellner an und exte kurz darauf den zweiten Drink.

»Sie sollten mal lieber den Riesling probieren. Ist hier aus der Gegend und viel erfrischender als dieses nordische Supermarktgesöff!«, blaffte plötzlich ein kleinwüchsiger Mann mit schütterem Haar, der neben Bäumler an der Bar saß und mit zitternder Hand nach einem Weinglas griff.

»Aus der Gegend?«

»Vom Obernhofer Goetheberg und Weinährer Giebelhöll. Das sind die letzten Weinlagen hier bei uns an der Lahn. Früher wuchs der Wein noch bis hoch nach Marburg, aber das ist leider längst Geschichte.«

»Und der schmeckt?«, fragte Bäumler und versuchte, interessiert zu wirken.

»Viel besser als sein Ruf! Den Limburger hat man ja früher als Ratzmann verspottet, was für ein Quatsch. Hier, kosten Sie mal!« Der Kleine hielt Bäumler jetzt freundlich sein Glas hin.

Der winkte ab. »Danke, aber lassen Sie mal. Ich muss noch fahren.« Er schaute zu dem grünen Tisch hinüber, an dem eine blonde Croupière, eine Brünette mit gewagtem Ausschnitt und ein Herr mit Fliege soeben ein neues Spiel begonnen hatten. Aus dem Augenwinkel beobachtete er, wie der Kleine mit dem Weinglas enttäuscht aufstand und ihn mit seinen Gedanken allein an der Theke zurückließ.

Es irritierte ihn immer noch, dass Grace Muchingiari so plötzlich verschwunden war. Hatte das etwas mit dem Mordopfer zu tun? Der Besuch, den sie dem Wohnhaus des Pfarrers nach dem Anruf abgestattet hatten, hatte sie kaum weitergebracht. Alles war sauber und aufgeräumt gewesen, sogar ausreichend Futter für den Hund hatte Muchingiari dagelassen. Hatte der Täter es jetzt etwa auf die Haushälterin abgesehen, oder war deren Verschwinden als Schuldeingeständnis zu deuten? Bäumler war es von seinen Fällen gewohnt, Puzzleteilchen zu einem Bild zusammensetzen zu müssen. Meist blieben ein paar übrig, die nicht zum Bild gehörten, und selten wurde aus den ihm vorliegenden Teilen ein vollständiges Bild. Aber diesmal war etwas anders: Es waren viel zu viele Teile.

Wieder schaute Bäumler zu dem grünen Tisch, auf dem sich gerade ein Messingkopf mit vier Stangen in einem Kessel drehte, in den die Croupière die kleine Kugel entgegen der Drehrichtung warf. Bäumler fasste in die Tasche seines Jacketts und ließ die Plastikjetons klimpern. Er schaute auf die Uhr, spürte ein Kribbeln. Er gab sich einen Ruck, ging hinüber zum Roulettetisch. Die Kugel war auf der roten Sechsunddreißig liegen geblieben.

Die blonde Croupière verzog kurz das Gesicht, lächelte dann

aber gekünstelt und verkündete mit lauter Stimme: »Sechsunddreißig, Rot, *pair*, *passe*.«

Erst jetzt fiel bei der Brünetten mit dem Ausschnitt der Groschen. Und zwar deutlich hörbar. Ihre Hände flogen vor ihren Mund, sie riss die Augen weit auf und schrie: »Oh mein Gott, oh mein Gott, oh mein Gott!«

Der Herr mit Fliege wandte sich ab, zog ein kariertes Taschentuch aus der Hosentasche und schnäuzte sich vernehmlich.

Als die Croupière der Brünetten einen Haufen Jetons hinüberschob, grapschte diese gierig mit beiden Händen danach, als wollte sie den ganzen Tisch umarmen. »Champagner! Und vier Gläser!«, rief sie einem Kellner zu, der gerade hinter der Bar bauchige Weingläser polierte.

Kurz darauf rückte er mit Flasche, Kühler und Gläsern an und stellte alles auf einen kleinen Tisch nahe der Brünetten. »Darf ich?«, fragte er mit einer servilen Verbeugung.

»Machen Sie voll. Und zwar für alle am Tisch. Jetzt wird erst mal gefeiert«, antwortete die Frau und verteilte die Gläser an ihre Mitspieler sowie die Croupière. Man prostete sich zu, nippte am Schaumwein.

Erst als sein eigenes Glas leer war, merkte Bäumler, dass er es in einem Zug und ohne hinzusehen ausgetrunken hatte. Mäßige dich, alter Knabe, sonst kannst du die Befragung nachher vergessen, dachte er. Aber die alte Dame würde schon nichts merken. Frauen in diesem Alter dufteten selber höchst fragwürdig und konnten genau wie er nichts mehr riechen.

Die Spielleiterin stellte ihr noch volles Champagnerglas zurück auf das Tischchen. »Bitte, das Spiel zu machen«, verkündete sie spaßbefreit.

Bäumler schaute angestrengt auf die Zahlen von null bis sechsunddreißig in den roten und schwarzen Kästchen, die auf das grasgrüne Spielfeld gedruckt waren. Aus dem Augenwinkel beobachtete er, wie die Brünette die Hälfte ihrer Jetons platzierte, die meisten auf der Zwölf, und stellte sich neben sie an den Spieltisch.

»Dreimal die Vier, meine Glückszahl, das ist meine Strategie«, raunte sie ihm ins Ohr.

Bäumler hielt ein wieder aufgefülltes Glas in seiner Hand. »Glückszahl?« Er kratzte sich am Kinn. Was sollte er tun? Er war eindeutig aus der Übung. Früher hatte er viel Zeit in Spielcasinos aller Art verbracht und dabei eine Menge Geld durchgebracht. Krisztina war eine verständnisvolle und tolerante Frau gewesen, und eigentlich war es prima zwischen ihnen gelaufen. Mit uns hätte es wirklich etwas werden können, dachte Bäumler und lächelte. Aber seine Begeisterung für das Roulette hatte sie niemals teilen können. Und ja, er hatte damals eine schwierige Phase durchgemacht. So war dann eins zum anderen gekommen, und ehe er sich's versah, war Krisztina bereits über alle Berge gewesen.

Wie tief er danach gesunken wäre, hätte Harald sich nicht so rührend um ihn gekümmert, wusste er nicht. Der treue Harald. Bäumler leerte sein Champagnerglas, stellte es auf dem Tisch ab und setzte die Hälfte seiner Plastikchips auf Rot. Er hatte sich für die Martingale-Strategie entschieden, bei der der Spieler einzig eine Farbe wählt. Würde er gewinnen, würde er den Gewinn, der das Doppelte des Einsatzes betrug, wieder auf dieselbe Farbe setzen. Würde er abermals gewinnen, würde er den Gewinn erneut auf dieselbe Farbe setzen. Sollte er verlieren, würde er den Einsatz verdoppeln und wieder auf dieselbe Farbe setzen. Ein einfaches Prinzip, von dem manche sagten, es sei schwachsinnig, da die Wahrscheinlichkeit von Gewinn und Verlust in jeder Runde bei annähernd fünfzig Prozent lag und es durch die sich ständig erhöhenden Einsätze schnell zu einem schmerzhaften Verlust kommen konnte. Doch Bäumler hatte mit der Strategie auch schon gute Erfahrungen gemacht.

Die Blonde warf die Kugel mit einer geübten Handbewegung, sagte: »Nichts geht mehr.«

Gespannt schaute der Kommissar in den rotierenden Kessel, versuchte, den Lauf der Kugel zu verfolgen. Sie fiel in das Kästchen unter der roten Sieben.

»Sieben, Rot, *impair*, *mangue*«, verkündete die Blonde das Ergebnis.

Bäumler klatschte in die Hände, spürte, wie das Blut in seinen Kopf schoss. Na also, er hatte nichts verlernt. Manchmal brauchte es doch nur einen kleinen Wink des Schicksals, um ihn zu seinem Glück zu zwingen. Oder eine Befragung in Bad Ems, wegen der er mal eben an der Spielbank vorbeigerauscht war und sich spontan dazu entschieden hatte, umzukehren.

Die Brünette trank hektisch ihr Glas leer, schaute säuerlich und beobachtete, wie ihr Plastikgeld in der Kasse der Bank verschwand.

Bäumler sortierte seine Jetons, wild entschlossen, den Gewinn erneut auf Rot zu setzen, als er bemerkte, dass eine dunkelhäutige, durchtrainierte Frau den Roulettetisch passierte und eilig in Richtung Ausgang strebte. Er zuckte zusammen, betrachtete ungläubig das am Rücken tief ausgeschnittene Kleid, das sich schon einige Meter entfernt hatte. Das war doch unmöglich, war zu viel des Zufalls! Er hatte keine Wahl. Eilig ließ er die Jetons in seiner Hosentasche verschwinden und rannte der Frau hinterher. Doch die Türen schlossen sich hinter ihr, sodass er sie aus den Augen verlor. Er fühlte sich angeschlagen, sein Blick verschwamm. Der Alkohol begann Wirkung zu zeigen.

Als Bäumler die Türen öffnete, die zur pompösen Eingangshalle führten, sah er gerade noch, wie die Frau das Casino durch den Haupteingang verließ. Er beschleunigte. Hinter seinen Schläfen pochte es, sein Herz pumpte. Er durchquerte das Foyer, blieb vor dem Eingang stehen. In dem viel zu hellen Licht musste er blinzeln, sah aber ein schwarzes Frauenbein in einem Taxi verschwinden. Er griff nach seinem Smartphone und schaffte es im letzten Moment, das Nummernschild des Wagens zu fotografieren, bevor dieser auch schon in rasantem Tempo davonfuhr.

»Scheiße noch mal. War sie das jetzt, oder war sie das nicht? Nur ein paar Sekunden früher und ich hätte das Mädel zu fassen gekriegt«, fauchte er, wütend über sich selbst. Er schaute auf die

Uhr, seufzte. Die Befragung war seit einer Viertelstunde überfällig. Bächle war bestimmt wieder auf hundertachtzig und hatte schon alles allein geregelt. Wieder zückte er sein Smartphone, versuchte, sie zu erreichen, beendete aber die Verbindung, als ihre Mailbox zu quatschen begann. Genau das hatte er befürchtet. Er rief die Zentrale an, erklärte sein Anliegen und schickte das Foto des Nummernschilds gleich hinterher. Vielleicht war ja heute doch sein Glückstag, und er hatte die verschollene Haushälterin aufgespürt.

Er rief beim Seniorenheim an und erfuhr, dass seine Kollegin bislang nicht erschienen sei. Bäumler machte einen neuen Termin für morgen früh aus und schickte Bächle eine Nachricht auf ihr Handy. Eine Antwort erhielt er nicht.

11

Unschlüssig blieb Bäumler stehen. In dem blank geputzten Fußboden aus weißem Marmor spiegelte sich sein Körper. Rechts war die Rezeption, ebenfalls mit weißem Marmor verkleidet, geradeaus begann ein lang gezogener, heller Flur, in dem Grünpflanzen in Kübeln standen. Vor der penibel geputzten Rezeptionsscheibe thronte eine Vase mit rosafarbenen Blumen. Das hier sollte ein Pflegeheim sein? Sah eher aus wie ein Fünf-Sterne-Hotel!

Der Kommissar löste sich aus seiner Starre und meldete sich bei der Rezeptionistin mit den feuerroten Haaren an. »Bäumler. Kriminalpolizei Kö... äh, Koblenz. Ich habe einen Termin bei Frau Kaltenborn.«

»Einen Termin?« Sie schob die überdimensionierte Brille näher an ihre Augen.

»Ja, einen Termin, oder heißt das bei Ihnen anders? Meine Kollegin, Frau Bächle, sollte bereits vor Ort sein.«

»Nicht dass ich wüsste. Aber warten Sie, da kommt Frau Kaltenborn schon!« Sie hatte den Kopf mit einer unwirschen Bewegung nach rechts gedreht.

Eine Pflegerin mit glatten blonden Haaren und mindestens zehn Kugelschreibern in der Kitteltasche schob eine Frau im Rollstuhl vor sich her. »Sind Sie der Herr von der Polizei? Ich dachte, Sie wollten gestern kommen? Ich hatte mich schon gefragt, wo Sie bleiben«, sagte sie mit sanfter Stimme.

»Entschuldigen Sie, bei uns läuft leider nicht immer alles nach Plan ... Aber ich hatte Bescheid gegeben.« Er beugte sich zu der alten Frau im Rollstuhl hinunter, reichte ihr die Hand. Für ihre achtzig Jahre war Frau Kaltenborn erstaunlich attraktiv. Sie hatte dichtes, zum Seitenscheitel gekämmtes graues Haar, dezent rot geschminkte Lippen und ein gewinnendes Lächeln. Hellwach und erwartungsvoll schaute sie ihn aus wasserblauen Augen an.

»Lassen Sie sich nicht vom Äußeren täuschen. Sie hat ihre hellen, aber auch ihre dunklen Momente«, flüsterte die Kugelschreiberdame Bäumler zu. Laut sagte sie: »Ich lass euch beide Hübschen jetzt mal alleine. Genügt Ihnen eine halbe Stunde, Herr Kommissar?«

Bäumler bejahte und bugsierte die Mutter des toten Pfarrers in den Innenhof des Pflegeheims, ein Rechteck, eingerahmt von hellrosa gekalkten vierstöckigen Fassaden. Zwischen herbstlich gefärbten Rabatten, in denen Bänke zum Sitzen einluden, verliefen breite gepflasterte Wege. Es schien, als hätte sich hier jemand Gedanken gemacht und den idealen Kompromiss zwischen Ästhetik und Praktikabilität gefunden.

»Mein Beileid, Frau Kaltenborn. Es muss fürchterlich für Sie sein, Ihren Sohn auf so grausame Weise verloren zu haben«, sagte der Hauptkommissar verständnisvoll.

»Meinen einzigen Sohn. Jetzt gibt es nur noch mich«, antwortete Frau Kaltenborn.

Bäumler schob den Rollstuhl bis zu einer Bank und setzte sich darauf, um die Pfarrersmutter ansehen zu können. »Sie hatten ein gutes Verhältnis?«, fragte er.

»Aber ja doch. Wir haben häufig telefoniert, er hat mich regelmäßig besucht. Er wollte mir immer das Gefühl geben, nicht abgeschoben worden zu sein, hat mir sogar angeboten, bei ihm zu wohnen.«

»Aber Sie wollten nicht?«

»Ich wollte das junge Glück nicht stören.« Als Frau Kaltenborn auflachte, strahlten ihre blauen Augen jugendlich. »Ich habe nie verstanden, warum er Pfarrer werden musste. Ich wusste gleich, dass das in einer Katastrophe enden würde.« Ein Windstoß fuhr in einen Haufen verwelkter Blätter, wirbelte ihn auseinander und verteilte das Laub auf der nächstbesten Rabatte.

»Woher haben Sie das gewusst?«

»Ach, Herr Kommissar. Er mochte die Frauen, und die Frauen mochten ihn. Und dann musste er unbedingt Pfarrer

werden. Sein Geheimnis … Er hat's mit ins Grab genommen.«
Bei den letzten Worten stockte sie, wischte eine Träne fort.

Als die Melodie von »Mer losse d'r Dom en Kölle« erklang,
griff Bäumler hektisch in seine Jacketttasche und schaute auf das
Display des Smartphones. Es war Bächle. Er nahm das Gespräch
an, stand auf und ging ein paar Meter außer Hörweite. »Frau
Bächle. Ich habe mir schon Sorgen gemacht. Ich bin mitten in
der Befragung. Wo stecken Sie denn?«

»Mein Kopf. Tut mir leid, Bäumler. Tut mir echt leid …
Ist sonst nicht meine Art …« Bächles Zunge schien sich nur
schwerfällig zu bewegen.

»Geht es Ihnen schlecht? Soll ich einen Arzt rufen?« Bäumler
war alarmiert. So hatte er seine Kollegin noch nie erlebt.

»Nein, nein. Es ist nur gestern … spät geworden … Ich
meine … Ach, Sie verstehen schon.« Nun lallte Bächle vernehmlich.

Bäumler lachte. Eine warme Welle der Sympathie durch-
flutete ihn. »Aber Frau Bächle, das hätte ich von Ihnen ja im
Traum nicht gedacht! Aber machen Sie sich bloß keinen Stress.
Sie nehmen jetzt eine Aspirin, legen sich aufs Ohr, und dann
sehen wir uns morgen wieder. Ich komm hier schon allein zurecht!«

»Danke … für Ihr Verständnis«, brachte Bächle noch zustande, dann war die Verbindung unterbrochen.

»Wahnsinnsweib«, murmelte Bäumler und schaute geradezu
versonnen auf das Display seines Handys, bevor er zurück zur
Bank ging. »'tschuldigung. Das war meine Kollegin. Es geht ihr
nicht gut. Wie, sagten Sie, ist Ihr Verhältnis zu Grace Muchingiari?«

»Zu wem soll ich ein Verhältnis haben?«

»Na, zu Grace Muchingiari. Zur Haushälterin Ihres Sohnes,
seiner Geliebten.«

»Ich habe sie nie kennengelernt.«

»Aber Sie wussten, dass es sie gibt?«

»Natürlich, ich kannte doch meinen Sohn. Glauben Sie etwa,

er konnte Geheimnisse vor mir haben? Ihren Namen hat er mir aber nie verraten.«

»Haben Sie etwas von Streiten zwischen den beiden mitbekommen?«

»Wer erzählt denn so was? Die waren doch bestimmt alle nur neidisch auf sie. Andererseits mussten sie sich ständig zurückhalten, sonst …«

»Sonst?«

»Na, das können Sie sich doch vorstellen. Er war schließlich Pfarrer!«

»Wissen Sie, dass Frau Muchingiari verschwunden ist?«

»Nein, wie denn? Ich kenne sie doch gar nicht! Aber das ist ja schrecklich!«

Bäumler musterte Frau Kaltenborn. War sie der Haushälterin wirklich nie begegnet? Schließlich hatte er sie gestern Abend noch in der Spielbank, also ganz in der Nähe, gesehen. Oder hatte er die Frau verwechselt? Mehr als den Rücken und ein Bein hatte er ja nicht zu Gesicht bekommen. »Dann wissen Sie also auch nicht, wo wir Frau Muchingiari finden können?«

»Hat das Verschwinden seiner Geliebten etwas mit Claus' Tod zu tun? Das wäre ja ganz furchtbar!«

»Dazu kann ich Ihnen nichts sagen. Aber Sie verstehen, dass wir jeder Spur nachgehen müssen. Sie standen also in regelmäßigem Kontakt zu Ihrem Sohn?«

»Claus war ein guter Mensch, ein guter Sohn. Und so verlässlich. Jeden Sonntagnachmittag kam er vorbei. Ich wusste gleich, dass etwas passiert sein musste, als er nicht …« Sie sackte in sich zusammen, schüttelte den Kopf. »Ich bin an allem schuld. Hätte ihm das nach all den Jahren nie sagen dürfen.«

Bäumler war alarmiert. »Was denn?«

»Ach, lassen Sie, dafür ist es nun zu spät. Jetzt bin ich ganz allein auf dieser Welt. Vielleicht ist das meine gerechte Strafe.«

»Bitte, Frau Kaltenborn. Was haben Sie ihm gesagt? Jedes Detail könnte für unsere Ermittlung wichtig sein.«

»Hören Sie auf, mich zu quälen. Ich bin eine alte Frau

und habe keine Ahnung, wer Claus so etwas angetan haben könnte.«

Bäumler holte sein Notizbuch aus seiner Jackentasche und machte sich ein paar Stichpunkte. Er wusste, wie viel Wahrheit in kurzen Nebensätzen, in unscheinbaren Bemerkungen stecken konnte. Und er wusste auch, wann er aufhören musste. Doch jetzt hatte er eine spontane Assoziation, der er unbedingt nachgehen musste. »Ich habe zwei letzte Fragen an Sie, Frau Kaltenborn: Ihr Vorname ist doch Sonja, oder? Und: Hat Ihr Sohn Sie an seinem Todestag besucht?«

»Ja, ich heiße Sonja. Und nein. Ihre Kollegen, die schon bei mir waren, haben gesagt, dass er an einem Samstag gestorben ist, und samstags kam er nie zu Besuch.«

»Wir haben in seinem Kalender an seinem Todestag eine Notiz gefunden: ›S. in B.E.‹. Könnte das nicht für ›Sonja in Bad Ems‹ stehen?«

»Ich weiß nicht, er hat mich immer ›Mutter‹ genannt.«

»Na schön, Frau Kaltenborn.« Bäumler klappte sein Notizbuch zu, erhob sich von der Bank. »Ich habe Sie schon viel zu lange mit meinen Fragen belästigt. Danke für Ihre Geduld. Ich bringe Sie jetzt zurück, in Ordnung?«

Während Bäumler den Rollstuhl schob, warf er einen verstohlenen Blick auf sein Smartphone. Eine Nachricht war eingegangen. Das Taxi, dessen Nummernschild er gestern Abend gemeldet hatte, war inzwischen überprüft worden. Ergebnislos. Der Fahrer war sauber, er konnte sich an eine Frau erinnern, die wie Grace ausgesehen hatte. Er hatte sie zum Hauptbahnhof Koblenz gebracht. Dort verlor sich ihre Spur.

In der Eingangshalle hielt die Blonde mit den Kugelschreibern bereits oder immer noch ein Pläuschchen mit der Rezeptionistin.

»Hier sind wir auch schon wieder«, sagte Bäumler und beugte sich zu Frau Kaltenborn hinunter. »Ihnen alles Gute, ja?«

Die Pfarrersmutter nickte, während sie sich wieder eine Träne aus dem Augenwinkel wischte.

»Ich hätte noch eine Frage an Sie«, wandte der Kommissar sich so leise an die Pflegerin, dass nur sie ihn verstehen konnte. »Wissen Sie, ob Herr Kaltenborn seine Mutter an dem besagten Samstag, also seinem Todestag, besucht hat?«

»Da verlangen Sie sehr viel von meiner Erinnerung. Aber soweit ich mich erinnern kann, kam er immer am Sonntagnachmittag vorbei. Da konnte man die Uhr nach stellen.«

»Ich danke Ihnen«, erwiderte Bäumler und verließ nachdenklich das Pflegeheim. »S. in B.E.«, sollte das eines der vielen Geheimnisse bleiben, die der Pfarrer für immer mit ins Grab nehmen würde?

12

Wöhler richtete sich auf, rieb sich die Augen, entfernte sich ein Stückchen von der Zeichnung. Als er einen kräftigen Schlag auf dem Hintern spürte, fuhr er herum.

»Mutter, Mensch! Du hast mich zu Tode erschreckt!«

»Ich fass es nicht. Mein Sohn ist zu eitel, eine Lesebrille aufzusetzen.«

»Okay, du hast mich ertappt. Aber bis vor Kurzem hab ich alles noch einwandfrei gesehen.«

»Na klar. Das glaub ich dir aufs Wort.« Der ironische Unterton war unüberhörbar.

Wöhler schloss seine Mutter in die Arme, drückte sie fest an sich. »Es ist schön, dass du den weiten Weg von Goa bis nach Boppard auf dich genommen hast. Wir sehen uns viel zu selten.«

»Gerne, Jaspal. Du weißt doch, wie sehr ich euch vermisse. Dich und deinen Vater. Immer noch.« Aischvarya löste sich aus Wöhlers Umarmung, strich ihr geblümtes, bodenlanges Kleid glatt. »Aber sag mal, was machst du da schon wieder?«

»Ach, das sind nur die Pläne für den neuen Keller.«

»Welchen neuen Keller?«

»Na ja«, Wöhler massierte sich den Nacken, »wir wollen uns doch weiterentwickeln, vielleicht auch vergrößern.«

Aischvarya schien ehrlich erstaunt. »Willst du etwa von hier wegziehen? Zusammen mit deinem Bruder ein neues Weingut aufmachen?«

»Lass bitte Steffen aus dem Spiel. Und nein, wegziehen will ich auch nicht.« Es nervte Wöhler, dass seine Mutter immer wieder mit seinem Halbbruder anfing. Sie versuchte partout, die beiden zusammenzubringen. Vermutlich hatte sie es immer noch nicht verwunden, dass aus ihnen eine Patchworkfamilie geworden war. Verteilt auf Boppard, Hochheim und Goa. Aber so leicht war der Riss nicht wieder zu reparieren. Für Wöhlers

Vater hatte Steffen von Anfang an die erste Geige gespielt. Als Steffen sich dann noch entschieden hatte, Weinbau zu studieren und schließlich das väterliche Weingut zu übernehmen, waren Vater und Sohn endgültig wie Pech und Schwefel geworden. Das ferne Leben von ihm, dem Kölner Aromaforscher, hatte der Vater nur noch mit Unverständnis kommentiert.

»Sondern? Was hast du dann vor?«

»Ich denke über einen geräumigeren Weinkeller nach. Damit wäre es möglich, viele Arbeitsgänge unter die Erde zu verlegen. Wir könnten Räume in den Fels hauen. Sie wären viel besser temperiert, und wir könnten die Schwerkraft nutzen, um den Wein umzupumpen.«

»Aha.« Aischvarya stützte die Hände in die Hüften, musterte ihren Sohn. »Wann wirst du endlich Ruhe geben, Jaspal? Die Lese ist gerade erst vorbei, und du willst dir schon wieder neue Arbeit aufhalsen! Gibt es denn nichts anderes mehr in deinem Leben?«

Wöhler schaute zuerst genervt, dann nachdenklich und beugte sich schließlich zu seiner Mutter hinunter, um ihr liebevoll über die Haare zu streichen. »Jetzt fang bitte nicht wieder damit an.« Er fasste sie an den Schultern, ging etwas in die Knie, um ihr in die Augen schauen zu können. »Was erwartest du von mir, Mutter? Soll ich etwa auch in einen Aschram gehen?«

Aischvarya neigte den Kopf, blickte an Wöhler vorbei durch das Panoramafenster, hinter dem es bereits zu dämmern begann. Der Mond griente als milchige Scheibe zu ihnen herein. »Ich mach mir doch nur Sorgen um dich, Jaspal. Das Leben ist so schnell vorbei, und du …«

»Ich weiß, ein paar Tage bin ich ja auch schon auf der Welt. Aber du und Vater, ihr habt mich zur religiösen Toleranz erzogen und müsst jetzt mit dem Ergebnis leben. Was auch darin bestehen kann, an gar nichts zu glauben.«

»An gar nichts?«

»Na ja.« Wöhler fuhr sich durch die Haare, schaute auf die Uhr an seinem Handgelenk.

»Claudia hat dir nicht gutgetan. Erst mochte ich sie, aber dann …«

»Ich weiß, Mutter. Sie wollte keine Kinder, konnte einfach nicht anders. Ich glaube, später hat sie es bereut. Aber dann war es zu spät.«

Aischvarya grinste. Jetzt war sie es, die ihren Sohn an den Schultern packte und kräftig durchschüttelte. »Ich bin wirklich in Versuchung, auch noch von Elisabetta anzufangen, deiner feurigen –«

»Lass gut sein«, schnitt Wöhler ihr das Wort ab.

Sie zuckte mit offenem Mund zusammen. Ein penetrantes Klingeln hatte wie ein Blitz in die Ruhe des Weinguts eingeschlagen.

»Das wird Daniel sein. Ich muss dann los.« Wöhler drückte seiner Mutter einen feuchten Kuss auf die Stirn und richtete sich auf.

Er schaute in die Runde der Zuhörerinnen und Zuhörer, sah in aufmerksame Gesichter, die ihn wohlwollend anlächelten. Das Licht war hell, ein Hauch von Alkohol lag in der Luft. Wöhler räusperte sich. Trotz der angenehmen Atmosphäre fühlte er sich unwohl im Breyer Bürgerhaus, deplatziert. Es war gewiss nicht das erste Mal, dass er auf einer Bühne stand, in Köln war es fester Bestandteil seines Jobs gewesen, zu den Mitarbeitern zu sprechen, aber daran gewöhnt hatte er sich nie und es nur selten genossen, im Mittelpunkt zu stehen.

»Und bitte bedenken Sie«, fuhr er fort, »dass der österreichische Weinbau damals völlig am Boden lag. Für den Glykolskandal wurden die Winzer regelrecht in Sippenhaft genommen, und die Kunden orientierten sich um. Der österreichische Wein war keinen Pfifferling mehr wert. Das war vor dreißig Jahren, und heute glänzen unsere Nachbarn nicht nur mit ihren Erfolgen im Skisport, sondern auch mit Grünem Veltliner, Blaufränkisch und natürlich mit einem Riesling. Alle Weine haben sich zu echten Exportschlagern gemausert.«

Daniel, der direkt vor der Bühne Platz genommen hatte, nickte Wöhler aufmunternd zu.

»Und wie, meine verehrten Weinfreundinnen und Weinfreunde, wie haben die Österreicher dieses Kunststück vollbracht?«, rief Wöhler in die Halle, in der es bis auf gelegentliches Husten mucksmäuschenstill war.

»Durch die Vinea!«, antwortete Daniel mit Stolz in der Stimme.

»Ja, auch durch die Vinea. Aber zuerst einmal wurde das schärfste europäische Weingesetz erlassen, sodass man in Österreich um ein Haar keinen Sekt mehr produzieren hätte können. Wie auch immer, jedenfalls besann man sich auf knackige, frische trockene Weine, und der Weinbau erhob sich wie der berühmte Phönix aus der Asche!« Wöhler griff nach dem Wasserglas, nahm einen Schluck.

»In der Wachau, da muss ich unserem Kollegen Alt recht geben, setzte man durch die Gründung der Winzervereinigung Vinea Wachau Nobilis Districtus, kurz: Vinea Wachau, noch einen drauf. Heute ist die Gegend mit ihren drei Weinkategorien Steinfeder, Federspiel und Smaragd eine hoch angesehene Weinbauregion und Marke mit Weltruf. Die Parallelen zwischen der Wachau und dem Mittelrhein sind unübersehbar: Beide Weinanbaugebiete sind Flusstäler, UNESCO-Welterbe und bergen das Potenzial für großartige Rieslinge. Deshalb, meine lieben Weinschwestern und -brüder, fordere ich Sie auf: Nehmen wir uns die Wachau zum Vorbild. Lassen Sie uns gemeinsam die Vinea Rhenus Media gründen!«

»Bravo!«, rief erst einer, bevor weitere Zuhörer einstimmten, begleitet von eifrigem Klatschen.

Erleichtert registrierte Wöhler, dass seine Rede begeistert aufgenommen wurde. Das war in den letzten Wochen bei Weitem nicht immer so gewesen. »Die künftigen Mitglieder der Vinea Rhenus Media sollen sich einem Kodex verpflichtet fühlen, der aus drei Eckpfeilern besteht. Erstens: glasklare Herkunftsbezeichnung; zweitens: natürliche Weine ohne technologischen

Schnickschnack; drittens: Mindestanforderungen an die Qualität. Und – fast hätte ich es vergessen: die Konzentration auf die Königin der Rebsorten, unseren geliebten Riesling.«

Wieder machte Wöhler eine Pause. Wenn auch diesmal die Bravorufe ausblieben, so wurde doch abermals Beifall gespendet.

»Natürlich fehlen uns noch die drei Weinkategorien: ein leichter, duftiger Riesling, ein fruchtig-charmanter und mittelkräftiger und schließlich der klassisch trockene, gehaltvolle Vertreter. Wie aber sollen diese Weine heißen? Steinfeder, Federspiel und Smaragd – das sind klangvolle und einprägsame Namen. Wie wäre es, wenn wir nach der Gründung unsere Weinfreunde dazu aufrufen, Vorschläge einzureichen, und danach darüber abstimmen?«

Der Vorschlag, den Wöhler heute zum ersten Mal der Öffentlichkeit präsentierte, wurde mit zustimmendem Gemurmel kommentiert.

»Also, meine lieben Weinschwestern und -brüder, ich zähle auf Sie! Helfen Sie uns voranzugehen, reihen Sie sich ein und werden Sie Teil der Bewegung Vinea Rhenus Media. Unser großartiges Weinanbaugebiet Mittelrhein hat es verdient! Danke für Ihre Aufmerksamkeit!«

Als wieder Applaus aufbrandete, deutete Wöhler eine Verbeugung an und fühlte sich an den Schlussapplaus eines Symphoniekonzerts erinnert.

Als nur noch vereinzelt geklatscht wurde, sprang ein hochgewachsener Mann mit schulterlangem gelockten Haar, John-Lennon-Brille, schmaler Taille und kugeligem Bauch auf die Bühne. Auf seinem weißen T-Shirt prangte ein rosafarbener Elefant. »Danke, Herr Dr. Wöhler, für diesen inspirierenden Vortrag. Ich denke, ich spreche im Namen der gesamten Weinbruderschaft Breyer Hämmchen, wenn ich sage, dass wir bei der Vinea dabei sind. Lassen Sie uns gemeinsam dafür kämpfen, dass der Mittelrhein-Weinbau eine glorreiche Zukunft hat.«

Während der Beifall noch einmal lauter wurde, verließen der Lockenkopf und Wöhler die Bühne.

Daniel stand auf, gesellte sich zu den beiden. »Super gemacht, Jaspal. Und danke, Tom«, sagte er. »Ihr beide kennt euch bereits?«

Wöhler schüttelte den Kopf. »Nicht wirklich, nein.«

»Dann darf ich vorstellen? Jaspal Wöhler, Tom Beringer, Erster Vorsitzender der Weinbruderschaft Breyer Hämmchen. Lasst uns doch mal kurz an die frische Luft gehen.«

Das Grüppchen verließ den Saal und trat hinaus ins Freie. Genüsslich sog Wöhler die kühle Herbstluft ein. Er war euphorisiert von dem Zuspruch, den er und sein Projekt soeben erfahren hatten. »Herr Beringer, ich bewundere die Arbeit der WBH. Wirklich beeindruckend, was Sie da auf die Beine gestellt haben. Vollkommen in Eigenregie einen eingeschlafenen Weinberg wieder zum Leben zu erwecken, neue Reben zu setzen und dann auch noch einen Spitzenwinzer gewinnen zu können, der den Wein ausbaut, Respekt! Es freut mich, dass Sie so viele Rebstockpaten finden konnten und schon ein gutes Jahrzehnt durchhalten. Das Breyer Hämmchen ist schließlich der kleine Bruder vom Bopparder Hamm, schon allein deshalb fühle ich mich Ihnen verbunden.«

»Danke schön, Herr Wöhler, das Kompliment kann ich nur zurückgeben. Ihr Engagement ist ebenfalls zu bewundern. Wie Sie sich als Quereinsteiger, wenn ich Sie so nennen darf, zutrauen, ein Spitzenweingut zu führen. Und dazu noch Ihr lobenswerter Einsatz für die Vinea. Meine Anerkennung, Herr Doktor!«

Das Blitzlicht einer Kamera durchzuckte die Dunkelheit. Ihm folgte ein wahres Lichtgewitter, das eines Silvesterabends würdig gewesen wäre. Sein Verursacher, ein Fotograf, trug einen breitkrempigen dunklen Hut, in seinem Mundwinkel glomm eine Zigarette. »Herr Dr. Wöhler, was sagen Sie zur Verhaftung des Maître von Bacharach?«, nuschelte er.

»Wie … Wie bitte?« Wöhler war ob der Kaltschnäuzigkeit des Journalisten komplett überrumpelt.

»Na, Sie haben den toten Pfarrer doch gefunden, oder nicht?«

»Schon, aber ich verstehe den Zusammenhang nicht. Was wollen Sie von mir?«, fragte Wöhler genervt.

»Schluss jetzt, Herr Ramschbach. Machen Sie sich vom Acker, aber ein bisschen plötzlich«, sagte Beringer scharf. »Und berichten Sie über die Weinbruderschaft und die geplante Vinea. Wir hatten heute einen schönen Abend, den wir uns von Ihnen nicht verderben lassen. Haben Sie mich verstanden, oder muss ich …«

»Jaja, alles gut.« Der Fotograf spuckte die Zigarette aus, zertrat sie auf dem Pflaster und machte sich aus dem Staub.

Wöhler hätte zu gern erfahren, womit Beringer unausgesprochen gedroht hatte, war ansonsten aber froh, den Quälgeist schnell wieder losgeworden zu sein. Von Matthusens Festnahme hatte er noch nichts gehört. Das war interessant. Ob Daniel und Mutter schon davon gewusst hatten?

Daniel trat dichter an Beringer heran. »Tom, wir sollten sprechen. Nur wir drei«, flüsterte er.

»Wir sind hier unter uns. Also, schieß los: Was bedrückt dich?«

»Jaspal und ich, wir«, Daniel stockte, gab sich aber dann einen Ruck, »wir werden erpresst.«

Wöhler fehlten die Worte. Was wollte sein Freund mit diesem Geständnis bezwecken?

»Das ist jetzt nicht wahr. Von wem?«, fragte Beringer und schüttelte entrüstet seine Locken.

»Wenn wir das wüssten. Wir haben niemandem etwas getan, trotzdem versucht jemand, uns an der empfindlichsten Stelle zu treffen«, sprudelte es aus Daniel hervor.

»Wie das?«

»Wenn wir nicht zahlen, will er unseren gesamten Most vergiften. Erst war ich dran, jetzt hat er es auf Jaspal abgesehen. Seine Presse funktionierte nicht, und als ich die Störung beheben wollte, hab ich in der Maschine einen Zettel mit der Drohung gefunden.«

»Was sagt die Polizei?«

»Nun ja …« Unsicher schaute Daniel zu Wöhler, der sich noch nicht aus seiner Starre gelöst hatte. »Du weißt doch, was derzeit im Tal los ist, und Jaspal wollte nicht schon wieder in eine Ermittlung hineingezogen werden.« Beringer verschränkte die Arme vor der Brust, atmete tief durch. »Ich verstehe … Ihr sitzt also ganz tief in der Scheiße. 'tschuldigung, aber so ist es nun mal. Wie kann ich euch helfen?«

»Ich war so dumm und habe gezahlt. Hab die Nerven verloren. Jaspal hat bisher nicht reagiert, aber wir haben keine Ahnung, wie viel Zeit wir noch haben, bis unser Erpresser den nächsten Zug macht. Deshalb müssen wir ihn finden, müssen schneller sein als er.« Daniel biss so vehement auf seinem Daumennagel herum, dass ein leises Knacken zu hören war.

Beringer rieb die Hände aneinander, schaute nachdenklich. »Er hat die Presse manipuliert und will den Most vergiften? Klingt nach jemandem aus dem Winzermilieu, oder?«

»Genau in die Richtung denken wir auch. Aber was ist sein Motiv? Wir haben keinen Streit«, schaltete Wöhler sich ein. Beringer war ihm auf Anhieb sympathisch gewesen, vielleicht war es doch eine gute Idee, ihn einzuweihen.

»Wirklich nicht? Was ist mit eurem Plan, die Vinea zu gründen?«, fragte Beringer.

Daniel schaute überrascht, Wöhler kniff die Lippen zusammen, nickte bedächtig. »Interessanter Gedanke. Natürlich gibt es viele, die dagegen wettern. Denken Sie an jemand Bestimmten, Herr Beringer?«

»Ich will wirklich niemanden anschwärzen, und Erpressung ist bei Weitem kein Kavaliersdelikt, aber …«

»Bitte sprechen Sie weiter. Sie können sich auf unsere Verschwiegenheit verlassen. Und wie Daniel schon gesagt hat, wir stehen unter Zeitdruck.«

»Natürlich. Kennen Sie Armin Klotz?«

»Nur flüchtig«, sagte Wöhler.

»Klotz, aber klar! Der Kotzbrocken«, warf Daniel ein.

Beringer ignorierte die Bemerkung. »Ein Winzer aus Boppard. Weingut Adolf Klotz. Lebt schon lange über seine Verhältnisse und ist wohl fast pleite. Neuerdings soll er auch noch die Steuerfahndung am Hals haben. Angeblich hat er ein dickes Ding gedreht. Die Leute sagen, er sei nicht gerade zimperlich, und ich kenne keinen erbitterteren Feind der Vinea«, brachte Beringer stakkatohaft hervor.

»Was hat er gegen unsere Vereinigung?«

»Ach, der ist generell gegen alles, was Menschen verbinden könnte. Aber von mir habt ihr das nicht, ja?« Beringer schaute sich um, vergewisserte sich, dass ihnen niemand lauschte.

»Er hat also finanzielle Probleme?«, ermunterte ihn Wöhler.

»Was man so hört, ja. Aber bitte …«

»Schon gut. Wir wissen Ihre Offenheit zu schätzen. Danke für den Hinweis. Dann werden wir dem Kollegen mal auf den Zahn fühlen«, antwortete Wöhler und erntete dafür einen triumphierenden Blick von Daniel. Armin Klotz, ein Name wie ein Fausthieb mitten ins Gesicht, dachte er. Sie mussten ihm unbedingt einen Besuch abstatten.

13

Ein gewöhnlicher Bürotag im Polizeipräsidium Koblenz. Sigrid Bächle gähnte, stippte versonnen ihr Croissant in den Caffè Latte, sah, wie sich ein Teigblättchen löste, zog das Gebäck rasch wieder heraus und biss ab. Der butterweiche, in Kaffee getränkte Teig zerging auf ihrer Zunge. Das Bild eines französischen Sommermorgens schlich sich in ihre Gedanken. Geschäftsleute flogen ins Café, kippten den Espresso an der Bar so hektisch wie einen Schnaps herunter, verschwanden genauso schnell, wie sie gekommen waren. Die Müßiggänger blätterten in der Zeitung, ließen beißenden Gitanes-Dunst herüberwehen. Alt wie Jung defilierte vorbei, ein nicht abreißender Strom gebückter, aufrechter, heller, dunkler, zuversichtlicher und vom Leben ernüchterter Gestalten. Gemächlich, ihrem ganz eigenen Rhythmus folgend, erwachte die Stadt, bereit für einen neuen, siedend heißen Tag. Ach, wie gern säße sie jetzt faul unter einer schattenspendenden Platane in einem kleinen Straßencafé irgendwo an der Côte d'Azur.

Würde sie mit Peter jemals einen solch perfekten Morgen teilen können? Würde er sich jemals für sie entscheiden, oder hatte er sich längst in seinem klischeehaften Doppelleben eingerichtet? Es ärgerte sie maßlos, dass sie sich zu dem Abend im Hotel hatte hinreißen lassen, den sie anschließend mit Bäumlers Spott, einem dicken Kopf und einem Krankheitstag im Bett bezahlt hatte. Ihr Blick fiel auf das Mannschaftsfoto des FC Köln über Bäumlers Schreibtischstuhl. Verwundert bemerkte sie, wie ein Lächeln über ihr Gesicht huschte. Sie hatte den Moment der Zweisamkeit auf der Bank in Bacharach genossen, so seltsam das klang, das musste sie sich eingestehen. Sie und Bäumler? Das könnte ihm so passen! Bächle lachte, schluckte genüsslich das letzte Stück Croissant hinunter. Sie schaute auf die Uhr, zog die Augenbrauen hoch. Schon neun

Uhr dreißig. Wo blieb der Kollege bloß? Der war doch sonst immer pünktlich!

Der Latte war inzwischen lauwarm geworden, den Rest würde sie wegschütten. Sie verschränkte die Arme hinter dem Kopf, lehnte sich zurück, starrte an die Decke. Inzwischen hatte sie es gründlich satt, Peters Marionette zu sein. Er gab die Tage vor, bestimmte, wann und wo ihre Treffen stattfanden. Sie hatte immer zur Verfügung zu stehen, wofür hielt ein verheirateter Mann sich auch sonst eine Geliebte?

Mit ihrer Polizeikarriere ging es hingegen prima voran. Kreikebaum förderte sie, und wenn sie sich nicht völlig täuschte, hatte er auch ein Auge auf sie geworfen – so wie Bäumler. An Verehrern mangelte es ihr jedenfalls nicht. Bislang wirkte es zum Glück nicht so, als wollte der Kölner ihre Karrierepläne durchkreuzen, er schien bei den Vorgesetzten nicht gut anzukommen. Wenn es nach ihr ging, sollte der Dienstgrad Hauptkommissarin auch nicht der letzte Schritt auf ihrer Karriereleiter sein. Beruflich lief also alles wie geschmiert, jetzt musste sie nur noch ihr Privatleben in den Griff bekommen, von dem sie weit mehr erwartete, ja erwarten durfte als das, was es momentan war. Die Work-Life-Balance, von der alle sprachen, die musste wiederhergestellt werden. Sie hatte sich immer Kinder gewünscht. Nur der Zeitpunkt musste stimmen. Aber wann war für Peter der richtige Zeitpunkt? Der, an dem er sich endlich für sie entscheiden würde? Es reichte. Sie würde ihm ein Ultimatum setzen, und dann war entweder Schluss oder …

Das Telefon klingelte. »Einen wunderschönen guten Morgen, Herr Kreikebaum«, flötete Bächle in die Sprechmuschel.

»Morgen, Frau Bächle. Freut mich, dass Sie so gute Laune haben. Leider kann ich die nicht teilen«, polterte der Staatsanwalt. »Ihnen macht Bäumlers Alleingang wohl gar nichts aus, was?«

Bächle war überrumpelt. »Tut mir leid, Herr Kreikebaum. Ich habe leider keine Ahnung, wovon Sie sprechen.«

»Keine Ahnung? Hätte ich mir ja denken können. Ich komm

rüber zu Ihnen ins Büro. Bis gleich.« Ohne eine Antwort abzuwarten, legte er auf.

Bächle starrte entgeistert den Telefonhörer an. Was war gerade passiert? Würde sie gleich erfahren, warum ihr Kollege bisher nicht im Büro erschienen war?

»Das geht auf keinen Fall so weiter, Frau Bächle.« Der Staatsanwalt setzte sich auf die Kante ihres Schreibtischs. Ein Fuß stand auf dem Boden, der andere baumelte in der Luft.

Bächle hasste dieses Machogehabe, vermied es aber, sich ihren Unmut anmerken zu lassen. Sie hatte ihren Schreibtischstuhl zur Seite gedreht, schaute zu Kreikebaum auf. »Das geht von Anfang an schon so. Bäumler ist einfach kein Teamplayer. Traut niemandem über den Weg, will die Fälle am liebsten alleine lösen. Typ einsamer Wolf. Wusste ich gleich, als ich ihn zum ersten Mal gesehen hab«, sagte sie.

»Haben Sie beide denn nicht über den Bericht von Interpol gesprochen?«

»Doch, schon. Aber nur kurz gestern Nachmittag. Er hat mich angerufen. Für mich war der Fall ja klar. Die haben Frau Muchingiari gefunden, nach allen Regeln der Kunst verhört und keinen Grund gesehen, sie festzuhalten. Sie ist nicht dringend tatverdächtig, und was sie beruflich macht, auch wenn sie als Prostituierte arbeiten sollte, ist letztlich ihre Sache. Solange es legal ist.«

»Und was meinte Ihr Kollege dazu?«

»Nichts. Der ist nicht immer gesprächig. Aber er schien nachzudenken.«

»Aha. Und hier haben wir jetzt das Ergebnis seines Nachdenkens. Er verschwindet Hals über Kopf mit dem Zug nach Amsterdam, weil er, ich zitiere, ›noch Klärungsbedarf vor Ort‹ sieht. Ich habe die Nase voll, das können Sie mir glauben. Sobald Herr Bäumler wieder zurück ist, werden wir uns zu dritt unterhalten. Ich lass mich von Ihnen beiden doch nicht verarschen!«

Kreikebaum war laut geworden, sein teigiges Gesicht ungesund rot. Mit der flachen Hand schlug er noch einmal auf Bächles Schreibtisch, bevor er wutentbrannt das Büro verließ.

Bäumler ging noch ein paar Schritte, bis er sich erschöpft auf die Bank fallen ließ. Er schaute auf die Uhr, nickte zufrieden, schaltete das Handy ein und überprüfte die Nachrichten. Kreikebaum hatte mehrmals angerufen, dann Bächle, dann wieder Kreikebaum. Beide schienen auch auf die Mailbox gesprochen zu haben. Sei's drum, dachte er und schickte das Handy wieder in den Schlaf. Aus der Tasche seiner Wildlederjacke zog er eine rechteckige Blechschachtel, zauberte daraus ein Zigarillo hervor, klemmte es sich zwischen die Lippen und zündete es an. Er nahm einen tiefen Zug, ließ Rauchkringel in die Luft steigen, lehnte sich zurück. In seiner derzeitigen Verfassung war es vermutlich eine miserable Idee, auch noch mit dem Rauchen anzufangen, aber das war ihm im Moment so was von schnurzegal.

Zwischen all den Menschenbeinen, die vorbeimarschierten, und den gestapelten Fahrrädern am Grachtengeländer tauchte ein langer Kahn in seinem Blickfeld auf. Gemächlich durchpflügte er das schmutzig grüne Kanalwasser. Zwei Kinder winkten, die Erwachsenen taten es ihnen gleich. Bäumler winkte zurück.

»*May I?*«, fragte eine knarzende Frauenstimme.

Bäumler schaute in zwei undurchdringliche Gläser einer Sonnenbrille, die in einem übertrieben geschminkten, faltigen Gesicht unter einem rot gefärbten Lockenkopf saß.

»Na klar«, antwortete er und blies einen Rauchkringel Richtung Gracht.

»Sie sind Deutscher? Woher kommen Sie?«, wollte die Sonnenbrille mit holländischem Akzent wissen, während sie dicht neben dem Kommissar Platz nahm, es aber vermied, ihn anzuschauen.

»Koblenz. Bin heute um sechs Uhr mit dem Zug losgefahren. Hab eigentlich schon genug gesessen.«

»Koblenz?«

»*Confluentia*, so nannten es die Römer. Ist wirklich schön dort, wo die Mosel in den Rhein fließt, am Deutschen Eck.«

»Kann ich nichts zu sagen. Bin noch nie da gewesen. Aber ist doch hier auch paradiesisch, oder? Ich liebe diese Stadt!« Bäumler blickte nach rechts und bemerkte, dass auf dem Bügel der Sonnenbrille die Skyline von Amsterdam prangte. »Das stimmt. Ich war seit meiner Jugend nicht mehr hier.«

»Und was treibt Sie ausgerechnet jetzt nach De Wallen, dem Amsterdamer Rotlichtbezirk? Welches Glück suchen Sie hier?«

»Glück?« Bäumler wandte sich wieder nach rechts, doch die Sonnenbrille starrte immer noch unverwandt auf die Gracht.

»Na, deshalb kommen doch alle hierher. Die Stadt der Glückssucher. Erhoffen sich 'nen phantastischen Drogentrip, 'nen schnellen Fick, was weiß denn ich.«

»Nee, mit Glück hab ich nichts am Hut. Ich bin beruflich hier.«

»Das klingt ja spannend.« Die Sonnenbrille wurde ins Haar gesteckt, und zwei Augen, deren Farbe Bäumler an das Grachtenwasser erinnerte, richteten sich auf ihn. »Und was genau machen Sie beruflich?«

»Tut mir leid. Ich habe Ihnen schon viel zu viel erzählt.« Bäumler stand abrupt auf.

»Jetzt kommen Sie schon. Immer wenn es interessant wird, haut ihr Männer ab! Erzählen Sie mehr von sich!«

»Ich muss jetzt wirklich, tschö«, murmelte Bäumler, trat das Zigarillo aus und lief immer an der Gracht entlang. »Oudezijds Voorburgwal«, las er auf dem Straßenschild, hier war er richtig. »Ich liebe diese Stadt.« Der Satz wollte ihm einfach nicht aus dem Kopf gehen. Wie viele Kölnerinnen sich wohl täglich neben wildfremde Touristen auf Bänke setzten und genau diesen Satz sagten? Als waschechter Kölner hatte Bäumler den Lokalpatriotismus geradezu mit der Muttermilch aufgesogen, trotzdem wäre er selbst nie auf die Idee gekommen.

Der Hauptkommissar blieb stehen, schaute nach oben. Beinahe hätte er die Oude Kerk übersehen. Wenn man direkt davorstand, blickte man nur auf drei verschlossene rote Fensterläden im Erdgeschoss eines niedrigen zweistöckigen Gebäudes, das die Kirche wie eine Ringmauer umschloss. Erst dahinter türmten sich die hohen Fensterbögen und zinnengekrönten Giebel zur ältesten Kirche Amsterdams auf. Gerne hätte Bäumler einen Blick ins Innere des Gotteshauses geworfen, doch dafür fehlte ihm die Zeit. Er ging rechts um die Kirche herum, bis er vor einem kleinen Laden mit in grellrotes Neonlicht getauchten Fensterscheiben innehielt. »PIC – Prostitutie Informatie Centrum«, stand auf dem beleuchteten Schild über der Tür. Er warf einen Blick in den plüschig eingerichteten Raum, griff in seine Hosentasche, faltete einen Zettel auseinander, nickte zufrieden und marschierte weiter. Ziemlich *old fashioned*, sich die Wegbeschreibung auszudrucken, dachte er und lächelte.

Rechts wurde ein fleckiger roter Samtvorhang hinter einem Fenster beiseitegeschoben. Bäumler stoppte, blickte schon wieder in ein faltiges Gesicht mit Augen wie Grachtenwasser. Die Frau zog den Gürtel ihres hellen Bademantels enger, blies Zigarettenrauch gegen die Scheibe, hauchte ihm einen traurigen Kuss entgegen und zog den Vorhang wieder zu.

Bäumler war von dieser kurzen gekonnten Vorstellung beeindruckt. Er schüttelte sich wie ein nasser Hund, als könnte er sich so von der Melancholie befreien, die ihn beim Anblick der verlebten Frau überwältigt hatte, und bog in die nächste Gasse ein. Hier war er richtig, musste nur noch die Nummer siebzehn finden.

Ein paar Häuser weiter hob sich ein schmales Gebäude deutlich von den anderen ab. Es wirkte verfallener und war von oben bis unten mit bunten Graffitis verziert, in denen Blautöne dominierten. Sollte das ihre neue Heimat sein? Was für ein Gegensatz zum beschaulichen Bopparder Haus!

Schon studierte Bäumler die schlecht lesbaren handgeschriebenen Namen auf den Klingelschildern, die aus aller Welt zu stammen schienen. Muchingiari war nicht darunter. Der oberste Klingelknopf war abgenutzt, schien besonders beliebt zu sein.

Ein stählernes Brummen drang aus dem Haus, gefolgt von rhythmischem Schrammeln. Das war live, keine Konserve. Die E-Gitarre schwang sich zu einem melodischen Solo auf, das schon bald in einer kreischenden Rückkopplung endete. Bäumler spürte, wie sich seine Brust zusammenzog. Hatte er sich von Muchingiari so leicht täuschen lassen? Wie gutgläubig war er eigentlich? Wahrscheinlich regte Kreikebaum sich völlig zu Recht über ihn auf. Sein Finger zitterte, als er die Nummer berührte, die er vorsorglich in seinem Handy gespeichert hatte.

»*Yes, please*«, hauchte eine müde Stimme.

Bäumler war erleichtert. »Hier ist Bäumler. Der Kommissar aus Koblenz. Frau Muchingiari?«

»Sicher. Wo bleiben Sie denn?«

»Ich stehe vor der Nummer siebzehn, betrachte Graffitis und verstehe wegen der E-Gitarre mein eigenes Wort nicht. Bin ich hier richtig?«

Muchingiari ließ ein kurzes Prusten hören. »Perfekt beschrieben, Herr Kommissar. Ich lass Sie rein. Gehen Sie bis ganz nach oben. Da gibt's nur eine Wohnung.«

Ist bestimmt die mit dem abgenutzten Klingelknopf, dachte Bäumler, drückte, als ein Summton erklang, die Tür auf und betrat das halbdunkle Treppenhaus. Das Licht war defekt, die Rückkopplung Geschichte, und die Gitarre setzte zu einem weiteren Solo an. Mit einem Seufzer und einem skeptischen Blick begann der Kommissar, die knarrenden Stufen der Holztreppe hinaufzusteigen.

Wenige Minuten später griff Bäumler nach dem Wasserglas, leerte es gierig zur Hälfte und stellte es zurück auf den quadratischen Holztisch, den er von seinem Liegestuhl aus gerade so erreichen konnte. Mit Bett, Schrank, Tisch und Stuhl war die lang gezogene Dachkammer bis auf den letzten Quadratzentimeter vollgestopft. Muchingiari hatte ihm gegenüber auf der Bettkante Platz genommen und blickte ihn erwartungsvoll an. Warum hatte sie ihn in ihre Privaträume eingeladen und nicht ein Café als Treffpunkt vorgeschlagen? Irrte sich Bäumler, oder war das bereits ein Vertrauensbeweis?

»Also, was machen Sie hier? Ich hab Interpol doch schon alles erzählt!« Muchingiaris rechter Fuß wippte.

»Was ich hier mache? Dasselbe wollte ich Sie gerade fragen.« So hatte er das Gespräch nicht beginnen wollen.

»Ich glaube nicht, dass das die deutsche Polizei etwas angeht.«

»Natürlich müssen Sie mir nichts erzählen, aber ich möchte verstehen. Deshalb bin ich hier.« Bäumler schaute sich in dem holzgetäfelten Raum mit dem schmalen Bett um. Unwahrscheinlich, dass Muchingiari hier ihre Freier empfing. »Warum haben Sie Deutschland verlassen?«

Die Frau beugte sich nach vorne, bis sie beinahe von der Bettkante rutschte. »Verdächtigen Sie mich etwa immer noch?«

Bäumler zögerte mit der Antwort. Der Gitarrist war inzwischen auf Blues umgestiegen, klampfte in relaxtem Rhythmus weiter. Bäumler bewegte den Kopf im Takt, versank in der Musik, schloss die Augen, öffnete sie wieder. »Nein. Ich verdächtige Sie nicht mehr.« Er war sich des Risikos dieser Aussage bewusst, musste aber einfach seinem Bauchgefühl folgen.

Muchingiari lehnte sich zurück, schloss ebenfalls die Augen, nickte wie er im Rhythmus der Bluesgitarre. Plötzlich öffnete sie die Augen, beugte sich wieder vor und wirkte hellwach. »Na gut. Ich vertraue Ihnen.« Die Gitarre war für einen Moment verstummt. Durch die Dachluke fiel ein Sonnenstrahl, erhellte die düstere Dachkammer. »Nachdem Sie Matthusen festgenommen hatten, blieb mir keine andere Wahl. Die Gruppe hat mich einfach rausgeschmissen. Ich durfte die Burg nicht mehr betreten. Die dachten wohl, ich stecke mit der Polizei unter einer Decke.«

»Und darum sind Sie nach Amsterdam geflohen?«, fragte Bäumler vorsichtig und betrachtete ihre großen Füße, die in modischen Sneakers steckten. Sofort kamen ihm die Abdrücke auf dem Parkplatz vor der Karmeliterkirche in den Sinn.

»Ja, an dem Punkt war Schluss. Claus war tot, und Sie und viele andere hatten mich im Verdacht, etwas mit dem Mord zu tun zu haben. Zu guter Letzt haben mich auch noch die Jünger verstoßen. Ich stand völlig alleine da.« Muchingiari blinzelte, nestelte an einem ihrer kreisrunden goldenen Ohrringe.

»Ich verstehe. Aber warum ausgerechnet Amsterdam?«, bohrte Bäumler geduldig weiter.

»Weil ich hier aufgewachsen bin. Meine Eltern sind aus Simbabwe in die Niederlande ausgewandert, da war ich noch klein. Hier in Amsterdam bekam ich auch meinen ersten Job, aber am Ende konnte ich es nicht mehr aushalten und bin nach Deutschland geflohen. Todesängste habe ich ausgestanden, aber der verdammte Lude hat mich nicht gefunden. Dann traf ich Claus, und alles war gut. Bis er tot in der Kirche gefunden wurde.« Muchingiari betrachtete ausgiebig ihre Turnschuhe. Sie wirkten neu.

Bäumler grübelte. Welche Geschichte tischte ihm sein Gegenüber da auf? Konnte er das alles glauben? Gleichzeitig hatte er Mitleid mit der Frau, der das Schicksal in ihrem Leben offensichtlich schon hart mitgespielt hatte. »Ich verstehe leider immer noch nicht, warum Sie ausgerechnet hierher zurückgegangen sind, wenn Sie sich doch damit wieder in Gefahr bringen. Wegen Ihrer Eltern?«

»Nein, die leben nicht mehr hier. Aber inzwischen ist Gras über die Sachen von damals gewachsen, und ich weiß genau, wie man sich in dieser Stadt durchschlägt. Darauf kommt es doch an, sich durchzuschlagen, oder?«

Ich liebe diese Stadt, dachte Bäumler und sah wieder die Sonnenbrille mit der Amsterdam-Skyline vor sich. In ihm reifte ein Entschluss. »Na ja, ich weiß nicht. Ein bisschen mehr darf es im Leben schon sein, oder?«, wandte er vorsichtig ein. »Wie wär's, wenn Sie mit zurückkämen?«

»Das könnte Ihnen so passen! Sie wollen mich doch nur einlochen. Von Ihnen hätte ich wahrlich mehr erwartet.« Muchingiari war aufgesprungen, funkelte Bäumler wütend an.

»Nein, bitte, beruhigen Sie sich. Ich gebe Ihnen mein Ehrenwort, dass wir Sie in Ruhe lassen. Nehmen Sie einfach mit mir den nächsten Zug nach Koblenz und versuchen Sie es.«

»Ihr Ehrenwort? Und wovon soll ich bitte schön leben?«

»Erst mal müssen Sie weg von hier. Außerdem wird es bald einen Nachfolger von Herrn Kaltenborn geben, und die Kirche wird Sie nicht einfach so hängen lassen. Und ich werde Ihnen auch helfen, wo ich kann. Aber bitte, rennen Sie nicht vor Ihrem Glück davon.«

»Das haben Sie schön gesagt, Herr Kommissar.« Muchingiari wischte sich schnell über die Augen, blickte an die Decke. »Und Sie unterstützen mich auch ganz bestimmt?«

»Darauf können Sie sich verlassen«, antwortete Bäumler und war sich der Verantwortung, die er soeben übernommen hatte, vollkommen bewusst.

»Aber wehe, Sie hintergehen mich.« Sie schaute ihm mit festem Blick in die Augen. »Dann war es das letzte Mal, dass ich versucht habe, einen Fuß in das bürgerliche Leben zu setzen.«

»Was zum Teufel haben Sie sich dabei gedacht, Bäumler?«

»Jetzt beruhigen Sie sich bitte, Herr Kreikebaum. Ich bin mir sicher, dass Frau Muchingiari nichts mit unserem Mord zu tun hat. Sie hätten sie erleben sollen.«

»Wollen Sie mich verarschen? Sie und Ihr Bauchgefühl! Wenn wir auch nur den kleinsten Hinweis finden, sorge ich dafür, dass Sie persönlich Frau Muchingiari festnehmen müssen. Und dann viel Spaß bei der Erklärung. Sie einfach im Zug mit nach Hause zu nehmen, wie blöd kann man eigentlich sein, Bäumler!« Der Staatsanwalt stand mit rot glühendem Gesicht hinter seinem Schreibtisch und schrie den Hauptkommissar an.

Bächle saß neben Bäumler und schwieg.

»Na ja, mit nach Hause habe ich sie ja nicht genommen. In Koblenz haben sich unsere Wege getrennt. Sie ist weiter nach Boppard«, sagte Bäumler in betont sachlichem Tonfall.

»Na und? Überhaupt, wenn Sie nicht aufhören, ständig ge-

geneinander zu arbeiten, dann sorge ich dafür, dass Sie versetzt werden. Alle beide, haben Sie mich verstanden?«

Bäumler und Bächle nickten simultan. Selbst Bäumler kannte Kreikebaum inzwischen gut genug, um zu wissen, dass er in solchen Angelegenheiten keine Scherze zu machen pflegte.

14

»*Oh when the saints, oh when the saints, oh when the saints go marching in*«, sang Wöhler aus voller Kehle und schnipste dazu im Takt mit beiden Daumen und Mittelfingern. Er versank in der Musik, spürte den stärker werdenden Nieselregen kaum. Schon wähnte er sich mitten auf der Bourbon Street in New Orleans und wurde von der schunkelnden Menschenmenge mitgerissen. Hier feierte das Leben sich selbst – auch wenn sich Wöhler augenblicklich nicht im amerikanischen Süden befand, sondern in einer Seitengasse unweit des Bopparder Marktplatzes. Es war Samstag, und an diesem Wochenende fand das alljährliche Weinfest statt.

»I'm a good boy«, stand in weißer Schrift auf dem roten, viel zu engen T-Shirt, das der dicke Trommler trug, und das war ihm durchaus abzunehmen. Trotz seiner Dimensionen sah er nicht so aus, als könnte er einer Fliege etwas zuleide tun. Kraftvoll, aber präzise traktierte er sein Instrument, und Wöhler spürte jeden der Trommelschläge in der Magengrube. Jetzt fielen die Saxofone und Trompeten kreischend ein. Keiner der Musiker traf die Töne präzise, aber genau das war ja typisch für die Guggenmusik, die die holländische Band spielte.

Mit einem ohrenzerfetzenden Trommelwirbel ging die Einlage der Musiker zu Ende, gefolgt von begeisterten Rufen der feiernden Menge. Trotz seiner Liebe zur Musik war Wöhler die Unterbrechung recht, hatte er Daniel doch zugesagt, ihn an seinem Weinstand zu besuchen. In der Pause konnte er sich leichter Richtung Marktplatz drängeln.

Plötzlich spürte er einen festen Griff an der rechten Schulter, drehte sich um und schaute erschrocken in ein Paar leuchtend blaue Augen. Die Hörner eines Ziegenbocks standen von dem knochigen Tierschädel ab, unter der breiten Nase klaffte ein weit geöffneter grimmiger Mund mit fauligen braunen Zähnen.

»Alle müssen bezahlen. Auch du, Jaspal«, dröhnte es unter der hölzernen Maske hervor.

Wöhler schaute sich um, befürchtete, von weiteren Masken umzingelt zu sein, was zum Glück nicht der Fall war. Als er sich wieder nach vorn drehte, war der Maskenmann bereits verschwunden. Keine Spur mehr von der Teufelsgestalt, die die Drohung ausgestoßen hatte. Was war das gewesen? Und woher hatte der seinen Namen gekannt? Das konnte doch nur der Erpresser gewesen sein. Die Gedanken jagten mit der Schnelligkeit von Formel-Eins-Boliden durch seinen Kopf. Keinen einzigen von ihnen vermochte er festzuhalten. Seine Beine zitterten, das Herz hämmerte in seiner Brust. Daniel! Er musste zu seinem Freund, zu jemandem, mit dem er seinen Schrecken teilen konnte.

Doch die Musiker der Band waren stehen geblieben, blockierten jetzt den Durchgang zum Marktplatz. Diesmal begannen die Posaunen, fetzten den Feiernden mit donnerndem Blech die Ohren weg. Es folgten die Saxofone und Trompeten, bis auch der dicke gute Junge mit der Trommel wieder mitmischte. Wöhler schunkelte nur noch verhalten im Takt mit. Immer wieder drehte er sich um, die Angst vor der furchterregenden Holzmaske im Nacken.

Schließlich war auch das letzte Musikstück zu Ende, und der Menschentross quetschte sich aus der Gasse, um sich auf den Bopparder Marktplatz zu ergießen. Wöhler ließ sich mittreiben und eilte dann auf kürzestem Weg zum Stand des Weinguts Alt.

»Du fürchtest dich vor Gespenstern? Ausgerechnet du? Jaspal, du solltest besser mal weniger trinken!«

»Ich mein's ernst, Daniel. Dieser Typ kann doch nur der Erpresser gewesen sein. Der bereitet bestimmt den nächsten Schritt vor. Ich hab ein ganz mieses Gefühl. Wahrscheinlich war die Webcam über der Mülltonne zu durchschaubar, hat ihn nur provoziert. Das Geld war jedenfalls heute Morgen noch in der Tonne. Ich habe es natürlich wieder rausgenommen.« Wöhler fasste Daniel am Arm, sprach schnell und so leise, dass ihn keiner der Umstehenden hören konnte.

Daniel schien für heute hingegen beschlossen zu haben, die Gefahr zu ignorieren. »Jetzt trink erst mal einen Schluck. Interessiert mich, was du davon hältst.« Er hielt Wöhler ein mit dunkelgelber Flüssigkeit gefülltes Glas hin.

»Ich dachte, ich sollte weniger ...?« Aber Wöhler beäugte schon kritisch die Farbe, die ins Orange tendierte. Routiniert schwenkte er das Glas, sog das Bukett ein. »Sherry, Rosen, Lagerobst, Schiefer und eine für gereifte Rieslinge typische Petrolnote. Habe ich recht?«

»Yep.«

»Intensiv und ziemlich alt. Ist schon über den Berg, findest du nicht? Nicht aus feinem Hause, würde ich sagen. Warum muss ich so was probieren? Hättest du mir nicht euren Kabinett anbieten können?«, fragte Wöhler leicht genervt.

»Jahrgang 2015. Weingut Kaiser.«

»Wie bitte? Das soll ein jugendlicher Tropfen von einem Mosel-Künstler sein? Der geht doch noch nicht mal als trockene Auslese durch. Wie kam es zu dem Fehltritt?«

Daniel schmunzelte. Das Spielchen bereitete ihm sichtlich Freude. »Amphorenwein. Einer der ersten, der nach der Art des Maître gemacht wurde«, sagte er mit Stolz in der Stimme. »Natürlich nur ein Zufall, er selbst hat ja erst vor einem Jahr angefangen, in Bacharach zu wirken.«

Wöhlers Hand flog zum Mund. »Entschuldige bitte. Das war nicht so gemeint.« Er beobachtete die Reaktion seines Freundes, hoffte, es würde nicht wieder zum Streit kommen.

»Macht nichts. Das Neue wird immer erst mal angefeindet, ist mir schon klar. Aber warte nur. Bald werden die Leute sich an die Intensität und Authentizität gewöhnen. Und dann wollen sie nichts anderes mehr trinken als Amphorenweine. Mach du ruhig weiter dein konservatives Zeug.«

»Einverstanden. Soll doch jeder nach seiner Fasson glücklich werden, nicht wahr?« Wöhler nahm einen kleinen Schluck und bemühte sich, nicht zu sehr das Gesicht zu verziehen. Er war froh, dass Daniels religiöser Eifer sich inzwischen beruhigt zu haben schien.

»Was trinkt ihr denn da für eine Pisse? Bestimmt Vinea Medium, hab ich recht?«, knurrte eine bedrohlich klingende Männerstimme.

Wöhler fühlte sich sofort an die Begegnung mit der Holzmaske erinnert und drehte sich mit angehaltenem Atem um. Zu seiner Überraschung schaute er keinesfalls in eine Teufelsfratze, sondern in das Gesicht eines Mannes seiner Statur mit blauen Augen, dünnen Lippen und dunkelblondem Haar.

»Armin, was für eine Überraschung. Aber schön, dass du vorbeischaust«, sagte Daniel spöttisch. »Jaspal, ihr kennt euch noch nicht? Armin Klotz vom Weingut Klotz. Du hast sicherlich schon von ihm gehört. Und Armin, das ist Jaspal Wöhler.«

Klotz biss sich auf die Lippen. »Also, was trinkt ihr da?«

»Einen Amphorenwein von der Mosel. Weingut Kaiser.« Daniel referierte so sachlich wie möglich.

»Pisse. Sag ich doch.« Klotz spuckte den Satz verächtlich aus. »Und? Gibt's eure Vinea schon, oder findet ihr nicht genug Dumme?«

»Glauben Sie ernsthaft, Sie können so mit –«, brauste Wöhler auf, wurde von seinem Freund aber jäh gestoppt.

»Lass gut sein, Jaspal. Armin meint das bestimmt nicht so. Was ist überhaupt dein Problem mit der Vinea Rhenus Media?«

Klotz nahm Daniels Einladung, noch mehr vom Leder zu ziehen, dankend an. »Ist einfach nur Schwachsinn, die Österreicher zu kopieren. Das sind doch keine Vorbilder für uns. Wir Winzer sind und bleiben Einzelkämpfer. Wem das nicht passt, der muss sich 'nen anderen Job suchen.«

Wöhler schüttelte den Kopf, lauschte konzentriert. War das die Stimme der Holzmaske? Die Stimme des Erpressers? Ausschließen konnte er es nicht.

Letztendlich füllte Daniel drei Gläser mit seinem Riesling Kabinett vom Bopparder Hamm Fässerlay, man prostete sich zu, lobte dreistimmig die Qualität der Mittelrhein-Rieslinge und schien so etwas wie Burgfrieden geschlossen zu haben.

Sie hatten noch nicht ausgetrunken, da gesellte sich eine Frau zu ihrer Runde und berührte Klotz zaghaft an der Schulter. Wöhler erstarrte, als er in das blasse Gesicht mit den blauen Augen schaute. Die Frau mit den rötlichen Locken wirkte genauso fragil wie in der Karmeliterkirche, wo er sie zum ersten Mal gesehen hatte. Allerdings hatte damals kein Veilchen ihre Wange geziert. Wäre es nicht schon dunkel gewesen, hätte sie mit Sicherheit eine Sonnenbrille getragen. Ihre Mundwinkel zuckten, auch sie schien Wöhler zu erkennen, schaute dann aber eilig wieder zu Klotz.

»Du musst unbedingt mitkommen. Du kannst den russischen Händler nicht länger warten lassen. Bitte, Armin!« Sie sprach mit zittriger Stimme.

»Herrgott. Kannst du mich nicht einmal in Ruhe lassen? Du hasst es, wenn ich mich amüsiere, das ist es, hab ich recht?«

Daniel und Wöhler schwiegen betreten.

»Bitte, Armin. Komm mit«, wiederholte sie kaum hörbar.

Klotz stürzte den restlichen Inhalt seines Glases hinunter und warf das Weinglas auf die Pflastersteine, wo es in tausend Stücke zerbrach. »Ersetz ich dir natürlich, Daniel«, sagte er und zog die verschüchterte Frau an der Hand mit sich fort.

Daniel und Wöhler schauten dem ungleichen Paar ungläubig staunend hinterher.

»Ich glaub's nicht, Daniel, aber das war die Frau aus der Kirche!«

»Was?«

»Na, die mysteriöse Frau, die nach dem Pfarrer gesucht hat, bevor ich ihn im Beichtstuhl fand.«

»Ach so. Das war Susanne Klotz.«

»Du begreifst immer noch nicht, oder? Ich muss unbedingt die Polizei informieren. Sie könnte etwas wissen oder vielleicht sogar …«

»Susanne? Nie und nimmer. Das ist so eine Nette. Keiner

versteht, dass sie es mit Armin aushält. Du hast ja selber gesehen, wie sie schon wieder aussieht.«

»Natürlich. Tut mir wirklich leid für sie. Aber trotzdem muss ich jetzt.«

Er entfernte sich ein paar Schritte vom Trubel des Weinfestes und wählte Bächles Handynummer. »Hallo, Jaspal Wöhler hier. Entschuldigen Sie die Störung, aber haben Sie kurz Zeit für mich?«

»Herr Wöhler. So eine Überraschung am Abend. Kein Problem, ich bin ganz Ohr. Also, was kann ich für Sie tun?« Die Kommissarin schien sich ehrlich über seinen Anruf zu freuen.

»Ich habe einen Hinweis für Sie. Die Frau ... Ich habe sie wiedergetroffen.«

»Welche Frau? Bitte helfen Sie mir auf die Sprünge.«

»Tut mir leid, aber ich bin ganz durcheinander, und dann auch noch die Anzeichen von häuslicher Gewalt.« Er stoppte kurz. »Das hätte ich jetzt wohl nicht sagen sollen, aber Sie werden es ja mit eigenen Augen sehen. Es geht um die Frau, die in der Karmeliterkirche war, bevor ich den toten Pfarrer entdeckt habe.«

»Wie heißt die Dame?« Das Klackern einer Computertastatur war zu hören.

»Susanne Klotz. Ehefrau von Armin Klotz, Besitzer des Weinguts Klotz hier in Boppard. Ich habe sie gerade zufällig auf unserem Weinfest getroffen und sofort wiedererkannt.«

»Und Sie sind sich sicher, dass sie es in der Kirche war?«

»Hundert Prozent.«

»Gut, Herr Wöhler. Danke, dass Sie mich informiert haben. Wir gehen der Sache nach und melden uns bei Ihnen, wenn wir weitere Fragen haben.«

»Okay. Und wegen der häuslichen Gewalt müssen Sie Frau Klotz einfach nur anschauen. Ciao, Frau Bächle.« Wöhler war erleichtert, den Anruf hinter sich gebracht zu haben, trotzdem machte sich in seiner Magengrube ein Grummeln bemerkbar. Er hatte Bedenken, die bemitleidenswerte Frau Klotz in die Ermittlungen hineingezogen zu haben.

Zurück an Daniels Weinstand, suchte er nach vertrauten Gesichtern. Sein Freund war verschwunden, aber an einem Tisch hinten links saßen sich Wojciech Kowalski und Magdalena Król gegenüber, Daniels polnisches Erntehelfer-Pärchen, das auch ihn unterstützt hatte. Die beiden unterhielten sich im Flüsterton, schienen etwas Wichtiges zu besprechen. Als sie Wöhler kommen sahen, stellten sie ihr Gespräch ein.

Wöhler setzte sich neben Kowalski. »Hi. Wie geht's der Fingerkuppe?«

»Ist wieder in Ordnung.«

Wöhler schaute Król an, bewunderte ihre rot geschminkten Lippen, die grünen Katzenaugen. Da weder sie noch Kowalski Anstalten machten, das Gespräch in Gang zu halten, fragte er schließlich: »Und wann geht es wieder zurück in die Heimat?«

»November«, murmelte Kowalski.

Wöhler rutschte auf dem unbequemen Hocker hin und her. »Man hat das Gefühl, dass es momentan nur ein Thema gibt, oder?«, versuchte er es erneut.

»Welches meinst du?«, fragte Król nach fast minutenlangem Schweigen.

»Na, die Festnahme des Maître von Bacharach. Alle denken, dass sie ihn nicht nur wegen der Drogen geschnappt haben.«

»Weshalb denn sonst noch?«, knurrte Kowalski und schien fast so etwas wie Interesse zu zeigen.

»Na, weil er vielleicht auch den Pfarrer ermordet hat. Aber das wär doch viel zu einfach, oder?«

»Einfach, aber wahr?« Król wickelte eine Haarsträhne um ihren Finger. »Warum eigentlich nicht?«

»Ja, warum?«, fragte Wöhler, drehte den Kopf in Richtung Tresen. Daniel war inzwischen zurückgekehrt. »Bitte entschuldigt mich. Ich muss mit eurem Chef reden, und ihr habt sicherlich auch noch viel zu besprechen.« Er stand auf und freute sich auf einen zugänglicheren Gesprächspartner. Er hatte keine Ahnung, warum Kowalski und Król ihm gegenüber plötzlich so verschlossen waren. So kannte er die beiden gar nicht.

»Das ist ein merkwürdiger Tag, Daniel. Ist es der Regen, das Feiern oder der viele Wein, weshalb heute alle komisch drauf sind?«

»Was meinst du?«

»Na ja, erst die Holzmaske, dann die misshandelte Frau Klotz, die ich wiedererkannt habe, und dann auch noch Magdalena und Wojciech, die irgendein Geheimnis vor mir zu haben scheinen.«

Daniel lachte. »Du weißt doch, wie Pärchen sind. Oder kannst du dich daran schon gar nicht mehr erinnern? Ist doch schön, dass die beiden wieder zusammen sind. Es wird allmählich Zeit, dass du auch eine neue Elisabetta findest, mein Freund.«

»Jetzt fang du nicht auch noch so an wie meine Mutter. Ich bin beileibe keine siebzehn mehr! Glaub mir, inzwischen kenn ich das Leben ein wenig.«

»Das Leben. Da sagst du was.« Daniel trank einen Schluck Riesling, ließ seinen Blick über den Marktplatz schweifen. »Das eine oder andere im Leben begreife ich auch so langsam.« Er seufzte. »Vielleicht haben wir den Erpresser ja bald. Ich hab da so eine Vermutung.«

»Raus mit der Sprache, wer ist es? Mit vagen Andeutungen kommst du mir nicht davon!« Wöhler hatte keine Ahnung, worauf sein Freund hinauswollte.

»Du glaubst mir doch sowieso nicht. Für dich bin ich nur der Spinner mit dem Amphorenwein.«

»Das ist kein Spiel, Daniel. Der Mann ist gefährlich. Also, wen hast du im Verdacht?« Wöhler begann sich ernsthaft Sorgen um seinen Freund zu machen.

»Ich sag dir rechtzeitig Bescheid.«

»Bitte, Daniel. Versprich mir, dass du dich nicht in Gefahr begibst!«

»Ja, Papi, ich pass schon auf mich auf. Bin ja ein großer Junge.«

Wöhler merkte, dass es keinen Sinn machte, weiterzubohren.

Mit einem unangenehmen Gefühl verabschiedete er sich von Daniel.

Wöhler schloss die Haustür auf, trat in den Flur, spitzte die Ohren. Aus dem ersten Stock drang das Schnarchen von Aischvarya, ansonsten herrschte Stille im Weingut. Er schaute sich um, spürte eisige Kälte, die sich an seiner Wirbelsäule entlang nach oben zog. Wo zum Teufel war Cerberus? Niemand sprang vor Freude über seine Rückkehr auf ihn zu. Obwohl er den Hund erst so kurze Zeit besaß, vermisste er die Begrüßung bereits so, als wäre es nie anders gewesen.

Fieberhaft durchsuchte er die Räume im Erdgeschoss, eilte die Treppe hinauf, schaute ins Bad und ins Schlafzimmer. Von Cerberus keine Spur. Behutsam öffnete er die Tür zum Gästezimmer. Die Intensität von Aischvaryas Schnarchen steuerte auf einen Höhepunkt zu. Seine Mutter und er schienen die einzigen Lebewesen im Haus zu sein. Wöhler fiel die Kelterhalle ein. Vielleicht war Cerberus ja dort. Ihm war bewusst, dass er sich an einen unwahrscheinlichen Gedanken klammerte, tat es aber trotzdem.

Er eilte die Stufen hinunter, stürzte aus dem Haus und fand die Tür zur Kelterhalle nur angelehnt. Nie im Leben hatte er vergessen, sie zu verschließen. Er knipste das Licht an und sah sofort die rote Blutlache, in der Cerberus lag. Eine Wunde klaffte an seinem Hals. Wöhler wandte sich von dem schrecklichen Anblick ab, merkte, wie sich seine Augen mit Tränen füllten. Er kniff die Lider zusammen, wischte darüber. Mit vorsichtigen Schritten, als wollte er die Totenruhe nicht stören, trat er näher an das verblutete Fellbündel heran. Ein weißer Briefumschlag lehnte am Kopf des toten Tieres. Wöhler ging in die Knie, griff nach dem Kuvert, öffnete es mit zittrigen Fingern. Fahrig überflog er die Buchstaben, die über das Papier tanzten, schüttelte fassungslos den Kopf und biss die Zähne zusammen. Der Erpresser hatte die nächste Runde eingeläutet.

15

»Welchen nehmen wir? Ihren, meinen, oder fährt jeder für sich?«, fragte Bäumler verschmitzt.

»Ihren.«

Mit dieser Antwort hatte Bäumler nicht gerechnet. Noch nie hatte Bächle sich bislang dazu überwinden können, in seinem Porsche mitzufahren. Ob das ein positives Zeichen war? Er öffnete der Kollegin die Tür, sah ein bestiefeltes Bein im Auto verschwinden, umrundete den Wagen und tätschelte liebevoll den linken Kotflügel, bevor er sich in den Fahrersitz fallen ließ. Das Ziel war mal wieder Boppard. Inzwischen kannte Bäumler den Weg wie seine Westentasche.

Sie fuhren auf die B 9, über die Mosel, drehten ihre übliche Schleife, überquerten die Mosel erneut. Bäumler bremste, schaltete herunter. Der dichte Verkehr ließ nur Schritttempo zu, für das ihm sein Fahrzeug denkbar ungeeignet erschien. Am liebsten hätte er die Scheibe heruntergelassen und das Blaulicht aufs Dach gesetzt. Aber so was machte man natürlich nur im Film. Bächle schwieg, schaute so interessiert aus dem Fenster, als würde sie die Strecke zum ersten Mal fahren.

Nachdem sie den Rhein passiert hatten, lief der Verkehr flüssiger. Bäumler drückte aufs Gaspedal, schaute nach rechts oben und sah gerade noch Schloss Stolzenfels' ockergelbe Türme vorbeiziehen. Er musste an das vergangene Wochenende mit Harald beim FC denken. Der Abend war so lala gewesen. Mehr und mehr hatte er das Gefühl, Köln hinter sich zu lassen und sich an seine neue Heimat zu gewöhnen. An das romantische Mittelrheintal.

»Kreikebaum war ja am Freitag mächtig in Fahrt. Das mit Frau Muchingiari hat ihm überhaupt nicht gepasst.« Bächle blickte Bäumler erwartungsvoll von der Seite an.

»Na klar. Der lebt ja nur für seine Paragrafen.«

»Und Sie?«

»Sie sollten mich inzwischen besser kennen.«

Bächle schaute wieder aus dem Fenster, sprach leise, wie zu sich selbst: »Warum sind Sie ein solches Risiko eingegangen? Das hätte Sie Ihren Job kosten können.«

»Meinen Job? Sie übertreiben. Ich verlass mich auf mein Gefühl, das hat bisher immer geklappt. Grace Muchingiari kommt schon wieder auf die Beine, sie braucht nur ein bisschen Hilfe. Jemanden, der ihr unter die Arme greift.«

»Unter die Arme?«

»Herrgott noch mal, was Sie schon wieder denken!«

Bächle starrte auf ihre Hände. »Meiner Meinung nach ist sie immer noch verdächtig. Sie stand zwischen Kaltenborn und Matthusen, die miteinander im Clinch lagen.«

Bäumler wechselte das Thema. »Apropos Guru. Wie geht's dem eigentlich? Waren Sie nicht neulich bei ihm auf der Kartause?«

Bächle seufzte. »Ach, der Maître. Wegen der Drogensache haut sein Anwalt ihn bestimmt bald raus, und sonst haben wir ja kaum was gegen ihn in der Hand. Der Laptop war so sauber, als hätte er ihn neu gekauft. Bleiben nur der Streit und die passende Schuhgröße. Aber wenn's danach gehen würde, müssten wir halb Koblenz festnehmen.«

»Na ja. Aber noch mal zurück zum Pfarrer. Wofür brauchte der das viele Geld, das er abgehoben hat? Diesbezüglich tappen wir noch komplett im Dunkeln, oder?«

»Vielleicht liegt tatsächlich in dem Doppelleben der Schlüssel. Aber wie zum Teufel finden wir ihn, also den Schlüssel?«

Bächle strich sich die Haare aus dem Gesicht, lehnte den Kopf nach hinten.

»Kennen Sie sich mit so was aus?« Bäumler dachte an das Gespräch vor sechs Tagen, als Bächle ins Telefon gelallt und anschließend den gesamten Dienstag krankgefeiert hatte.

»Ach, Bäumler, jetzt hören Sie schon auf. Was ist denn eigentlich mit dieser Frau Król?«

»Was soll mit der sein?«, fragte er verunsichert.

»Nun … ich habe immer noch nicht verstanden, warum sie Matthusen ans Messer geliefert hat. Was hatte sie für ein Motiv?«

»Eifersucht? Weil der Guru mit anderen Mädels rumgemacht hat? Ich schätze, so muss es gewesen sein.«

»Na, wenn Sie das sagen. Aber möglicherweise wollte sie auch nur von etwas anderem ablenken.« Bäumler trat wieder aufs Gas. »Kann sein. Jetzt nehmen wir jedenfalls erst mal Susanne Klotz unter die Lupe. ›Beichte Susanne, zwanzig Uhr‹, zumindest dieser Eintrag im Notizbuch des Pfarrers dürfte mit Wöhlers Anruf geklärt sein. Vielleicht war Frau Klotz die Letzte, die Kaltenborn lebend gesehen hat. Oder die Vorletzte.« Bäumler drosselte die Geschwindigkeit und parkte den Wagen auf dem Gehsteig, direkt vor dem hölzernen Eingangstor des Weinguts Klotz.

Er drückte auf die Klingel. Nichts. Er versuchte es ein zweites Mal. Niemand öffnete ihnen.

Bächle drückte gegen das Tor, das sofort nachgab, und sah ihn erstaunt an. »Bitte nach Ihnen«, flüsterte sie.

Sie betraten einen düsteren Raum, der auf den ersten Blick weniger nach Weingut als nach Requisitenhalle eines Provinztheaters aussah. Direkt vor ihnen stand ein bunt geschmückter Traktoranhänger, der mit Kirmesszenen bemalt war. »Karneval? Da fühl ich mich ja gleich wie zu Hause«, bemerkte Bäumler. Links folgte eine etwa zwei Meter lange Theke aus dunklem Holz, an den Wänden standen altertümliche Weinbaugerätschaften.

»Frau Klotz, wir sind von der Kriminalpolizei!«, rief Bäumler, dann wartete er mit Bächle darauf, dass etwas passierte. Als die Beamten begriffen, dass nichts geschehen würde, gingen sie vorsichtig nach links, in die Requisitenhalle hinein.

Weiter hinten wurde ein Licht eingeschaltet, schwere Schritte schienen eine Treppe heraufzukommen.

Bäumler griff vorsichtshalber nach seiner Dienstwaffe, ließ sie jedoch stecken.

Ein kräftiger Mann blieb vor der Lampe stehen, verdeckte die Lichtquelle mit seinem Kopf. »Wer sind Sie? Was treiben Sie sich … hier rum … auf meinem Grund und Boden?« Er stockte immer wieder, schien getrunken zu haben.

»Bächle, Bäumler. Wir sind von der Kriminalpolizei Koblenz und möchten Susanne Klotz sprechen«, antwortete der Hauptkommissar.

»Susanne? Das ging aber fix.« Der Mann wankte den Polizisten entgegen.

»Ist etwas passiert?«, fragte Bächle erschrocken.

Der Mann stand jetzt dicht vor ihnen, sichtlich bemüht, nicht die Balance zu verlieren, und schüttelte den Kopf. »Nichts, was die Polizei etwas angeht. Aber jetzt setzen Sie sich doch, fühlen Sie sich ganz wie zu Hause.« Er deutete auf eine zerschlissene Wohnzimmer-Sitzgruppe, die mitten im Raum stand, als wäre sie dort vergessen worden.

Bäumler und Bächle nahmen auf den Sesseln Platz, während der Mann es sich auf dem Sofa bequem machte. Auf dem Couchtisch zwischen ihnen standen leere, halb leere und fast noch volle Wein- und Schnapsflaschen.

»Sie sind Herr Klotz, nehme ich an?« Bächle ließ den Blick über das alkoholische Ensemble vor sich schweifen.

»Kann man so sagen. Armin Klotz, Winzermeister. Angenehm.« Ungeniert griff er in den Schritt seiner hellgrauen Jogginghose.

»Und wo ist Ihre Frau, Herr Winzermeister?«, fragte Bäumler ungehalten. Das Verhalten des Mannes machte ihn wütend.

»Wenn ich das mal wüsste. Was wollen Sie denn von ihr? Hat sie schon wieder etwas angestellt?« Klotz beugte sich vor, goss sich ein Schnapsglas voll, kippte den Inhalt hinunter. »Sie auch?«, fragte er.

»Nein danke, wir sind im Dienst. Wir ermitteln im Mordfall des Pfarrers Kaltenborn, Ihre Frau könnte eine wichtige Zeugin sein«, sagte Bächle.

»Susanne hat den Pfarrer um die Ecke gebracht? Na, das is

ja mal 'n dolles Ding.« Klotz lallte stärker und goss sich einen weiteren Schnaps ein.

Bäumler sprang vom Sessel auf, blieb breitbeinig stehen, ballte die Hände zu Fäusten. Er sprach laut und deutlich, betonte jedes Wort:»Wo ist Ihre Frau, Herr Klotz? Wir können auch anders!«

»Jetzt beruhigen Sie sich mal, Herr Kommissar. Setzen Sie sich wieder hin. Die Schlampe hat sich verdünnisiert. Noch nicht mal 'nen Zettel hat sie dagelassen und Armin auch gleich mitgenommen.«

Bäumler blickte zu Bächle und nahm wieder Platz. Sie sah beunruhigt aus, biss sich auf die Unterlippe. Hatte sie nicht erwähnt, dass Wöhler etwas von häuslicher Gewalt gesagt hatte? War Susanne Klotz wirklich abgehauen, oder war hier Gefahr im Verzug? Mussten sie handeln, oder war es dafür vielleicht schon viel zu spät?»Sie behaupten also, Ihre Frau hätte Sie abrupt verlassen. Wer ist Armin?«

»Mein Sohn«, antwortete Klotz. Plötzlich sprach er mit verhaltener, bebender Stimme, versank fast im Sofa.

Bächle machte eine beruhigende Geste in Richtung Bäumler und schaltete sich wieder ins Gespräch ein.»Er heißt wie Sie? Das ist ja ganz reizend. Der Erstgeborene, nehme ich an. Wie alt ist er denn? Und gibt es noch mehr Kinder?«

Klotz richtete sich auf, stützte die Unterarme auf die Schenkel.»Er ist unser Erster und Einziger. Ein ganz toller Junge, müssen Sie wissen. Ist achtzehn, hat das Abitur gemacht und jetzt 'ne Winzerlehre bei mir angefangen. Später will er studieren. Aus ihm kann was werden. Eine Freundin hat er auch schon. Der übernimmt bestimmt den Betrieb, dann ist die Zukunft gesichert.« Die Worte sprudelten aus Klotz nur so heraus. Plötzlich schien er völlig nüchtern. Bächle hatte den richtigen Knopf gedrückt.

»Das hört sich gut an, Herr Klotz. Mir ist klar, wie wichtig die Nachfolgefrage gerade in kleinen Familienbetrieben ist. Und Sie haben keine Ahnung, wo Ihr Sohn sich aufhalten könnte?«

Bäumler schaute gespannt von Bächle zu Klotz und wieder zurück.

»Na ja, wissen tu ich es nicht, aber eine Vermutung habe ich schon. Die beiden sind bestimmt in Oberwesel untergekrochen. Susanne hat da so eine Freundin. Auf dem Weingut Britzmann-Knechtsleben, falls Ihnen das was sagt. Bin mir fast sicher, dass sie sich da mit Armin versteckt.«

»Britzmann-Knechtsleben.« Bächle machte sich eine Notiz. »Haben Sie schon versucht, dort anzurufen?«

»Nee. Hab ich mir gespart. Die unterstützen den Vinea-Clan und wollen nichts mit mir zu tun haben.«

»Sie meinen diese geplante Winzervereinigung mit dem lateinischen Namen? Wie heißt die noch in voller Länge? Vinea Rhenus Media?« Bächle schien jetzt noch wacher als schon zuvor.

»Ja, genau. Die stecken doch alle unter einer Decke. Mit dem Wöhler, dem Alt, dem Guru und wer weiß, wem noch. Die haben bestimmt auch den Pfarrer auf dem Gewissen. Denen sollten Sie mal einen Besuch abstatten!«

»Moment mal. Was haben Herr Wöhler und Herr Matthusen miteinander zu tun?« Bächle beugte sich vor.

Bäumler lauschte gespannt dem Wortgefecht der beiden. Er hatte nicht vergessen, dass Wöhler ausgesagt hatte, die Karmeliterkirche besucht zu haben, um den Pfarrer zu finden und für seine Initiative zu gewinnen.

»Wöhlers Busenfreund Alt macht jetzt Amphorenweine, weil der Maître das so will. Bitte – da haben Sie Ihre Verbindung. Und dass der Guru und der Pfarrer sich spinnefeind waren, das haben Sie mit Sicherheit schon rausbekommen. Matthusen haben Sie ja bereits eingebuchtet, wie man hört.«

Bächle lehnte sich im Sessel zurück. »Erzählen Sie weiter, Herr Klotz, ich höre.«

»Ich tippe darauf, dass der Guru es nicht selbst gewesen ist. So einer macht sich nie und nimmer die Hände dreckig. Aber schauen Sie sich mal in seinem Umfeld um. Bei der Vinea-Vereinigung. Mein sensibles Winzernäschen sagt mir, dass Sie dort fündig werden.«

Bäumler erhob sich aus dem Sessel, richtete sich zur vollen Größe auf. »Danke für Ihre Hinweise, Herr Klotz. Haben Sie etwas dagegen, wenn wir uns bei Ihnen ein wenig umschauen, bevor wir gehen?«, fragte er, während auch Bächle aufstand.

»Dafür gibt es keinen Grund, und das dürfen Sie auch nicht. Wenn Sie Susanne suchen, dann gefälligst auf dem Weingut Britzmann-Knechtsleben und nicht bei mir!« Klotz spuckte die Worte förmlich aus, machte die Beine breit und griff wieder in den Schritt seiner Jogginghose.

»Wie Sie wünschen, Herr Klotz. Dann empfehlen wir uns.« Bäumler drehte sich um und marschierte in Richtung Eingang davon, dicht gefolgt von Bächle. Nach nur wenigen Metern blieb er so abrupt stehen, dass seine Kollegin um ein Haar mit ihm kollidiert wäre. Ursache für sein plötzliches Abbremsen war eine großformatige gerahmte Fotografie, die zwei Männer und einen Fisch zeigte. Armin Klotz und der Junge, der fast seine Körpergröße hatte, präsentierten vor Stolz platzend einen gewaltigen Karpfen. Der Fang war so schwer, dass die beiden Männer sichtlich Mühe mit ihm hatten. Ihre Rücken bogen sich nach hinten. Das Fischauge glotzte verwundert, schien sein Ableben noch nicht wahrhaben zu wollen. »Mannomann! Was für ein Brummer. Ist das Ihr Sohn?«, rief Bäumler zurück in das Halbdunkel, in dem Klotz immer noch auf dem Sofa saß.

»Jau. Ein kapitaler Karpfen. Hätte ich ohne Armin nie gefangen. Sag ich doch, das ist ein feiner Kerl. Aus dem wird noch was, Herr Kommissar.«

Bäumler öffnete seiner Kollegin galant die Tür des Sportwagens, ließ sie Platz nehmen und beugte sich zu ihr hinunter. »Britzmann-Knechtsleben klingt so schräg, das kann sogar ich mir merken. Dann hoffen wir mal, dass wir Susanne Klotz dort finden. Und dass sie wohlauf ist. Was halten Sie von den anderen Tipps des Winzermeisters?«

»Nicht viel. Ich glaub, der wollte nur ein bisschen mit Dreck um sich werfen. Aber haben Sie sich den Sohn angeschaut?«

»Natürlich. Kapitaler Karpfen. Der Sohn kommt wohl ganz nach dem Vater, was?«

»Genau das bezweifle ich. Ich habe selten einen Sohn gesehen, der so wenig Ähnlichkeit mit seinem Vater hatte. Aber an irgendjemand anders erinnert mich Armin junior … Ich weiß nur noch nicht, an wen, aber das fällt mir ganz bestimmt auch noch ein.«

16

Bächles Absätze klackten auf dem Pflaster, während sie über den Oberweseler Marktplatz hastete. »Der Karpfen hat Sie beeindruckt, was? Beinahe ein Phallussymbol, so wie die beiden den in die Kamera gehalten haben.« Überraschenderweise enthielt sich ihr Kollege eines Kommentars. Nicht einmal ein Grummeln oder Brummen, wie sie es sonst von ihm gewohnt war, war zu hören. Sie blieb stehen, schaute zurück.

Bäumler betrachtete den überdimensionierten Weinkelch, der vor einer Ecke des Rathauses thronte.

Bächle seufzte, stiefelte zurück. Trotz ihrer Unruhe wollte sie es sich ersparen, über den gesamten Marktplatz zu schreien. »Bäumler, was ist los?«, fragte sie, als sie neben ihm stand. »Sind Sie auf einmal zum Weinfan mutiert? Warum stehen Sie wie angewurzelt da? Wir haben keine Zeit zu verlieren, Herr Kollege!«

»Nun lassen Sie mich doch mal die Schönheiten des Mittelrheintals bewundern. Ich dachte, Sie stehen auf Sightseeing!«

»Schon, aber …« Bächle guckte zu dem imposanten Weinkelch auf der dritten Stufe eines hölzernen Podests hinauf. Auf den ersten beiden standen ringsum Kästen mit roten Geranien. Zudem wurden auf jeder Stufe aus Holz gefertigte Symbole präsentiert: Weinkrug, Traube und Rebstock wechselten einander ab. Zwischen den Worten »Weinstadt« und »Oberwesel« prangte ein schwarzer Adler auf dem Bauch des goldenen Weinkelchs, darunter stand »Mittelrhein«. Sehr heimatverbunden, dachte Bächle.

»Das gefällt mir. Haben Sie so einen Aufbau schon mal mit einem Fisch statt eines Weinglases gesehen? An der Küste, meine ich? Der Karpfen, den Klotz gefangen hat, hätte sich prima dafür angeboten, wenn er nicht ein Süßwasserfisch wäre. Als Bronzeskulptur natürlich.« Bäumler lachte.

»Wusste ich doch, dass Ihnen der Karpfen nicht aus dem Kopf

geht. Männer halt. Und ja, ich habe tatsächlich schon einige Fischskulpturen gesehen, aber keine, die mit den Dimensionen dieses Weinkelchs vergleichbar gewesen wäre.« Bächle ließ den Blick über den Marktplatz schweifen. »Stadt der Türme und des Weines. Passt zu Oberwesel, finde ich.« Sie stieß Bäumler ungeduldig in die Seite. »Und jetzt müssen wir zu den Knechtslebens. Ich hab immer noch kein gutes Gefühl, was Susanne Klotz angeht.«

»Nehmen Sie doch Platz«, sagte die Frau mit den sorgfältig frisierten Haaren, in denen graue, hell- und dunkelblonde Strähnen einander abwechselten. Überrascht sog Bächle den schweren süßlichen Duft ein, der sich allmählich im Raum ausbreitete. Vanille, Blüten und Weihrauch, schoss es ihr durch den Kopf. »Shalimar«, der Klassiker von Guerlain. Es gab nicht viele Frauen, die dieses Parfüm im Alltag trugen. Aber was war schon alltäglich an dieser Dame, die auf dem altertümlichen Sessel Platz genommen hatte?

Sie schlug die Beine übereinander, ordnete den Hermelinschal, den sie um den Hals drapiert trug. »Was führt Sie zu mir?«, fragte sie lauernd.

»Wir suchen Frau Klotz. Können wir sie bitte sprechen?« Offensichtlich hatte Bäumler sich für die Überfalltaktik entschieden. Bächle bezweifelte, dass er damit bei der Dame des Hauses Erfolg haben würde.

Die Angesprochene zog die Augenbrauen hoch, beugte sich nach unten und zauberte ein weißes Hündchen hervor, das sich bislang unter dem Sessel versteckt gehalten hatte. »Frau Klotz? Wer soll das sein?« Zärtlich strich sie über das superflauschig wirkende Fell am Kopf des Tieres.

Bächle juckte es in den Fingern, so weich sah der kleine Hund aus.

»Frau Susanne Klotz vom gleichnamigen Weingut. Wir wissen, dass Sie sie kennen«, sagte Bäumler mit gehörigem Druck in der Stimme. »Es geht um einen Mordfall, und wir suchen sie als Zeugin.«

»Ach, Susanne! Warum sagen Sie das nicht gleich? Wir kennen uns ja schon, seitdem sie in Boppard wohnt. So eine Nette, nicht wahr, Fiffi?« Die letzten Worte hatte sie an den Hund gerichtet. Sie zupfte an den kurzen Ärmeln des Pullovers, den das Tierchen trug und der vorne beige und hinten dunkelblau war, dann küsste sie Fiffi auf die feucht glänzende Nase.

»Na also. Wären Sie dann bitte so freundlich, Ihre Freundin zu uns zu bitten?«, blaffte Bäumler.

Bächle war klar, dass Bäumler wieder kurz davor war, zu explodieren, befürchtete allerdings auch in diesem Fall, dass er mit seiner emotionalen Art keinen Erfolg haben würde. Wie zur Bestätigung ihrer Gedanken ersparte sich die Dame jegliche Antwort und strich stattdessen versonnen über den blauen Rücken des Hundes.

Bächle wusste, dass sie nun an der Reihe war. »Frau Britzmann, nehme ich an, da Sie sich uns noch nicht vorgestellt haben?«

»Müller. Konstanze von Müller, um präzise zu sein. Britzmann-Knechtsleben ist nur der Name unseres Gutes«, antwortete die gnädige Frau.

»Dann eben Frau von Müller. Wir haben Hinweise darauf erhalten, dass Frau Klotz bei Ihnen Zuflucht gesucht hat. Ist das richtig?«

»Zuflucht? Susanne? Bei mir? Wo denken Sie hin!« Die adlige Winzerin wich Bächles Blick aus und hielt Fiffi die Handfläche vor den Mund. Bereitwillig und gierig begann das Tier, mit seiner rosa Zunge zu schlecken.

Bächle wurde übel. »Nun gut. Wie Sie meinen.« Da sie überzeugt davon war, dass von Müller log, blieb ihr nichts anderes übrig, als dieselbe Taktik anzuwenden, die schon bei Winzermeister Klotz so prima funktioniert hatte. Bäumler schien das Gleiche zu denken, denn er schwieg beharrlich. Sie ließ einen Versuchsballon steigen. »Fühlt sich Fiffi auf dem Weingut denn wohl? Ist das überhaupt das Richtige für ein so zartes Hündchen? Ich kann mir vorstellen, dass es bei Ihnen sonst eher bodenständig zugeht, oder?«

Von Müller stellte das Streicheln kurzzeitig ein und blinzelte Bächle komplizenhaft an. »Wie recht Sie haben, Frau Kommissarin, wie recht. Sie haben viel Empathie, Menschen wie Sie gibt's heute nur noch ganz selten.« Sie blickte zur Seite, ihre Miene verfinsterte sich. »Schauen Sie sich nur mal hier um. Ärmlicher geht es doch kaum. Wir arbeiten von morgens bis abends, sieben Tage die Woche, mein Mann im Weinberg und ich im Verkauf. Die Leute klingeln mich raus, probieren und probieren und ziehen dann mit einer einzigen Flasche Gutswein wieder ab. Verstehen Sie, was ich meine?«

Bächle nickte und versuchte, den Hund zu ignorieren, der jetzt genüsslich von Müllers andere Handfläche abschleckte.

»Fiffi ist der einzige Luxus, den ich mir leisten kann. Wer will denn heutzutage noch Winzer werden, wenn das so weitergeht? Niemand zahlt uns die Plackerei in den Steillagen. Stattdessen lässt man uns mit Supermarktweinen konkurrieren.«

Bächle wurde langsam ungeduldig, wusste aber, dass sie das Gespräch in Gang halten musste, um Frau von Müller die wichtigen Aussagen zu entlocken. Sie blickte zu Bäumler, der sich inzwischen in seinem Sessel zurückgelehnt hatte. War er eingeschlafen? »Wir kommen durch unseren Job hier in der Gegend ziemlich viel rum und haben schon einige Weingüter von innen gesehen. Ich glaube, ich weiß, was Sie meinen. Handarbeit zählt heute halt nicht mehr. Wie lange gibt es Ihr Gut schon?«

»Seit 1740. So alt sind nur ganz wenige Weingüter am Mittelrhein, müssen Sie wissen. Mein Mann hat den Betrieb von seinem Vater übernommen, der von seinem Vater und immer so weiter. Mein Schwiegervater hat nach dem Tod seiner Frau wieder geheiratet, eine Winzerin, und so kam es zur Fusion mit dem Weingut Knechtsleben. So einen Betrieb muss man doch fortführen, nicht wahr? Oder Fiffi, was meinst du dazu?« Als sie den Wuschelkopf des Hundes an sich drückte, begann Bächles Kopfhaut zu jucken. »Bevor Sie das fragen: Ich wollte nach der Heirat meinen Namen behalten und mein Mann das Weingut nicht umbenennen. Wegen der Tradition«, erklärte von Müller.

»Wir haben überragende Weinlagen. Der Oberweseler Oelsberg ist ein genauso guter Prallhang wie der Bopparder Hamm. Und dann die Lagen im Engehöller Tal, südlich von Oberwesel. Ganz groß, sage ich Ihnen. Das ist ja nicht nur Tradition, das ist auch Landschaftspflege, Erhalt unseres kulturellen Erbes. Aber bezahlen? Bezahlen will uns das niemand!«

»Ich kann Ihre Klagen nachvollziehen, Frau von Müller. Und was hat Sie dann hierher verschlagen? Kommen Sie selbst aus einer Winzerfamilie?«, fragte Bächle, während sie gedanklich bereits den finalen Schlag vorbereitete.

»Ach, Frau Kommissarin, was soll ich sagen … die Liebe, nichts als die Liebe. Stimmt doch, Fiffi?« Der Hund blickte mit seinen schwarzen Knopfaugen erst zu von Müller, dann zu Bächle. Er schien über die Antwort nachzudenken.

»Das ist eine schöne Geschichte, Frau von Müller. Ist ja auch nicht jedem vergönnt. Und ich kann sehr gut verstehen, dass Frau Klotz sich bei Ihnen sicher fühlt. Ich denke, sie hat die richtige Entscheidung getroffen.« Bächle wusste, dass die letzten Sätze riskant gewesen waren. Aber einen Versuch waren sie wert.

»Was fällt Ihnen eigentlich ein? Halten Sie mich für so dämlich, dass ich nicht merke, wenn Sie versuchen, mich zu manipulieren?« Von Müller war laut geworden. Sie richtete sich auf, setzte den Hund vorsichtig auf den Boden. »Gehen Sie! Es reicht! Ich habe Ihnen alles gesagt, was Sie wissen müssen!«

Inzwischen war ein Ruck durch Bäumler gegangen. Er schüttelte sich, war augenscheinlich wieder aufgewacht. Bächle wusste, dass sie es gründlich vermasselt hatte. Eine Handhabe gegen Frau von Müller hatten sie nicht, sie waren lediglich hier, um eine Zeugin zu befragen. Tauchte diese nicht auf, blieb ihnen keine andere Wahl, als unverrichteter Dinge abzuziehen. Wieder einmal steckten sie in einer Sackgasse fest. Bächle erhob sich und forderte ihren Kollegen mit einem Kopfnicken auf, es ihr gleichzutun.

In diesem Moment wurde die Tür aufgedrückt, und ein junger, breitschultriger Mann mit auffallend kräftigen Augenbrauen stürmte herein. »Mutter ist hingefallen, und ich weiß nicht, was ich tun soll. Komm schnell, Konstanze!«, stammelte er. »Wer sind Sie denn?«, fragte er dann verwirrt.

»Das ist die Polizei, Armin. Beruhige dich, ich bin ja schon unterwegs. Wo ist Susanne?«

Armin und Susanne. Jetzt wusste Bächle, dass sie hier richtig waren. Doch der athletische junge Kerl irritierte sie in der Realität noch mehr als auf dem Anglerfoto. Warum kam er ihr so bekannt vor?

Der Junge stieß die Tür auf, rief: »Draußen, an der Treppe!«, dann stürmte er davon, gefolgt von Frau von Müller und den Polizisten. Einzig der flauschige Fiffi, der sich wieder unter dem Sessel verkrochen hatte, blieb im Wohnzimmer zurück. Er war mit Abstand das ängstlichste Hündchen, dem Bächle bis dato begegnet war.

Unnatürlich verdreht lag Susanne Klotz am Fuß der eng gewundenen Wendeltreppe, die in den zweiten Stock des Haupthauses des Weingutes führte. Bächle stürzte auf sie zu, legte die Hand an ihren Hals, fühlte den schwachen Puls und atmete auf. »Sie ist nur bewusstlos, keine Panik«, sagte sie. »Holen Sie einen feuchten Lappen«, wies sie von Müller an.

Bäumler hatte sein Handy bereits am Ohr und verständigte den Notarzt.

Der Junge kniete sich neben seine Mutter und strich ihr zärtlich über die rötlichen Haare.

»Ist sie gestolpert und dann die Stufen heruntergestürzt?« Bächle bemühte sich, Gelassenheit auszustrahlen.

»Ich weiß es nicht. Ich kam durch die Tür, sah sie da liegen und bin sofort rüber ins Wohnzimmer.« Armin wischte sich über die Augen.

»Der Notarzt ist unterwegs«, verkündete Bäumler. »Wo bleibt denn die Hausherrin mit dem Lappen?« Er blickte den Jungen an: »Was machen Sie beide eigentlich hier? Haben Sie und Ihre Mutter Schutz gesucht vor Herrn Klotz … äh, Ihrem Vater?«

Als der junge Mann erschrocken aufblickte, brachte Bächle ihren Kollegen mit einem waffenscheinpflichtigen Blick zum Schweigen.

Endlich kreuzte auch von Müller wieder auf und hielt Bächle den tropfnassen Waschlappen hin. Die Kommissarin legte ihn behutsam auf die Wange der Gestürzten, als diese sich bereits wieder zu regen begann.

Susanne Klotz drehte den Kopf nach rechts, wälzte sich aus der Seitenlage auf den Rücken und öffnete langsam die Augen. Genauer gesagt öffnete sie ihr rechtes Auge, denn das linke, das bislang verdeckt gewesen war, war komplett zugeschwollen. Die Wange darunter war unförmig aufgequollen, rot und blau angelaufen.

Das hat nichts mit dem Sturz zu tun, dachte Bächle und ahnte, dass Wöhler mit seinen Andeutungen recht gehabt hatte. Ein Glück, dass sie Susanne Klotz gefunden hatten.

»Wie geht's dir, Mama? Was machst du nur für Sachen?«, rief ihr Sohn. Erleichterung schwang in seiner Stimme mit.

»Bitte bewegen Sie sich nicht mehr als notwendig, Frau Klotz. Haben Sie Schmerzen?«, fragte Bächle besorgt.

Frau von Müller hielt sich die Hände vor das Gesicht und schüttelte nur immer wieder den Kopf.

»Es … geht schon wieder …«, stammelte Susanne Klotz. »Wer … wer sind Sie?«

»Sigrid Bächle, das ist mein Kollege Stephan Bäumler. Wir sind von der Kriminalpolizei Koblenz. Wir wollten Sie sprechen … als Zeugin. Aber bleiben Sie jetzt besser liegen, der Notarzt ist unterwegs.«

Bäumler bekräftigte Bächles Worte mit einem Kopfnicken.

»Mich sprechen?«, fragte Klotz mit schwacher Stimme.

»Ja, aber das hat Zeit. Was tut Ihnen weh? Der Rücken, die Gelenke?«

»Lassen Sie meine Mutter gefälligst in Ruhe! Sie sehen doch, wie sie leidet!«, rief der junge Mann außer sich.

Bächle funkelte ihn an, und während es an der Haustür

klingelte, durchzuckte sie ein Gedanke. Die Augenbrauen, die Knollennase, der offene Gesichtsausdruck. Warum war sie nicht gleich darauf gekommen? Dieser Spur musste sie nachgehen. Aber erst einmal musste sie Klotz' Sohn beruhigen. »Es wird alles wieder gut, machen Sie sich keine Sorgen. Das müsste der Notarzt sein.«

Bäumler ging zur Tür, um den Arzt reinzulassen.

»Könnte ich mal das Badezimmer benutzen?«, fragte Bächle hastig.

Der junge Mann schaute irritiert. »Natürlich, benutzen Sie am besten das dahinten im Gang. Da stehen meine Sachen rum, aber lassen Sie sich davon nicht stören.«

Bäumler, der inzwischen mit dem Arzt zurück war, schien genauso irritiert wie Klotz' Sohn, vermutlich, weil er wusste, wie sehr Bächle es hasste, fremde Toiletten zu benutzen.

Lächelnd überließ sie dem Notarzt das Feld und ging in Richtung der Tür, auf die Klotz' Sohn gewiesen hatte. Im Bad drehte sie den Schlüssel zweimal herum, um sicherzugehen. Sie schaute sich um. Perfekter hätte sie es gar nicht treffen können. Auf der Ablage stand ein schwarzer Kulturbeutel, der mit den Logos verschiedener Punkbands beklebt war. Das passte zu dem, was der Junge gerade gesagt hatte. Die Tür der Duschkabine war beiseitegeschoben, in der Duschwanne lag ein dünner Teppich dunkler Haare.

Bächle öffnete ihre Handtasche, zog ein Plastikbeutelchen und ein Paar Einmalhandschuhe heraus, die sie sofort überstreifte. Sie griff nach dem Kamm auf der Ablage, öffnete das Tütchen und ließ mehrere Haarbüschel darin verschwinden. Das musste reichen. Sie klippte den Beutel zu und versenkte ihn mitsamt den Handschuhen wieder in ihrer Tasche. Bevor sie die Tür öffnete, dachte sie gerade noch rechtzeitig daran, die Toilettenspülung zu betätigen und sich kurz die Hände zu waschen. Darauf, eines der dunkelgrünen Handtücher zu benutzen, verzichtete sie. Mit feuchten Fingern drehte sie den Schlüssel im Schloss, stieß mit den Ellenbogen die Tür auf und schüttelte die Hände, um sie zu trocknen. Direkt vor dem Bad stand Bäumler, der sie bereits ungeduldig zu erwarten schien. Sollte sie ihn einweihen? Für den Moment entschied sie sich dagegen.

»Mensch, Frau Bächle, wo bleiben Sie denn? Ich dachte, Sie meiden fremde Toiletten? Ich weiß zwar noch viel zu wenig über Sie, aber das habe ich mir immerhin gemerkt.« Er fuhr fort, ohne eine Antwort abzuwarten: »So weit ist alles okay. Der Notarzt meint, dass sie mit einem leichten Schädel-Hirn-Trauma und ein paar Schürfwunden noch glimpflich davongekommen ist. Ihr wurde wohl übel, dann ist sie gestolpert und gestürzt. Da hätte weit Schlimmeres passieren können. Die Spuren der Misshandlung hab ich mal außer Acht gelassen.«

»Wo ist sie jetzt?« Bächle schaute den leeren Flur entlang.

»Wartet im Wohnzimmer. Wir haben nur ein paar Minuten Zeit für die Befragung, dann will der Notarzt sie zur Beobachtung ins Krankenhaus bringen. Mehr konnte ich nicht raushandeln. Los, kommen Sie.« Bäumler schob seine Kollegin sanft in Richtung Wohnzimmer.

Susanne Klotz sah mitleiderregend aus. Um ihren Hals trug sie eine breite fleischfarbene Krause, die linke Gesichtshälfte war grün und blau, das Auge zugeschwollen. Ihr Sohn stand hinter dem Sessel und massierte ihr liebevoll die Schultern.

»Dann bringen wir es mal hinter uns«, sagte die Verletzte.

Bäumler räusperte sich, lehnte sich nach vorn. »Wir wissen, dass Sie in der Bopparder Karmeliterkirche waren, kurz bevor Pfarrer Kaltenborn tot aufgefunden wurde. Was wollten Sie dort an jenem Sonntagmorgen?«

Die Frau des Winzers zuckte bei Bäumlers Worten zusammen, richtete starr ihr offenes Auge auf ihn. »Woher ... wissen Sie ...? Ich habe Claus, also, Herrn Kaltenborn gesucht.«

»Warum?« Bäumler bohrte weiter, merkte offenbar, dass Bächle ihm das Feld überließ.

Susanne Klotz verzog schmerzhaft das Gesicht, griff sich an die Wange. »Ich brauchte einen Rat von ihm. Einen priesterlichen. Am Samstagabend war ich schon zur Beichte bei ihm gewesen, darum wollte ich ihn noch einmal sprechen. Aber er war nicht in der Kirche. Dachte ich zumindest. Deshalb bin ich wieder gegangen.«

»Sie geben also zu, am Samstagabend gebeichtet zu haben und am Sonntagmorgen nochmals in der Kirche gewesen zu sein, wobei Sie den Pfarrer nicht gesehen haben wollen –«

Bächle unterbrach Bäumler. »Gab es einen speziellen Anlass für die Beichte? Ging es vielleicht um Ihren Mann?«

Klotz fasste erschrocken auf ihre Schulter, wo die rechte Hand ihres Sohnes lag. »Ich muss Ihnen sagen, was ich gebeichtet habe?«, fragte sie panisch.

»Das nicht, aber Sie würden uns damit vermutlich sehr bei unseren Ermittlungen helfen. Es geht um Mord, vergessen Sie das nicht.« Bäumler sprach sachlich, aber laut.

»Dann tut es mir leid. Aber die Beichte hatte auf keinen Fall etwas damit zu tun, das verspreche ich Ihnen.« Sie ließ die Hand ihres Sohnes los, der weiter ihre Schulter massierte.

Als nach zweimaligem Klopfen der Notarzt das Wohnzimmer betrat, erhoben sich Bäumler und Bächle synchron.

Bächle zog eine Visitenkarte hervor, die sie Klotz reichte. »Melden Sie sich bei mir, wenn Sie etwas beichten … äh, aussagen wollen. Und zeigen Sie ihn an, bitte. Lassen Sie sich das nicht länger gefallen.«

Klotz nahm die Karte entgegen, legte die Hände in den Schoß und schaute starr zwischen den beiden Kommissaren hindurch.

Bächle meinte zu sehen, wie eine Träne aus ihrem unversehrten Auge hervorquoll. Sie blickte in Armins Gesicht und dachte an die schwarzen Haare in der Asservatentüte. Zum ersten Mal, seit sie zusammenarbeiteten, hatte sie ein schlechtes Gewissen dabei, Bäumler nicht eingeweiht zu haben.

17

Wöhler griff nach der Karaffe, schenkte in die bauchigen Gläser ein. Rubinrot schoss der Wein heraus, verbreitete einen betörenden Duft. Er lehnte sich zurück, prostete seinem Gegenüber zu, versenkte die Nase im Glas.

»Hm … Erst ein Hauch süßer Blüten, dann reife Brombeeren, darunter Holz und Kräuter. Ich kann gar nicht genug davon bekommen.« Wöhler nahm einen kräftigen Schluck und genoss das samtige Mundgefühl, unterlegt von feinherbem Gerbstoff. »Ein Spätburgunder von der Ahr, Mutter«, erläuterte er, »vom Schieferboden, so wie unserer. Mit moderatem Holzeinsatz, sehr gekonnt gemacht. Hat mir Paul mitgebracht.«

»Dein Künstlerfreund? Sag mal, betreibt ihr das Weingut eigentlich immer noch zusammen? Seit ich hier bin, habe ich Herrn Zeehse kaum zu Gesicht bekommen. Du machst doch die ganze Arbeit alleine. Na ja, immerhin bringt er dir Wein mit.« Aischvarya lächelte.

»Halb so schlimm. Er ist eine moralische Stütze, und wenn ich ihn brauche, ist er zur Stelle, darauf kann ich mich verlassen.« Wöhler nahm einen weiteren Schluck, schaute versonnen durch die vom Rauch matt geschwärzte Scheibe des Kaminofens, in dem zwei Buchenscheite hell aufloderten. Es war kalt geworden in den letzten Tagen.

»Wieso machst du eigentlich nicht auch Rotwein, Jaspal? Wenn ihr doch auch hier Schieferboden habt!«

»Ach, Mutter, hast du dich mit Paul abgesprochen? Das ist genau das, was er erreichen will. Seine Geschenke sind nämlich nicht so selbstlos, wie man vielleicht denkt.«

»Riesling. Immer nur Riesling. Ist der Herr sich vielleicht für alles andere zu schade?«

»Das ist halt die Tradition dieses Weinguts. Und in meinem Alter lohnt es sich eh nicht mehr, neue Reben zu pflanzen.« Er goss aus der Karaffe nach und beschloss, langsamer zu trinken, damit für seine Mutter noch etwas übrig blieb.

»Um Ausreden warst du ja noch nie verlegen, Jaspal. Aber eigentlich interessiert mich was ganz anderes.«

»Jetzt fang nicht schon wieder damit an, Aischvarya, das hatten wir doch erst vor Kurzem.« Wöhler hatte Mühe, seinen Unmut zu unterdrücken.

»So schlimm, dass du mich schon Aischvarya nennst? Aber nein, diesmal geht's mir nicht um die Frauen. Ich will endlich wissen, was mit Cerberus passiert ist. Wer macht so etwas Schreckliches? Verschweigst du mir etwas?«

Die Frage traf Wöhler mitten ins Mark. Er wollte seine Mutter auf keinen Fall in die Geschichte mit hineinziehen, gleichzeitig war er ihrem flehenden Gesichtsausdruck fast willenlos ausgeliefert. »Es war eine Art Denkzettel. Aber mach dir keine Sorgen, Mutter, ich habe alles im Griff«, sagte er, um einen möglichst sachlichen Tonfall bemüht.

»Meinst du wirklich, du kannst deine Mutter mit solchen Plattitüden abspeisen?«

Wöhler begann zu schwitzen, als er merkte, dass er sich in eine Sackgasse manövriert hatte.

Sein Telefon klingelte. Danke, das ist der perfekte Moment für eine Unterbrechung, dachte er erleichtert und schaute aufs Display. Daniel – wer sonst rief um diese Zeit noch an. »Was gibt's, Daniel?«

»Äh, entschuldigen Sie. Alfred Alt hier. Bitte kommen Sie … schnell. Daniel … Die Polizei ist schon unterwegs. Ach, es …« Die Stimme erstarb jäh, dann war die Verbindung getrennt. Alt senior hatte mit brüchiger Stimme gesprochen.

Wöhler versuchte zurückzurufen. Erfolglos. Der Anschluss war besetzt.

»Was ist mit Daniel?«, fragte Aischvarya beunruhigt.

»Ich weiß es nicht«, antwortete Wöhler und wählte erneut erfolglos die Festnetznummer vom Weingut Alt. »Sein Vater klang sehr aufgeregt, sprach von der Polizei. Irgendwas Schlimmes muss passiert sein. Ich fahre sofort hin.« Wöhler sprang aus dem Sessel, streifte einen dunkelbraunen Pullover über, drückte seiner Mutter einen Kuss auf die Stirn.

»Pass auf dich auf, mein Junge. Bitte«, bat Aischvarya eindringlich.

Als Wöhler in den Hof der Alts einbog, musste er abrupt auf die Bremse steigen, um den Notarztwagen vorbeizulassen, der ihm entgegenkam. Im Hof stand ein Polizeifahrzeug, das Tor zur Kelterhalle war sperrangelweit geöffnet, drinnen brannte Licht. Wöhler parkte den Jeep, kletterte heraus, hastete ins Gebäude. Drinnen roch es nach gärendem Wein. Ein dicker, gutmütig wirkender Polizist mit kurz geschorenem Haar stellte sich ihm in den Weg.

»Hier kommt keiner durch, tut mir leid«, sagte er.

Alfred Alt eilte herbei, schob den massigen Brocken von Polizist zur Seite. »Das ist Herr Dr. Wöhler, der gehört quasi zur Familie. Wir kennen uns, seitdem er in Boppard wohnt. Bitte lassen Sie ihn durch«, sagte er.

»Na schön«, antwortete der Dicke gutmütig, »aber halten Sie sich vom Tatort fern und verwischen Sie keine Hinweise für die Kripo.«

»Kripo? Tatort? Verrät mir endlich mal jemand, was hier los ist?« Wöhlers Stimme zitterte, sein Puls raste.

Alt senior wollte antworten, brachte aber nur ein kümmerliches Krächzen hervor.

Der Polizist übernahm. »Daniel Alt wurde tot aufgefunden. Dahinten, in dem Fass zwischen den Edelstahltanks.« Er deutete nach links. »Es sieht alles nach einer Gewalttat aus.«

Etwa zehn Meter entfernt vom Eingang der Kelterhalle, in dem sie immer noch standen, erkannte Wöhler zwei Beine, die in der Luft hingen. Das Blut gefror ihm in den Adern. Er weigerte sich zu glauben, was er gehört hatte, was er sah, und schloss die Augen. Erst Cerberus und jetzt … Daniel? Das konnte doch alles nicht wahr sein! »Stimmt das, Alfred?«, stammelte er.

»Ja, ich habe ihn gefunden«, antwortete Alt. Sein Gesicht war kreidebleich, die Augen rot und glänzend.

»Bitte setzen Sie sich wieder, Herr Alt. Doktor Wöhler, vielleicht könnten Sie so nett sein und so lange bei ihm bleiben, bis die Kollegen da sind. Die müssen ihn dann noch befragen«, sagte der Polizist.

Langsam erfasste Wöhler die Situation. Er begriff, dass der Beamte froh darüber war, dass er aufgekreuzt war und sich nun um Alfred Alt kümmern konnte. Wegen des Doktortitels dachte er vermutlich irrtümlicherweise, dass er es mit einem Arzt zu tun hatte.

Mit wackeligen Beinen und gekrümmtem Rücken steuerte Alt jetzt auf einen niedrigen Holzschemel zu, der rechts vor zwei Tonamphoren stand.

Das müssen die Qvevri sein, die Daniel noch nicht vergraben hat, dachte Wöhler und folgte dem Alten. Er stellte sich neben ihn, legte ihm eine Hand auf die Schulter. »Das tut mir so leid, ich fasse es nicht. Ich ahne, wie schrecklich du dich fühlst, habe ja selber gerade einen Toten gefunden. Und den kannte ich nicht einmal besonders gut.«

Ein zweiter, klein gewachsener Polizist tauchte aus dem Halbdunkel im hinteren Teil der Halle auf und begann, ein rot-weißes Band durch den Raum zu spannen. Wöhler wunderte sich, wofür das gut sein sollte, schließlich hatte sich bislang noch keine Menschenmasse am Tatort versammelt. Falls es denn überhaupt ein Tatort war. Nachdem der kleine Polizist das Band an der Eingangstür befestigt hatte, wo immer noch der dicke Beamte Wache hielt, schlüpfte er darunter hindurch und verließ die Halle. Jetzt waren sie vollständig vom Absperrband umzingelt. Endlich fand Wöhler Zeit, die Szene genauer zu betrachten. Daniels Oberkörper hing kopfüber im Fass, Hintern und Beine ragten heraus. Mehr konnte der Aromaforscher von seiner Position aus nicht erkennen. Er hatte den Drang, auf das Fass zuzustürmen und seinen Freund wach zu rütteln, es fiel ihm schwer, zu akzeptieren, was er sah. Und noch schwerer fiel es ihm, in der Kelterhalle herumzustehen, ohne etwas tun zu können. »In dem Fass ist eure Rotweinmaische, nehme ich an?«, fragte er, weil ihm gerade nichts Besseres einfiel. »Wenn es wenigstens ein Rotwein wäre. Aber nein, es musste natürlich Riesling sein. Mir war von vornherein klar, dass all das Herumexperimentieren nicht gut für den Jungen sein konnte. Wer weiß, mit wem er sich dabei wieder angelegt hat«, sagte Alt und klang immer wütender.

Wöhler antwortete nicht sofort. Er lauschte auf die unregelmäßigen Plopp-Geräusche, die die Gärröhrchen oben auf den Stahltanks erzeugten. Sein Wein hat gerade erst zu leben begonnen, aber er hat uns verlassen, dachte Wöhler. »Riesling?«, fragte er fahrig. »Sehr unkonventionell, den Riesling auf der Maische zu vergären, aber spannend. Ich habe deinen Sohn immer für seinen Mut bewundert.«

»Ja, Mut hatte er, das stimmt.« Alt sackte in sich zusammen.

Wöhler schoss das Bild des Maskenmannes durch den Kopf, der ihm auf dem Weinfest vor vier Tagen so furchterregend gedroht hatte. Die Drohung hatte doch ihm gegolten, nicht Daniel! Anscheinend versuchte jemand, ihn in die Enge zu treiben, ihn fertigzumachen. Der Anblick des trauernden Vaters schnürte ihm die Kehle zu. »Tödlicher Riesling«, murmelte er.

Von draußen waren die Geräusche mehrerer Autos zu hören, die rasant auf den Hof fuhren und scharf abbremsten. Türen wurden geöffnet, schlugen zu, es folgten Schritte und Gesprächsfetzen. Bald darauf wurde der dicke Polizist beiseitegeschoben, und ein Tross weiß gekleideter Männer, angeführt von einer Frau, betrat die Halle. Die Rechtsmedizinerin kannte Wöhler bereits aus der Karmeliterkirche, und auch der Rest der Szene war ihm nur allzu vertraut. Das Kommissarenpaar erschien im Eingang, schaute zu Wöhler und Alt, zum Fass und wieder zurück zu den Winzern. Die Beamten diskutierten, schienen sich uneinig über das weitere Vorgehen zu sein. Schließlich löste sich Bäumler mit einem Achselzucken und marschierte schnurstracks auf Wöhler zu. Es hatte den Anschein, als hätte er den Kürzeren gezogen.

»'n Abend. Sie schon wieder? Gibt es im Mittelrheintal eigentlich keine Tatorte mehr, an denen Sie nicht aufkreuzen? So langsam werden Sie wieder verdächtig.« Es war unüberhörbar, dass der Kommissar ausgesprochen miese Laune hatte.

»Guten Abend, Herr Bäumler. Angesichts des Vorfalls und der Trauer nicht nur von Herrn Alt sollten wir auf dieses Geplänkel verzichten, finden Sie nicht? Daniel Alt war ein enger Freund von mir. Vielleicht können Sie sich vorstellen, wie es in mir drin gerade aussieht«, sagte Wöhler freundlich, aber bestimmt.

»'tschuldigung. Natürlich. Ist schon spät, wissen Sie, und an mir gehen solche Geschehnisse auch nicht spurlos vorbei. Bitte begeben Sie sich doch jetzt nach draußen zu meiner Kollegin. Sie wird Ihnen ein paar Fragen stellen. Ich denke, dafür werden wiederum Sie Verständnis haben. Ich kümmere mich solange um Herrn Alt.«

Mit dieser Reaktion hatte Wöhler nicht gerechnet. Offensichtlich war genau das das Ergebnis der kurzen Diskussion zwischen Bäumler und seiner Kollegin gewesen. Ihr Plan schien es zu sein, aus dem traditionellen Rollenmuster auszubrechen, weshalb der Kommissar den empathischen Part übernehmen musste. Wöhler konnte das nur recht sein, zumal diese Episode ihm zeigte, dass Kommissarin Bächle nicht nur außergewöhnlich attraktiv, sondern auch intelligent und durchsetzungsfähig war. Entsprechend quittierte er Bäumlers Vorschlag mit einem knappen »Okay«, duckte sich unter dem rot-weißen Band hindurch, drängte sich vorsichtig am dicken Polizisten vorbei und trat in die kühle Abendluft hinaus.

Bächle bemerkte ihn zunächst nicht. Sie lehnte an einem der Polizeifahrzeuge, tippte gedankenverloren auf ihrem Smartphone herum. Als sie Wöhler erblickte, fuhr sie sich durch die Haare, schaute wie ertappt.

»Lassen Sie mich noch diese Whatsapp verschicken. Irgendwann muss er es schließlich begreifen. Na ja, was soll's«, sagte sie und wendete sich ihm erst nach ein paar Sekunden wieder zu. »Herr Wöhler, ich bin erstaunt, Sie hier am Tatort zu treffen. Ein Zufall?«

»Natürlich nicht. Herr Alt hat mich sofort angerufen, nachdem er ... nachdem er Daniel gefunden hatte. Ich bin hier, um ihm beizustehen.« Wöhlers Stimme klang traurig.

»Stimmt ja, Sie waren befreundet. Jetzt erinnere ich mich. Daniel Alt hat doch ganz maßgeblich zur Lösung des letzten Falls beigetragen, in den Sie gewissermaßen involviert waren.« Bächles Smartphone, das sie immer noch in der Hand hielt, summte. Sie schaute auf das Display, murmelte: »Na also. Haste's doch kapiert«, und ließ das Handy in ihrer Hosentasche verschwinden.

»Ich kann Ihnen leider nicht helfen, weil ich nichts weiß. Als ich eintraf, waren Ihre Kollegen bereits vor Ort. Und den Tatort hab ich auch nur aus der Ferne gesehen. Zum Glück. Darf ich jetzt gehen?«

»Warten Sie bitte noch, Herr Wöhler. Ich bin gleich wieder bei Ihnen.« Bächle ging der klein gewachsenen Rechtsmedizinerin mit der unvorteilhaft großen Brille entgegen, die gerade aus der Halle kam. Die beiden blieben ein paar Meter neben Wöhler stehen, sodass er ihr Gespräch mitverfolgen konnte.

»Frau Vahlbruch-Wesendonck, können Sie schon etwas sagen?«, fragte Bächle in freundlichem Ton.

»Mit dem Kopf hängt das Opfer, ja, im Wein, also, in der Maische. Wurde vermutlich gestoßen oder untergetaucht«, antwortete die Medizinerin in ihrem typisch nervösen Kauderwelsch.

»Ohne Zweifel ein Gewaltverbrechen, oder?«

»Ja, ganz eindeutig. Man hängt ja nicht einfach so den Kopf, also, in die Maische, meine ich. Außerdem glaube ich nicht, dass er einfach nur erstickt ist.«

»Sondern?«

»Eine Rebschere. In der Brust. Also, sie wurde dort hineingestoßen, von vorne. Steckt immer noch drin. Ziemlich rohe Gewalt. Anschließend ist er wohl in das Fass gedrückt worden. Also, sein Kopf in die Maische. Ich weiß nicht, also, es ist noch nicht völlig klar, ob er zu dem Zeitpunkt noch lebte. Sie bekommen meinen Bericht wie üblich. Ich wollte nur schon mal vorab –«

»Danke, Frau Vahlbruch-Wesendonck. Ich weiß Ihre Offenheit zu schätzen«, sagte Bächle nachdenklich. »Natürlich ist mir klar, dass Sie noch nicht viel mehr sagen können, trotzdem ahnen Sie bestimmt, was jetzt kommt: Todeszeitpunkt?«

»Ist noch frisch, denke ich. Als ihn sein Vater, also, als er ihn gefunden hat, da war er noch nicht lange so, also, tot. Genau kann ich, ach, Sie wissen schon.«

»Ja. Und nochmals danke. Jetzt will ich Sie aber nicht noch länger von der Arbeit abhalten. Rohe Gewalt, Rebschere, fast auf frischer Tat ertappt. Da haben wir ja schon mehr als sonst manchmal.«

Wöhler verfolgte, wie die Rechtsmedizinerin wieder in der Kelterhalle verschwand und Bächle zu ihm zurückkam, jedoch nicht, ohne vorher ihr Handy gecheckt zu haben. Das Ergebnis schien ihr zu missfallen.

»Es war ein Gewaltverbrechen. Wissen Sie, ob Daniel Alt Feinde hatte?«, fragte Bächle fahrig, strich sich die dichten dunklen Haare aus dem Gesicht und blickte Wöhler erwartungsvoll an.«

»Feinde? Ich weiß nicht recht«, stammelte der und versuchte, ihrem Blick auszuweichen.

Bächle kniff die Augen zusammen, machte einen Schritt auf ihn zu. Die Aromen von Zitrusfrüchten und grünem Tee, die ihm in die Nase stiegen, unterstrichen perfekt ihre selbstbewusste Persönlichkeit.

»Herr Dr. Wöhler. Sie haben doch einen Verdacht. Also raus damit, und zwar schnell. Der Tatort ist noch frisch, da kann uns jede Minute helfen, zügiger ans Ziel zu kommen!«

Wöhler schluckte. Die Bilder der letzten Tage liefen wie

ein Film vor seinem geistigen Auge ab und endete mit dem schrecklichen Standbild, das sich inzwischen in sein Gehirn gebrannt hatte. Daniel, wie seine Beine vom Rand des Rieslingfasses herabhingen. Es war zu spät. Das Spiel war zu Ende, war niemals wirklich eines gewesen. Er gab sich einen Ruck. »Ich glaube, ich muss Ihnen etwas sagen, was ich Ihnen schon lange hätte sagen sollen. Es tut mir leid«, begann er seinen Bericht. Er ließ kein Detail aus, erzählte von Daniels erstem Geständnis, vom Zettel in der defekten Weinpresse und seinem toten Hund. Nur die Erwähnung des Maskenmannes sparte er sich, weil er befürchtete, dass das seine Glaubwürdigkeit in Frage gestellt hätte.

Bächle hörte ihm aufmerksam zu, mit konzentriertem Blick, ohne sich Notizen zu machen. »Die Drohung, also, der Brief, den ich bei meinem Hund gefunden habe, klang irgendwie ultimativ. Und so war er wohl auch gemeint, wie wir seit heute wissen«, beendete er sein Geständnis.

Die Kommissarin stand lange schweigend und mit geöffnetem Mund vor ihm, schüttelte nur langsam den Kopf. Dann zischte sie scharf: »Herr Wöhler, was haben Sie sich bloß dabei gedacht? Ich habe Sie wirklich für intelligenter gehalten. Seien Sie froh, dass mein Kollege …« Sie schaute in Richtung Kelterhalle und wieder zurück zu Wöhler. »Es ist mir völlig egal, welcher Teufel Sie und Daniel Alt geritten hat, aber jetzt ist Schluss damit, haben Sie mich verstanden?«

Wöhler war schwindelig. Er hatte das Gefühl, seinen Freund auf dem Gewissen zu haben, und wusste, dass der Anblick des toten Daniel ihn von nun an für immer verfolgen würde. »Ja, Frau Bächle. Es tut mir leid«, antwortete er tonlos.

»Das sagten Sie bereits. Wir erwarten Sie dann morgen früh um neun Uhr auf dem Präsidium. Sie wissen ja, wo Sie uns finden. Und bringen Sie die Erpresserbriefe mit, insbesondere den letzten.«

Es ist passiert. Schon wieder. Dabei hätte es auf keinen Fall passieren dürfen. Warum musste er sich mir nur in den Weg stellen? Wie ist er auf mich gekommen? Hat er mich erwartet? Quatsch, so schlau war der doch nicht. Oder war alles nur ein Zufall? Auf jeden Fall ist er selber schuld.

Schuld, was für ein bescheuertes Wort. Immer muss irgendjemand Schuld haben. Dann kriecht er zu Kreuze, lässt sich wieder reinwaschen, und alles ist wieder gut. So lange, bis es noch mal passiert. Aber diesen Scheiß habe ich nicht mehr nötig. Daran glaube ich schon lange nicht mehr. Meine Welt ist eine andere. Ich habe meine Ziele, weiß, was ich will. Ich bin stark. Ich überwinde alles, was ihr mir in den Weg stellt, überrolle euch wie ein Panzer. Sie sitzen mir im Nacken: Ich spüre die kalte Klinge am Hals, die Pistole, die sich in meinen Rücken bohrt. Aber ich bin stark. Sollen die ruhig Druck machen. Ich werde ihn aushalten. Am Ende werde ich da sein, wo ich hinwill. Ich werde der Sieger sein.

Das Knacken der Knochen, als ich ihm die Rebschere in die Brust gestoßen habe. Damit hatte er nicht gerechnet. Dabei musste er doch vorgewarnt gewesen sein. Wie blöd er mich angeglotzt hat! Was dachte der denn? So was von leicht, seinen Kopf unter die Maische zu drücken. Damit er Ruhe gibt, der Idiot. Kinderleicht.

Aber was, wenn er gar nicht tot ist? Wenn er einfach wieder den Kopf aus der Maische zieht und losmarschiert? Direkt zur Polizei. Wie in den Filmen mit diesen Untoten, den Zombies, die röchelnd durch die Straßen wanken. Dann sitze ich schneller hinter Gittern, als ich gucken kann. Dann wär alles für die Katz gewesen.

Unsinn. Ich muss nur ruhig bleiben. Bin ja ein Siegertyp. Und die Bullen haben keinen Schimmer, keine Spur führt zu mir. Die tappen im Dunkeln, tasten sich voran wie kleine Kinder beim Blindekuh-Spielen. Und mein Spiel muss weitergehen. Es ist ganz einfach. Man erhöht den Einsatz, macht klar, dass es einem ernst ist. Und dann erhöht man den Einsatz noch einmal. Bis, endlich, einer umfällt.

Jetzt sind nur noch wir beide übrig. Wöhler und ich. Der Wöhler stinkt vor Geld. Von Anfang an war nur er mein Ziel. Ich wollte ihn genau da haben, wo er jetzt ist. Durch die Maske hindurch habe ich die Angst in seinen Augen gesehen. Er ist reif. Jetzt geht's ums Ganze. Aber am Ende kann es nur einen geben. Und das werde ich sein. Ich.

18

Bäumler trommelte mit den Fingern auf den kleinen Besprechungstisch, scharrte mit seinen neuen Wildlederschuhen auf dem Boden. Wo blieb Bächle bloß schon wieder? Ermittelte sie hinter seinem Rücken, oder ging's mal wieder um ihre unglücklichen Männergeschichten? Diesbezüglich stand er weiterhin gerne als Ersatz zur Verfügung, er hoffte nur, dass sie das wusste. Verärgert wandte er sich Wöhler zu. »Herr Wöhler. Ich hab keinen Funken Verständnis dafür, dass Sie uns nicht eingeweiht haben. Und das bei Ihrer Vorgeschichte, das muss man sich mal vorstellen!«

»Sie haben ja recht. Aber was gewesen ist, ist vorbei. Wie machen wir jetzt weiter? Jetzt, wo der Erpresser Daniel auf dem Gewissen hat?« Wöhler sah müde aus, sprach mit leiser Stimme.

Sein Gesicht war blass, soweit Bäumler das bei seinem dunklen Teint beurteilen konnte. Die Tränensäcke waren geschwollen und erinnerten den Kommissar an das Gegenüber, das ihn jeden Morgen aus dem Spiegel anschaute. »Haben Sie die Briefe dabei? Zeigen Sie mal her«, sagte er knapp.

Wöhler nickte, hob eine lederne Aktentasche auf seinen Schoß und zog zwei Briefumschläge heraus. »Hier. Ich habe sie aufbewahrt.«

»Das will ich aber auch meinen«, erwiderte Bäumler, nahm die Kuverts vom Tisch. Er zeigte auf den oberen. »Der letzte?«

»Ja, der, den ich bei meinem Hund gefunden habe.«

»Na dann.« Bäumler förderte einen Zettel aus dem zuoberst liegenden Briefumschlag zutage.

In diesem Moment öffnete sich die Tür, und Bächle betrat das Büro. Sie grüßte flüchtig und schaute schnell auf das Display ihres Handys, bevor sie das Gerät in der Jackentasche verschwinden ließ. »Morgen. 'tschuldigung, der Verkehr«, sagte sie kurz angebunden.

»Wem erzählen Sie das. Aber setzen Sie sich doch. Wir haben grad erst angefangen, noch haben Sie nichts versäumt«, begrüßte Bäumler sie jovial.

Bächle zog ihre Jacke aus, warf sie schwungvoll über den Schreibtischstuhl. Sie trug ein eng anliegendes schwarzes Kleid, das knapp unter den Knien aufhörte. Ihre Beine steckten in hohen Wildlederstiefeln mit flachen Absätzen. Bäumler gefiel, was er sah. Zudem registrierte er, dass Bächles Haare noch feucht waren. So tauchte sie sonst nie im Büro auf. Diesmal wirkte sie nicht, als hätte sie die Nacht durchgemacht, sondern ... Bäumler suchte nach dem passenden Ausdruck. Richtig, sie sah irgendwie erfrischt aus. Hatte sie den Morgen etwa mit einem Abenteuer in einem fremden Bett begonnen? Es schien fast so. Wer immer mit ihr den Morgen verbracht hatte, Bäumler beneidete ihn.

»Stimmt was nicht?«, fragte Bächle und grinste. »Machen Sie ruhig weiter.«

Der Kommissar klappte den Mund zu, schüttelte sich kurz und wandte sich wieder dem Brief zu. »Das hier ist die letzte Nachricht des Erpressers. Die, die Herr Wöhler bei seinem toten Hund gefunden hat«, erläuterte er. Er setzte gerade zum Vorlesen an, als sein Telefon klingelte. Mit einem dahingemurmelten »Ich schau mal, ob's was Wichtiges ist« stand er auf und ging mit nur einem Schritt zu seinem Schreibtisch.

Bächle schlug die Beine übereinander und lehnte sich zurück.

Bäumler warf einen kurzen Blick auf das Display. Die Nummer begann mit 06742. Boppard. Könnte wichtig sein, schließlich rückte er nur selten seine Durchwahl raus. Er hob ab, meldete sich formell.

»Bitte entschuldigen Sie, Herr Hauptkommissar. Hier ist Grace Muchingiari, Sie erinnern sich vielleicht.« Ihre Stimme klang verunsichert.

Bäumler erschrak. An diesem Morgen konnte er keine weitere Hiobsnachricht gebrauchen. »Aber natürlich erinnere ich mich, Frau Muchingiari. Wie geht es Ihnen? Ich hoffe, es ist nichts passiert?« Er blickte zu Bächle, die aufmerksam und mit gespitzten Ohren herüberschaute.

»Nein, alles ist gut. Ich wollte mich nur bei Ihnen bedanken.« Bäumler atmete erleichtert auf. »Das freut mich. Und darum rufen Sie mich extra an? Das ist aber nett von Ihnen.«

»Ich bin Ihnen wirklich sehr dankbar. Wir haben jetzt einen neuen Pfarrer in Boppard. Einen ganz jungen und sympathischen. Ich werde für ihn arbeiten. Und die meisten Nachbarn und Gemeindemitglieder sind sogar überraschend freundlich zu mir.«

Bäumler drückte den Rücken durch, hatte das Gefühl, in der letzten Minute fünf Zentimeter gewachsen zu sein. Beschwingt verabschiedete er sich von Muchingiari, jedoch nicht, ohne noch einmal hinterherzuschieben: »Es war wirklich sehr nett von Ihnen, sich bei mir zu bedanken.« Es kam ihm so vor, als hätte er das Telefonat im Rampenlicht einer Theaterbühne geführt, so ungeniert hatten Bächle und Wöhler gelauscht. »Manchmal muss man sich auch Zeit für die Kunden nehmen«, sagte er selbstzufrieden und setzte sich wieder Wöhler gegenüber an den Besprechungstisch, rechts von seiner Kollegin.

»Was Sie so Kunden nennen. Dann schießen Sie jetzt mal los, ich bin ganz Ohr.« Bächle wollte offenbar keine Zeit verlieren und endlich zur Sache kommen.

»Nun gut«, antwortete der Hauptkommissar, strich den zerknitterten Zettel glatt und schob ihn etwas von sich, um besser lesen zu können. Der Text war auf einem Computer getippt und ausgedruckt worden. Große Schriftgröße, fett und in Großbuchstaben. Wirkt fast wie damals, als die Erpresser die Buchstaben noch aus Zeitungen ausgeschnitten haben, dachte Bäumler. Aber das war lange vorbei. So viel Mühe machte sich heutzutage niemand mehr. Er räusperte sich und begann:

»»WÖHLER, DAS IST MEINE LETZTE WARNUNG. ICH MACH KEIN SPAS. NICHT NUR AN DICH. WENN DU DEN JAHRGANG ERLEBEN WILLST ZAHL 50 TAUSEND. KEINE BULLEN. DU KOMMST AM SAMSTAG UM 14 UHR ZUM ALDI

IN DER MOSELWEISSER STRASSE. PACK DAS GELD IN EINE BLAUE SPORTTASCHE. NIMM DEIN HANDI MIT. ICH RUF DICH AN. KEINE SCHEISSTRICKS.‹« Er schüttelte den Kopf, reichte Bächle den Zettel. »Ein Ausländer? Was meinen Sie?«, fragte er.

»Keine Ahnung. Müssen wir checken lassen. Aber heutzutage kann doch kaum noch jemand vernünftig schreiben.« Und an Wöhler gewandt schoss sie hinterher: »Haben Sie Ihrem Freund von dieser Drohung erzählt? Haben Sie ihn vorgewarnt?«

Wöhler seufzte, rieb sich die Stirn. »Was meinen Sie, warum ich mir so große Vorwürfe mache? Ich hab die ganze Nacht wach gelegen und mir das Hirn zermartert. Heute Morgen habe ich mich kaum im Spiegel wiedererkannt, so fürchterlich sehe ich aus. Ich wollte ihm keine Angst machen, deshalb habe ich geschwiegen, und jetzt das.« Seine Stimme versagte, er schluckte, wischte sich über die Augen.

»Schwamm drüber. Kann man eh nicht mehr ändern. Wir müssen jetzt nach vorne schauen. Sie werden jede Forderung des Erpressers erfüllen, wir haben keine andere Wahl«, sagte Bäumler im Befehlston.

»Wie darf ich das verstehen? Ich dachte, Ihre Aufgabe wäre es, den Erpresser beziehungsweise den Mörder zu stellen, und jetzt raten Sie mir, alles zu tun, was er will? Nach dem, was gestern passiert ist?« Wöhler gähnte vernehmlich. Er schien erschöpft, verwirrt von Bäumlers Vorschlag.

»Wir werden bei der Geldübergabe natürlich in Ihrer Nähe sein. Ich glaube kaum, dass wir es hier mit einem Profi zu tun haben.« Bäumler schaute unterstützungheischend zu Bächle, deren Miene jedoch starr blieb. Enttäuscht hob der Kommissar den Zeigefinger und zeigte auf Wöhler. »Wir werden Sie verdrahten, Herr Dr. Wöhler, und auf Schritt und Tritt bei Ihnen sein. Vermutlich wird der Erpresser Sie ins Getümmel von Koblenz lotsen. Oder ins andere Extrem, raus aus der Stadt, vielleicht auf 'ne Eifelhöhe. Aber ganz egal, was er vorhat, wir

werden Ihnen – und damit ihm – folgen.« Bäumler nickte mehrmals. Er war sehr zufrieden mit seinem Vorschlag.

Wöhler atmete geräuschvoll aus, ließ sich gegen die Rücken-
lehne fallen. An seinem Gesichtsausdruck war abzulesen, dass
er restlos bedient war. »Das Vorgehen hab ich schon häufiger in
Fernsehfilmen gesehen. Funktioniert fast nie. Normalerweise
ist entweder das Geld weg, oder derjenige, der es übergibt, wird
gekidnappt. Oder beides.«

»Wir passen schon auf Sie auf«, sagte Bächle mit weicher
Stimme. »Vertrauen Sie uns, Herr Wöhler.«

»Habe ich denn eine Wahl?«

»Leider nein. Es wäre zu gefährlich, nicht auf die Forderung
des Erpressers einzugehen. Das wissen wir ja inzwischen. Also
werden wir Sie mit einem Mikro ausstatten und dafür sorgen,
dass ein SEK abrufbereit ist. Das ist unsere einzige Chance,
glauben Sie uns«, bat jetzt auch Bäumler.

»Wenn es so ist, muss ich mich ja gar nicht entscheiden.«
Wöhler beugte sich über den Tisch, stützte die Arme ab. Sein
Körper straffte sich, er schien wieder wach zu sein. »Und wie
gehen wir konkret vor?«

»Sie kommen übermorgen gegen neun Uhr zu uns. Bis dahin haben wir alles vorbereitet. Dann statten wir Sie nach allen
Regeln der Kunst aus, und los geht's.« Bäumler zwinkerte
seiner Kollegin zu und erhob sich. Aus seiner Sicht war alles
gesagt.

Bächle pfiff durch die Zähne, tippte eilig etwas in ihren Computer. »Tatsächlich. Hab ich es doch gewusst«, murmelte sie.

Bäumler lugte an seinem Monitor vorbei. »Was denn, Frau
Kollegin?«

»Ach, nichts.« Demonstrativ versank sie wieder in dem, was
sie auf ihrem Bildschirm sah.

In diesem Augenblick klopfte es zweimal kräftig an der Bürotür, die sich gleichzeitig öffnete. Staatsanwalt Kreikebaum
blieb mit vor der Brust verschränkten Armen stehen. »Tach

zusammen. Ich dachte mir, ich schau mal bei Ihnen vorbei. Von selbst melden Sie sich ja nicht.«

»Wenn Sie wüssten, wie wir rotieren! Zwei Morde und eine Erpressung, das ist kein Kinderspiel. Da fällt schon mal die eine oder andere Informationsweiterleitung hinten runter.« Bäumler hatte absolut keine Lust, sich Kreikebaums Vorwürfe anzuhören, und schaltete direkt auf stur.

»Sie machen es sich leicht, Bäumler. Aber Ihnen sitzt ja auch nicht wie mir ständig der Innenminister im Nacken.«

Bächle stand von ihrem Stuhl auf, ging zum Staatsanwalt und berührte ihn am Oberarm. Sofort entspannte sich dessen Körper, er ließ beide Arme sinken. »Ich kann Sie ja verstehen, Herr Kreikebaum. Aber wir kommen weiter. Vergessen Sie nicht, was wir bisher geleistet haben. Erst haben wir Ihnen Matthusen geliefert, dann hat Herr Bäumler Frau Muchingiari erfolgreich resozialisiert, und am Samstag haben wir gute Chancen, den Erpresser zu stellen. Womit wir dann auf jeden Fall auch einen der beiden Mörder hätten. Und im Fall Kaltenborn gibt es ebenso neue Spuren. So schlecht sieht es doch gar nicht aus.«

Bäumler beobachtete interessiert das Geschehen. Er hatte keine Ahnung, was für neue Spuren Bächle meinte. An dieser Stelle hatte sie wohl etwas zu dick aufgetragen. Nicht zum ersten Mal schoss ihm ein weiterer Gedanke durch den Kopf. Lief da etwas zwischen den beiden? Er wusste, dass Kreikebaum verheiratet war und zwei Kinder hatte, aber was hieß das schon?

»Na schön, wie gehen wir bei der Erpressung vor?«, fragte Kreikebaum in versöhnlichem Ton. Er schien Wachs in Bächles Händen zu sein.

»Am Samstag soll die Geldübergabe stattfinden. Uns bleibt also genug Zeit zur Organisation mit SEK und allem, was dazugehört. Wöhler hat bereits zugestimmt, dass wir ihn verdrahten. Ich hoffe, Sie sind mit diesem Vorgehen einverstanden?« Bächle war zu ihrem Schreibtisch zurückgegangen, hatte sich lässig auf die Kante gesetzt.

»Das hört sich doch ganz vernünftig an«, sagte der Staatsanwalt wie beiläufig, ließ eine Hand in seiner Hosentasche verschwinden, zog ein Handy hervor, wischte darüber und grinste erfreut. »Haben Sie schon gesehen? Das Ergebnis der DNA-Analyse ist da. Es ist genau so ausgefallen, wie Sie vermutet haben.«

»Was haben wir denn vermutet?« Bäumler stand ebenfalls auf. Ihm dämmerte, dass Bächle weiterhin ihre Spielchen hinter seinem Rücken trieb und gerade dabei war, ihren Trumpf auszuspielen.

»Das wollte ich Ihnen doch gerade berichten, Herr Kollege. Haben Sie denn die Ähnlichkeit zwischen dem jungen Herrn Klotz und Pfarrer Kaltenborn nicht bemerkt? Ich habe eine Haarprobe sichergestellt, als wir auf dem Weingut … na, da in Oberwesel waren. Das Ergebnis der DNA-Analyse ist eindeutig. Armin Klotz junior ist der Sohn von Pfarrer Kaltenborn«, sagte Bächle triumphierend.

Enttäuscht setzte sich Bäumler wieder. »Hätten Sie mir ruhig sagen können. Ich dachte, wir wären inzwischen ein Stückchen weiter. Aber was soll's, wenn Sie das brauchen.«

»Vielleicht sollten wir Sie beide mal zur Paartherapie schicken.« Der Staatsanwalt lachte über seinen Witz. »Immerhin kommen Sie tatsächlich voran. Konkurrenz belebt eben doch das Geschäft.« Er ging auf Bächle zu, bis sich ihre Nasen beinahe berührten. »Der Innenminister wird hocherfreut sein, das zu hören. Ihr Engagement wird sich auszahlen, Frau Bächle. Ich bereite schon mal die Pressekonferenz für Sonntag vor. *The show must go on*, nicht wahr? Aber«, Kreikebaum machte eine effektvolle Pause, »ich warne Sie. Machen Sie jetzt keinen Fehler. Ich will am Ende nicht der Dumme sein. Bringen Sie mir die beiden Mörder, verstanden?«

Bächle nickte stumm, und der Staatsanwalt verließ ein Büro, das von eisigem Schweigen erfüllt war.

19

Wöhler verminderte die Geschwindigkeit, betrachtete das andere Flussufer. An diesem Oktobermorgen strahlte die Fassade der Marksburg mit ihren Türmchen und Zinnen hell zu ihm herüber. Der Erpresser hatte sich einen Herbsttag wie aus dem Bilderbuch für die Geldübergabe ausgesucht. Wöhler hatte den Morgen auf dem Polizeipräsidium verbracht, exakte Anweisungen bekommen, wie er sich zu verhalten habe, und war mit einem auf seiner Brust klebenden Mikrofon ausstaffiert worden. Bächle hatte ihm mit aufmunternden Worten eine prall gefüllte blaue Sporttasche überreicht. Er hoffte, dass das Geld darin echt war.

Anschließend war er zurück nach Boppard gefahren, weil Bäumler es für besser hielt, wenn er sich von zu Hause aus auf den Weg machte. Niemand wusste genau, wie der Erpresser ihn vom Aldi-Parkplatz zum Ort der Übergabe lotsen würde, und sie wollten keinesfalls dessen Argwohn wecken. Wöhlers Gedanken wanderten zu dem Bild von Daniel, wie er halb im Fass hing, und weiter zum toten Pfarrer im Beichtstuhl. Zu Susanne Klotz. Ihre Zerbrechlichkeit, ihre Schutzbedürftigkeit hatten ihn angerührt. Gleichzeitig wirkte sie selbstbewusst, ja verführerisch. Die zwei kurzen Begegnungen in der Kirche und auf dem Weinfest gingen ihm nicht mehr aus dem Sinn. Was wohl aus ihr geworden war? Ließ sie sich immer noch von ihrem Mann malträtieren, oder hatte sie inzwischen das Weite gesucht?

Sein Handy, das er auf den Beifahrersitz gelegt hatte, klingelte. War das schon der Erpresser? Schnell blickte Wöhler auf die Uhr. Er hatte noch eine halbe Stunde, das konnte eigentlich nicht sein. Oder hatte der Typ Wind von der Polizeiaktion bekommen? Wöhler fuhr an den Straßenrand, ging ran.

»Hey, Jaspal, Paul hier. Geht's schon los? Willst du dir die Aktion nicht noch mal überlegen?«

»Mensch, hast du mir einen Schrecken eingejagt. Ich kann jetzt nicht. Muss um zwei auf dem Parkplatz sein, und wir dürfen die Leitung nicht blockieren.«

»Damit du mit dem Erpresser telefonieren kannst? Dann wär es vielleicht gar nicht so 'ne schlechte Idee, sie zu blockieren.« Das Lachen des Künstlers klang gezwungen. »Ich hab Angst um dich, Jaspal. Einem Kriminellen, der schon einen Menschen umgebracht hat, bist du nicht gewachsen. Das ist nicht dein Kaliber.«

»Was hast du auf dem Herzen, Paul? Aber mach schnell, ich hab jetzt keine Zeit. Ich mein's ernst.«

»Du kennst mich einfach zu gut.« Paul räusperte sich. »Also, ich muss dir etwas beichten, Jaspal. Ich glaub, ich steig aus. Das mit dem Weingut, das ist nichts für mich. Zu viele Zwänge und immer nur ein Ziel vor Augen, das ist nicht so mein Ding. Ich hab's lieber kurz und knackig und widme mich dann wieder einem neuen Projekt. So, jetzt isses raus.«

Wöhler war erleichtert. Pauls Beichte überraschte ihn nicht. Er war schließlich weder taub noch blind. »Das soll alles gewesen sein? Und dafür rufst du mich ausgerechnet jetzt an? Wie du schon gesagt hast, ich kenne dich gut genug, als dass du mich damit überraschen könntest. Mach dir keinen Kopf, das kriegen wir schon geregelt. Ich melde mich.« Wöhler legte auf, gab wieder Gas. Stimmte es überhaupt, was er gerade gesagt hatte? War es wirklich so einfach? »Nein!«, rief er wütend, auch wenn ihn in seinem Wagen niemand hören konnte. Vielmehr spürte er Panik in sich aufsteigen, weil seine kleine heile Welt, die er gerade angefangen hatte, sich aufzubauen, zusammenzubrechen drohte. Wie ein Kartenhaus. Aber was war schon heil an seiner Welt, seit Daniel ums Leben gekommen war.

Wöhler passierte das Polizeipräsidium, bog rechts ab, fuhr einmal fast im Kreis und dann von der B 9 auf die Moselweißer Straße. Als er das große Schild von Aldi Süd sah, hatte er fast das Gefühl, zum Einkaufen zu fahren. Aber nein, das hier war alles andere, als am Samstagnachmittag vor Beginn der Bundesligaspiele noch mal schnell Lebensmittel fürs Wochenende zu besorgen. Er fuhr auf den Parkplatz und setzte das Auto rückwärts in die erste Reihe, sodass er einen guten Überblick über das hatte, was sich vor dem Eingang des Supermarktes abspielte. Schließlich hatte der Erpresser nicht gesagt, wo genau er auf ihn warten sollte. Wöhler nahm das Telefon zur Hand, überprüfte die Uhrzeit. Fünf Minuten vor zwei. Gleich würde es losgehen. Seine Nervosität nahm zu. Er beobachtete Männer und Frauen, wie sie leere Wagen in den Markt schoben und mit gefüllten wieder herauskamen. Manche hatten ihre Einkäufe so hoch gestapelt, dass sie kaum dahinter hervorschauen konnten. Sie mussten aufpassen, nicht diejenigen umzufahren, die ihnen mit leeren Wagen entgegenkamen.

Inzwischen war es fünf nach zwei, doch Wöhlers Handy blieb stumm. Links entdeckte er einen Mann mit dunkelgrauem Wollmantel, Schal und breitkrempigem Hut, der sich lässig gegen die Mauer des Supermarktgebäudes lehnte. Er kam ihm bekannt vor. Eine Zigarette steckte in seinem Mund, und er schien immer wieder verstohlen in Wöhlers Richtung zu blicken. War das einer von den Guten oder von den Bösen? Der Erpresser oder ein Polizist, der sich unprofessionell verhielt? Wöhler starrte wieder auf sein Handy, überlegte, wie lange er warten, was er machen sollte, wenn weiterhin nichts passierte.

Er fuhr zusammen. Jemand hatte an die linke Seitenscheibe geklopft. Ein eiliger Blick bestätigte ihm, dass der Mann mit dem Hut verschwunden war. Stattdessen schaute ihn eine Frau mit runzligem Gesicht an. Wöhler musste sofort an die Holzmaske denken und ließ die Scheibe herunter.

Doch die Frau streckte ihm nur ihre Hand entgegen, in der zwei Fünfzig-Cent-Stücke lagen, und fragte: »Können Sie wechseln? Für den Einkaufswagen.«

Wöhler schüttelte den Kopf. Damit hatte er nun gar nicht gerechnet.

Schnell zog die Alte die Hand wieder zurück.

»Nein, warten Sie, so war das nicht gemeint«, sagte er, blickte auf sein Handy, das bald klingeln musste, zog sein Portemonnaie heraus und gab der Frau einen Euro für ihre zwei Münzen.

Sie bedankte sich artig und humpelte davon.

Wöhler ließ die Fensterscheibe wieder hochsurren. Inzwischen war es zwanzig nach zwei. Er seufzte, spürte, wie sich tiefe Müdigkeit auf ihn legte. In den letzten Tagen hatte er viel zu wenig Schlaf bekommen. Seine Augen fielen ihm zu, er versuchte krampfhaft, sie offen zu halten, musste schließlich aber doch kapitulieren. Sein Kopf kippte zur Seite, dann döste er ein.

Handyklingeln weckte ihn. Wöhler riss die Augen auf. Unbekannte Nummer. Über die Freisprechanlage nahm er ab.

»Geht los, Jaspal. Keine Tricks. Du machst genau das, was ich dir sage, verstanden?« Die männliche Stimme war verzerrt und hatte einen ausländischen Akzent.

»Ich stehe auf dem Aldi-Parkplatz an der Moselweißer Straße. Wohin soll ich fahren?« Wöhler versuchte, möglichst abgeklärt zu klingen, obwohl er so nervös war, dass seine Hände zitterten und feucht wurden.

»Ich weiß, wo du bist. Bieg jetzt rechts vom Parkplatz ab und fahr auf B 9. Wenn du auf B 9 bist, gib Bescheid. Lass dein Handy an, ich sag dann, wie's weitergeht.«

Wöhler war erleichtert, dass es endlich ernst wurde, auch wenn er dabei keineswegs ein gutes Gefühl hatte. Wie befohlen ließ er das Handy eingeschaltet, startete das Auto, fuhr aus der Parklücke heraus, runter vom Parkplatz und rechts auf die Moselweißer Straße. Er konnte seine Beine nicht still halten, fuhr wie ein Fahranfänger. Sollte er dem Erpresser laut sagen, wo er sich befand, oder würde ihn das nur misstrauisch machen? Er beschloss zu schweigen, um keinerlei Risiko einzugehen, und schaute in den Rückspiegel. Ihm folgte ein schwarzer Geländewagen, der ihm mit seinem Bullenfänger fast schon auf der Stoßstange saß. Der Fahrer hatte kurz geschorene Haare, trug eine Sonnenbrille. War er das? So unverfroren konnte der doch nicht sein. Aber irgendwo musste der Kerl stecken und ihn beobachten. Als Wöhler das Ende der Moselweißer Straße erreicht hatte, fuhr er rechts ab auf die B 9. »Ich bin jetzt auf der Bundesstraße«, sagte er mit fester Stimme, während er das Polizeipräsidium passierte, wo er den Vormittag verbracht hatte. »Schön. Fahr auf Friedrich-Ebert-Ring und dann zweite Straße links. An Herz-Jesu-Kirche vorbei, über Löhrrondell und dann Bahnhofstraße links ab, verstehst du? Wenn du auf Bahnhofstraße bist, sag wieder Bescheid«, befahl die verzerrte Stimme.

»Verstanden«, antwortete Wöhler und wunderte sich über den komplizierten Weg, den er nehmen sollte. Der Bullenfänger war immer noch hinter ihm, hielt jetzt aber größeren Abstand. Hatte er eben mit dem Fahrer telefoniert? Aber die Aufforderung zum ständigen Bescheidsagen deutete eher darauf hin, dass der Erpresser nicht in seiner unmittelbaren Nähe war. Ihm war aufgefallen, dass der Mann ständig die Artikel wegließ. Ein Ausländer, wie Bäumler vermutet hatte? Wöhler fuhr nach links auf den Friedrich-Ebert-Ring, registrierte im Augenwinkel den Chor der Herz-Jesu-Kirche, deren wuchtige Doppelturmfassade Richtung Innenstadt blickte. Als er links abfuhr, wusste er sofort, dass er einen Fehler gemacht hatte. Schweiß brach ihm aus allen Poren. »Äh, 'tschuldigung«, stammelte er und verminderte den Druck auf das Gaspedal, »ich bin gerade direkt hinter der Kirche links abgebogen. Tut mir leid, war keine Absicht.«

»Scheiße. Egal, warte … Okay, fahr gleich Nächste rechts, dann Schlossstraße lang und Viktoriastraße links rein. Dann rechts auf Luisenstraße zum Saturn. Weißt du, wo?« Der Erpresser klang genervt, aber keinesfalls verunsichert. Entweder kannte er Koblenz wie seine Westentasche, oder er saß vor einem Stadtplan und lotste ihn von Ort zu Ort. Vielleicht mit einem Routenplaner auf dem Handy. War ja heutzutage ein Kinderspiel.

»Ja, da ist doch das Forum Mittelrhein, oder?«

Der Erpresser antwortete nicht.

Wöhler ermahnte sich, konzentriert zu bleiben. Er wollte nicht noch einen Fehler machen und den Mann mit der Blechstimme damit provozieren. Als er in die Luisenstraße fuhr, sagte er: »So, bin jetzt gleich beim Forum Mittelrhein«, und hoffte, diesmal eine Antwort zu bekommen.

»Siehst du, geht doch. Fahr in Parkhaus und such dir Parkplatz direkt hinter Schranke. In Nähe von Bezahlautomat bei Ausgang und Stahltreppe. Dann geh zu grüne Müllcontainer neben Treppe und schmeiß Sporttasche und dein Handy rein. Verstanden?«

Die Blechstimme war lauter geworden, hatte versucht, ein Hintergrundgeräusch zu übertönen, das Wöhler nicht identifizieren konnte. »Ja«, antwortete er und wiederholte die Schlüsselwörter: »Hinter der Schranke, Bezahlautomat, grüner Müllcontainer.« Er wunderte sich, warum er jetzt schon die Anweisung bis zur Geldübergabe erhalten hatte. Vermutlich wusste der Erpresser, dass der Empfang später zu schlecht sein würde.

Wöhler bog links ab, fuhr in das Parkhaus. An der Schranke ließ er die Scheibe runter und streckte seinen Arm aus, der glücklicherweise lang genug war, um den Knopf zu drücken und das Ticket zu ziehen. In diesem Augenblick blitzte es einmal, zweimal, dreimal schnell hintereinander. Wöhler blickte nach vorn, geblendet vom Blitzlichtgewitter, schloss die Augen, und als er sie wieder öffnete, sah er den Mann mit dem dunklen Hut vor sich, der vorhin an der Hauswand des Aldi-Supermarktes gelehnt hatte. Was zum Teufel machte der hier? Verfolgte der ihn? Von der Polizei konnte der ja kaum sein. Die würden sich bestimmt nicht so auffällig benehmen. War er etwa der Erpresser? Aber warum um alles in der Welt sollte der ihn vor der Geldübergabe fotografieren? Obwohl Wöhler wahrhaftig kein Bauchmensch war, krampften sich seine Eingeweide zusammen. Hätte er bislang kein schlechtes Gefühl bei der Sache gehabt, wäre es spätestens jetzt so weit gewesen. Er trat aufs Gaspedal und fuhr behutsam durch die geöffnete Schranke. Am Samstagnachmittag waren trotz des prächtigen Wetters alle Parkplätze besetzt, auch wenn er keine Menschenseele sah. Hatte die

Blechstimme das alles berücksichtigt? Wo waren Bäumler und Konsorten? Und konnten die sich hier überhaupt im Hintergrund halten, sodass sie nicht aufflogen, aber gleichzeitig alles im Blick hatten?

Wöhler entdeckte den Automaten, gleich daneben die Treppe und den schmutzig grünen Müllcontainer, der etwas zurückgesetzt im Halbdunkel stand. Klar, trotz der vielen Überwachungskameras konnte man den Bereich wahrscheinlich schlecht einsehen. Dumm schien die Blechstimme jedenfalls nicht zu sein. Er fand einen freien Parkplatz gegenüber dem Bezahlautomaten. Auch das sah nicht nach Zufall aus. Wöhler stellte seinen Wagen ab, schaltete den Motor aus, horchte in die Stille und schaute sich um. Weit und breit war nichts zu hören und zu sehen. »Soll ich jetzt? Also, aussteigen und die Tasche deponieren?«, fragte er unsicher. Eine Antwort bekam er nicht.

Er gab sich einen Ruck, stieg aus, umrundete den Wagen, öffnete den Kofferraum und griff nach der blauen Sporttasche. Sein Handy. Das hätte er fast vergessen. Eilig ging er zurück und steckte es ein. Mechanisch, auf Beinen wie aus Gummi, legte er die paar Meter zum Müllcontainer zurück, schob die Klappe auf, warf die Sporttasche hinein, das Telefon hinterher. Als die Klappe wieder zugefallen war, drehte er sich hektisch nach allen Seiten hin um, sah niemanden und hastete zurück zu seinem Auto. Wieder auf dem Fahrersitz, atmete er nur kurz durch. Weg von hier, so schnell wie möglich! Er startete den Motor, fuhr rückwärts und verließ das Parkhaus. Diesmal blieb das Blitzlichtgewitter aus, als er die Schranke passierte. Bezahlen musste er nichts. Dafür war die Aktion zu schnell über die Bühne gegangen.

»Wöhler ist da.« Bäumler flüsterte, obwohl sie hier mit Sicherheit niemand hören konnte. Er stellte das Fernglas schärfer. »Geht zum Container, schmeißt die Sporttasche rein. Handy hinterher. Gut gemacht, Junge.«

»Geld und Handy sind im Container. Wöhler schon wieder

auf dem Weg zum Auto. Obacht jetzt, Männer«, informierte Bächle die anderen Beamten.

Eine schier unerträgliche Stille herrschte in Bächles Fahrzeug, in dem die beiden Polizisten gespannt warteten. Lange konnte es nicht mehr dauern, bis klar war, ob der Erpresser in die Falle getappt war.

»Da, links, neben dem Bezahlautomaten, da ist jemand«, raunte Bächle.

Bäumler schwenkte das Fernglas, beobachtete, wie eine gebeugte Gestalt mit zotteligem grauen Bart, die Parkakapuze tief ins Gesicht gezogen, die Tür zum Parkdeck hinter sich zufallen ließ. Der Mann humpelte am Automaten vorbei und steuerte zielsicher auf den Container zu. Als hätte er nie etwas anderes vorgehabt, blieb er stehen, schob die Klappe auf und lehnte sich weit in den Müllbehälter hinein. Sobald der Hauptkommissar die blaue Sporttasche in seinen Händen sah, zischte er: »Zugriff.«

»Zugriff, Männer!«, gab seine Kollegin die Anweisung übers Headset weiter.

Sofort stürmten von beiden Seiten dunkel gekleidete Polizisten mit Helmen und in Uniformen herbei und überwältigten den Mann, bevor er wusste, wie ihm geschah.

Bächle und Bäumler stiegen aus ihrem Wagen, eilten Richtung Müllcontainer und bauten sich neben dem Erpresser auf, dessen Hände inzwischen mit einem Kabelbinder gefesselt waren. Er wimmerte etwas Unverständliches, sabberte dabei in seinen Bart. Bäumler zog die Kapuze mit einem Ruck nach hinten. Zum Vorschein kam ein Glatzkopf, dessen dünnes graues Resthaar strahlenförmig nach allen Seiten abstand. Den Friseur hatte der Herr, wie es schien, seit geraumer Zeit gemieden.

Bächle ging einen Schritt zurück, verzog angewidert das Gesicht. Für Bäumler lag die Vermutung nahe, dass jemand, der den Friseur mied, es auch ansonsten mit der Körperpflege nicht so genau nahm. Überprüfen konnte und musste er das zu seinem Glück nicht.

»Was … was soll das? Was hab ich denn getan? Seit wann

bewachen Sie Müllcontainer?«, stammelte der Mann, dessen rechtes Auge trübe und reglos in der Höhle saß. Dafür rollte das andere, stechend blau, rast- und ziellos hin und her.

»Ruhig, Brauner, so leicht kommen Sie uns nicht davon, so zielstrebig, wie Sie nach der Tasche gegriffen haben. Wir saßen in der ersten Reihe, uns machen Sie nichts vor«, sagte Bäumler triumphierend. Er hatte nicht erwartet, dass die Aktion so reibungslos verlaufen würde. Im Gegenteil. Insgeheim hatte er sich bereits Vorwürfe gemacht, Wöhler zu großer Gefahr ausgesetzt zu haben. Aber manchmal musste man halt volles Risiko fahren und Glück haben.

»Was ... was soll das?«, stammelte der Mann wieder. »Glauben Sie etwa, ich bin so ein verrückter Bombenleger? Typisch Staatsmacht!« Plötzlich legte sich ein Ausdruck des Begreifens auf sein Gesicht. »Na klar, das hier ist 'ne Übung! Und ich bin genau zur rechten Zeit vorbeigekommen. Bezahlen Sie mich jetzt dafür?«

»Von wegen Übung, von wegen Bezahlung. Sie kommen mit ins Präsidium, und dann können Sie uns ganz in Ruhe Ihre Geschichte erzählen. Wir sind schon sehr gespannt. Stimmt's, Frau Kollegin, oder habe ich recht?« Bäumler nickte Bächle verschmitzt zu und freute sich, dass sie seine Geste mit einem Augenzwinkern erwiderte.

20

Nervös ging Bäumler auf und ab, dann schnappte er sich einen Stuhl, schob ihn vor das Bett, setzte sich und starrte auf die geschlossenen Augenlider unter dem dicken Kopfverband. Das laute Schnarchen nervte ihn, das war doch eh nur Show. Hinter ihm wurde eine Tür geöffnet.

»Schluss jetzt. Ein für alle Mal!« Auch Bächle war wütend. Sie wischte über ihr Smartphone, steckte es in die Tasche, seufzte und trat neben ihn. »Schläft der wirklich, oder will er uns zum Narren halten?«

»Frau Bächle, schön, Sie zu sehen! Die Frage habe ich mir auch gerade gestellt.« Bäumler vermied es, auf das mitgehörte Ende ihres Telefonats einzugehen.

»Wie konnte das überhaupt passieren?«

»Da müssen Sie Brenner fragen. Der konnte mal wieder nicht an sich halten. Unser Engel hier hat ihn im Auto provoziert, hat rumgezappelt, soweit das mit gefesselten Händen möglich war.«

»Und dann?«

»Hat Brenner mal eben den Knüppel rausgeholt und unserem Freund eins übergezogen. Wofür er natürlich dankbar war. Deshalb stehen wir jetzt hier und machen einen auf Krankenbesuch«, flüsterte Bäumler, während er sich am Hinterkopf kratzte.

»Mir reicht's.« Bächle ging um das Bett herum und rüttelte den Patienten sanft, aber bestimmt an der Schulter. »Herr Engels. Aufwachen. Wir haben ein paar Fragen an Sie.«

Der Mann öffnete langsam die Augen, schüttelte den Kopf und verzog sofort vor Schmerz das Gesicht. »Gehen Sie. Lassen Sie mich in Ruhe«, fauchte er.

»Wie sind Sie auf die Idee mit der Erpressung gekommen? Warum gerade Dr. Jaspal Wöhler und Daniel Alt?«, wollte Bächle wissen.

Bäumler lauschte von der anderen Seite des Bettes aus, saß immer noch auf dem Stuhl.

Engels riss erstaunt die Augen auf. Seine Reaktion wirkte glaubhaft. »Erpressung? Doktor wer? Was wollt ihr mir eigentlich anhängen? Erst schlagt ihr mich zusammen, und jetzt …«

»Was wollten Sie im Parkhaus? Woher wussten Sie von der Tasche? Wir haben Sie beobachtet. Sie haben ganz gezielt danach gegriffen.«

»Von der Tasche soll ich vorher gewusst haben? Geht's noch?« Engels richtete sich auf, schob sich das Kopfkissen in den Rücken. Plötzlich schien er hellwach zu sein. Sein blaues Auge war auf Bächle gerichtet. »Ich sag Ihnen jetzt mal, wen Sie sich da eingefangen haben. Endlich hört mir mal jemand zu. Sie beide müssen das ja von Berufs wegen, oder?« Er versuchte ein Grinsen, räusperte sich. Es folgte ein schier endloser Monolog, in dem Herbert Engels seine Lebensgeschichte ausbreitete.

Die Polizisten lauschten aufmerksam, vermieden es, den Erzählfluss zu unterbrechen. Bürgerlich und heil war Engels' Leben gewesen, damals, als er sich noch als Gerüstbauer seinen Lebensunterhalt verdient hatte. Große Sprünge konnte er sich nicht leisten, aber es reichte, um die dreiköpfige Familie mit Frau und Tochter zu ernähren. Dann kam das schwere Rückenleiden und mit ihm die Probleme. Nach längerer Krankschreibung fand er nie wieder in seinen alten Job zurück, suchte verzweifelt nach Arbeit, verdingte sich als Tagelöhner. Obwohl es kontinuierlich bergab ging, wollte sich Engels nicht in sein Schicksal ergeben. Er plante, sich selbstständig zu machen, wollte alte Motorräder aufmotzen. Niemand konnte das so gut wie er. Er hatte eine Vision. Anfangs unterstützte der Typ vom Arbeitsamt ihn noch dabei, schien das mit der Selbstständigkeit richtig gut zu finden. Aber dann ging es los mit der Gängelei. Händchen halten wollte er, ihm ständig Vorschriften machen. Er sollte sich weiterbilden, Zertifikate erwerben. Weil das nicht Engels' Sache war, kam es zum Bruch zwischen ihm und dem Amt. Und weiter ging es die soziale Leiter hinab. Die Tagelöhnerjobs fraßen ihn auf, er wurde von Tag zu Tag aggressiver und deprimierter. Alkohol rührte er nie an, blieb trocken. Vielleicht ein Fehler, vielleicht hätte ihm der Suff geholfen, das alles besser zu ertragen.

An einem besonders trüben Tag rutschte ihm die Hand aus, und vierundzwanzig Stunden später saß er alleine da, ohne Frau und Tochter. Er beschloss, dem Staat Ade zu sagen, wollte sich ausklinken aus diesem verbrecherischen System, in dem für Leute wie ihn kein Platz war. Er räumte seine Berliner Wohnung, warf den Umschlag samt Kündigungsschreiben und Schlüsselbund in den Briefkasten des Vermieters und setzte sich in den Zug nach Koblenz. Von nun an würde er frei sein. Ohne festen Wohnsitz, ohne Amtsstuben und ohne Gängelei. »Ich will keinem zur Last fallen, nehme mir nichts, was mir nicht zusteht. Versteht ihr mich jetzt, ihr Staatsbullen?«, beendete Engels seine Erzählung.

Bächle stand wie angewurzelt da, die Arme vor der Brust verschränkt.

Bäumler war inzwischen von seinem Stuhl aufgestanden, tigerte vor dem Krankenbett auf und ab, schüttelte den Kopf, warf der Kollegin Seitenblicke zu. Als er sich räusperte, fühlte sich sein Mund trocken an. »Nun gut, Herr Engels«, begann er, »jetzt kennen wir also Ihre Geschichte. Dann verraten Sie uns mal, was Sie im Parkhaus wollten.«

»Ich weiß doch, dass die Geschäfte immer schon samstagnachmittags ihren Müll rausstellen, weil er montags abgeholt wird. Da ist meist was drin, was noch zu gebrauchen ist. Von irgendwas muss ich doch leben.«

Bäumler nickte. Das Schicksal des Gerüstbauers ging ihm an die Nieren, es fiel ihm schwer, professionelle Distanz zu wahren. Da Bächle immer noch stumm dastand und ihm das Feld überließ, machte er weiter: »Sie waren also wegen des Mülls im Parkhaus und wussten nichts von einer Geldübergabe? Wo waren Sie denn am letzten Mittwoch zwischen einundzwanzig und vierundzwanzig Uhr? Ganz zufällig in Boppard?« Er ahnte, dass die Fragen sich bereits erübrigt hatten, aber sie gehörten halt zum Programm.

»Ich bin noch nie in Boppard gewesen. Was soll ich denn da? Mein Revier ist Koblenz. Hab die ganze Woche im AWO-Heim in der Herberichstraße geschlafen. Manchmal brauche selbst ich ein bisschen Luxus.« Engels' Stimme klang spöttisch. Er schien die Ratlosigkeit der Polizisten bemerkt zu haben.

»Wir werden das überprüfen«, erwiderte Bäumler. »Trotzdem müssen wir Sie natürlich auch erkennungsdienstlich behandeln lassen. Dann sehen wir weiter.«

»Dann sehen Sie weiter? Glauben Sie ja nicht, dass Sie mir was anhängen können. Sie haben meine Geschichte doch gehört, ich bin ganz bestimmt nicht der Notnagel für Ihre Misserfolge.«

Bäumler seufzte und gab Bächle ein Zeichen, woraufhin sich beide verabschiedeten und in den Krankenhausflur hinaustraten. »Passen Sie gut auf ihn auf«, raunte er noch dem Polizisten zu, der das Zimmer bewachte. Ihre Schritte hallten im Gang wider.

Bäumler fluchte innerlich. Er war sich so sicher gewesen, mit der Festsetzung von Engels einen Coup gelandet zu haben, und als er von dem Ausraster des Verdächtigen gehört hatte, hatte sich die Gewissheit sogar verstärkt. Dann aber war sie schnell der Ernüchterung gewichen. Noch dazu hatte er sich eine dieser Lebensgeschichten anhören müssen, die ihn immer so runterzogen. Kreikebaum würde wieder einmal toben. Und irgendwie ja auch völlig zu Recht. »Der war das nie und nimmer. Wir haben unsere Zeit verplempert«, äußerte er seine Gedanken.

»Seh ich genauso«, antwortete Bächle knapp. Schweigend verließen sie das Krankenhaus.

»Danke. Machen Sie ruhig Feierabend, Frau Schönsiefen. Bis morgen dann.« Der Staatsanwalt drückte auf einen der Knöpfe seines Telefons, schaute Bächle an. »Die Schönsiefen geht doch immer um die gleiche Zeit, was macht die auf einmal so ein

Theater?« Kreikebaum baute sich hinter dem Schreibtisch auf. Sein schwammiges Gesicht war ungesund rot.

Bäumler wusste inzwischen, dass der Staatsanwalt mit den stets korrekt frisierten, leicht angegrauten blonden Haaren und dem bleichen Teint ein Pulverfass war, das jederzeit hochgehen konnte. Sie mussten vorsichtig sein.

»Wir vermuten, Herr Kreikebaum, dass dieser Journalist, der die Fotos von Wöhler im Zufahrtsbereich der Parkgarage geschossen hat, schuld dran ist. Er heißt Ramschbach und hat Wöhler wohl verfolgt, weil er wusste, dass der den toten Pfarrer gefunden hat. Allerdings glauben wir nicht, dass er über die Erpressung im Bilde war. Sonst hätte er darüber sicher schon geschrieben«, sagte Bächle mit Schmelz in der Stimme. »Wir haben uns die Szene mit Ramschbach auf den Überwachungsvideos noch mal angeguckt. Von diesem Zeitpunkt an haben wir vom Erpresser nichts mehr gehört.«

»Schön und gut, aber jetzt stehen wir saudumm da! Wie sieht das denn aus, wenn ich jetzt die Pressekonferenz absage? Welche Vorgehensweise schlagen Sie vor?« Kreikebaum wischte sich den Schweiß von der Stirn.

»Wir hatten wie Sie gehofft, dass uns der Richtige ins Netz gehen würde. Wär vielleicht auch zu schön gewesen. Das Leben ist halt kein Wunschkonzert.« Bäumler zwinkerte Bächle zu. »Und die PK sollte wirklich abgesagt werden. Bis morgen sind wir wohl kaum weiter. Wir lassen Herrn Engels noch erkennungsdienstlich behandeln, ist aber eher Routine. Wenn Sie seine Geschichte gehört hätten, wüssten Sie, was ich meine.«

»Wunschkonzert! Sie haben gut reden!« Kreikebaum schrie die Worte. »Zwei ungeklärte Mordfälle innerhalb von drei Wochen, die Opfer: ein allseits beliebter Pfarrer und ein Jungwinzer. Den Ufo-Guru haben wir festgesetzt, aber nachweisen können wir ihm bisher nur, dass er ein paar Drogen im Burgkeller gekocht hat. Ganz tolle Kiste! Bei dem sauteuren Anwalt, den der sich leistet, ist er schon bald wieder auf freiem Fuß.« Kreikebaum ließ sich in seinen Sessel fallen. »Sie stehen doch nur daneben und schauen zu«, sagte er etwas ruhiger. »Wenn Sie sich zur Abwechslung gerade mal nicht streiten.«

Bächle grinste. »Wir streiten uns doch gar nicht mehr. Inzwischen sind wir ein richtiges Dreamteam. Außerdem haben wir ja immer noch Familie Klotz. Wir sollten der Spur des DNA-Tests folgen.« Bächle hatte sich leicht von ihrem Stuhl erhoben und beugte sich über den Schreibtisch weit nach vorn. Sie war wieder einmal dabei, den Staatsanwalt unter vollem Einsatz ihrer weiblichen Reize einzuwickeln.

»Dann verschwinden Sie, aber plötzlich! Nehmen Sie diesen Klotz senior in die Mangel. Ich will Ergebnisse sehen, Frau Bächle.« Der Staatsanwalt sprach jetzt wieder in normaler Lautstärke, aber der Druck in der Stimme war nicht zu überhören.

Nun erhob sich auch Bäumler von seinem Stuhl und trollte sich gemeinsam mit seiner Kollegin eilig aus der Höhle des Löwen. Kaum war die Tür hinter ihnen ins Schloss gefallen, ergriff Bächle seine Hand und drückte sie kräftig. »Gut gebrüllt«, sagte sie. »Aber der jagt uns nicht ins Bockshorn, oder, Stephan?«

»N-n-nein«, stammelte Bäumler, und ein warmes Gefühl durchströmte seinen Körper. Hatte er sich gerade verhört, oder hatte sie ihn wirklich Stephan genannt? War das eine Anmache gewesen? Verstohlen kniff er sich in den linken Arm, um sicherzugehen, dass er sich im Wachzustand befand.

»Herr Kreikebaum, hallo noch mal.« Kaum zurück im Büro, spielte Bächle mit dem Telefonkabel und schickte eine Grimasse zu Bäumlers Schreibtisch hinüber. »Verstehe. War ja zu erwarten. – Ja, klar sind wir dran, darauf können Sie sich verlassen. Ciao!« Entnervt knallte sie den Hörer auf das Gerät.

»Was wollte er?«, fragte Bäumler neugierig.

»Matthusen ist tatsächlich wieder draußen. Hat 'ne großzügige Kaution gestellt. Außerdem ist es fraglich, ob es überhaupt zu einer Anzeige gegen den Guru kommt, weil man ihm nicht nachweisen kann, gewusst zu haben, dass in seinem Keller Drogen gekocht wurden. Die Wissenschaftlerin, diese Klonspezialistin, die der Guru eingestellt hat, hat die volle Verantwortung dafür übernommen. Sie wollte sich ein wenig Geld nebenbei verdienen, bevor sie mit dem Klonen von Menschen begonnen hätte. Ich glaube im Leben nicht, dass ihr Chef von alldem nichts wusste. Die hat sich doch für ihn geopfert und den Kopf hingehalten. Der hat seine Leute natürlich eins a im Griff. Kreikebaum ist schon wieder stinksauer.«

»Scheiße. Hoffentlich fängt der Maître jetzt nicht auch noch an, uns zu nerven. Kreikebaum haben wir jedenfalls an den Hacken, das ist sonnenklar«, knurrte Bäumler. »Aber Frau Bächle, äh, Sigrid, ich meine –«, begann er unsicher, wurde aber von einem lauten Klopfen unterbrochen. Die Tür öffnete sich, und herein trat zum Erstaunen der Kommissare Susanne Klotz.

»Ich möchte eine Aussage machen«, sagte sie.

Bäumler, der sie das letzte Mal im Weingut Britzmann-Knechtsleben gesehen hatte, erkannte sie kaum wieder. Die Wunden in ihrem Gesicht waren verheilt, sie sah überaus attraktiv aus. Die rotbraunen Haare fielen ihr lockig auf die Schultern, die Lippen waren dezent geschminkt, und das eng geschnittene weiße Top stand ihr ausgezeichnet. »Nehmen Sie doch Platz.« Er deutete auf den kleinen Besprechungstisch. »Wollen Sie etwas trinken? Wasser? Kaffee?«

»Nein danke. Ich möchte es einfach nur schnell hinter mich bringen.«

Die Kommissare setzten sich zu ihr. »Na, dann schießen Sie mal los«, gab Bäumler das Startsignal.

»Sie wollten doch wissen«, Klotz fuhr sich durch die Haare, um ihre Lockenmähne zu bändigen, »was ich gebeichtet habe.«

»Das könnte für unsere Ermittlungen tatsächlich relevant sein. Schließlich waren Sie eine der Letzten, die mit Herrn Kaltenborn gesprochen haben«, sagte Bächle spitz.

»Das stimmt.« Klotz kniff die Augen zusammen und verzog kurz das Gesicht, als hätte ein Schmerz sie durchzuckt. »Ich weiß, dass ich Ihnen das nicht sagen muss. Aber ich möchte, dass Sie den Mörder finden. Deshalb …« Sie kratzte sich hektisch an der Wange.»Ich habe Claus gebeichtet, also, ich habe ihm gesagt, dass Armin sein leiblicher Sohn ist. Es ist passiert, als wir noch Studenten waren. Er ist damals abgehauen, hat mich sitzen lassen. Anschließend hatten wir länger keinen Kontakt, von seinem Sohn wusste er nichts.« Sie schlug die Beine übereinander, schien erleichtert darüber, ihre Last losgeworden zu sein.

»Wie hat Herr Kaltenborn auf die Neuigkeit reagiert?«, hakte Bäumler nach.

»Er war sprachlos, hat kein Wort rausgebracht. Dann wollte er, dass ich gehe. Die Neuigkeit muss für ihn ein Schock gewesen sein. Deshalb wollte ich am nächsten Morgen auch wissen, wie es ihm geht. Und als bei ihm zu Hause niemand war, bin ich in die Kirche.« Trauer legte sich wie ein Schatten über ihr Gesicht.

»Danke für Ihre Offenheit, Frau Klotz. Ihre Aussage komplettiert unser Bild. Vielleicht können Sie uns noch in einer anderen Sache helfen.« Bäumler war entschlossen, die günstige Gesprächssituation zu nutzen.

»Wobei?«

»In Herrn Kaltenborns Terminkalender haben wir für den Samstag, an dem er starb, den Eintrag ›S. in B.E.‹ gefunden. Können Sie damit etwas anfangen?«

Klotz dachte nach, dann hellte sich ihre Miene auf.»Na klar. Das Spielcasino in Bad Ems. Er hatte wieder angefangen zu spielen, es war ganz fürchterlich. Sein verfluchtes Laster. Das hatte er mir gebeichtet, bevor ich ihm von Armin erzählt habe. Schon als Student hatte er seine Spielsucht kaum im Griff. Manchmal, wenn er in Bad Ems war, hat er wohl auch seine Mutter besucht, aber meistens führte ihn sein Weg direkt in die Spielbank. Seine Mutter hatte ihm vor ein paar Wochen ein Geständnis gemacht, das ihn ähnlich wie meins mitgenommen hat.«

»Worum ging es dabei? Wissen Sie das?«, fragte Bächle vorsichtig.

»Klar. Sie hat ihm gesagt, dass sein Vater nicht sein leiblicher Vater war. Er ist vor einigen Jahren gestorben, aber seine Mutter hat offenbar auch nach seinem Tod noch geschwiegen. Bis vor einigen Wochen.«

Bäumler schnalzte mit der Zunge. Der Pfarrer hatte das ganze Geld also abgehoben, um in Bad Ems zu spielen. Der Hauptkommissar erinnerte sich zudem gut daran, dass Kaltenborns Mutter eine Bemerkung darüber hatte fallen lassen, dass sie bereue, ihrem Sohn etwas mitgeteilt zu haben. »Und wer ist oder war sein leiblicher Vater?«, fragte er.

»Ich weiß es nicht. Auch nicht, ob er selbst das noch erfahren hat. Und wenn, hat er dieses Geheimnis mit ins Grab genommen.« Klotz wischte sich eine Träne aus dem Augenwinkel. »Wobei, seine Mutter sollte es wissen.«

Was zum Teufel sollte das mit den Fotos? Wer war der Typ in der Tiefgarage? Was denken die denn jetzt? Meinen die etwa, ich fahr da einfach so hinterher? So leicht tappe ich nicht in die Falle. Wirklich schade um das schöne Geld. Hoffentlich hat's niemand gefunden, kein Penner, der zufällig gerade da war, oder wer anders.

Ich muss ruhiger werden. Woher habe ich das nur, dieses Ausrasten, immer wieder die Kontrolle zu verlieren? Na klar, von wem wohl? Von meinem Alten natürlich. »*So ein paar Schläge haben noch niemandem geschadet. Und dir erst recht nicht, Rotzbengel. Halt still, das musst du abkönnen. Was dich nicht umbringt, macht dich härter. Oh, war das jetzt meine Faust? Na, egal, beim nächsten Mal reißt du dich mehr zusammen.*«

Wut, Scham, Leere. Ich bin ein Mülleimer, ein Scheißhaus. Irgendwo muss der ganze Dreck ja hin. Warum gerade ich? Es gibt doch so viele Idioten auf diesem Planeten. Alle scheißen in mich rein, schlagen mir ins Gesicht, als wäre ich ein Punchingball für ihren Frust. So wie gestern.

Ein »*klärendes Gespräch unter Männern*«*, so hatten sie sich ausgedrückt. Natürlich wusste ich genau, was das heißt. Das sind Vollprofis, die schlagen nicht einfach ins Gesicht. Immer schön mit den Stiefeln in die Magengrube. So lange, bis der letzte Tropfen Kotze rausgewürgt ist. Zusammengekrümmt wie ein krankes Tier haben sie mich liegen lassen. Wie einen Wurm. Aber ich bin am Leben geblieben. Weil ich für die noch nützlich bin. Die wissen, ich bin zuverlässig und liefere am Ende die Kohle. Für meinen Traum. Schmerzen, nichts als Schmerzen. Alles für meinen Traum.*

Schluss damit. Ich werde neu anfangen, das alles hinter mir lassen, am Ende der Sieger sein. Schnell zum Flughafen und dann nichts wie weg. Der Showdown. Ich werde ihn vor mir herfahren lassen, raus aus der Stadt, und dann sack ich die Scheine ein. Der kommt mir nicht so leicht davon, der Wöhler. Dem wird noch Hören und Sehen vergehen!

21

Wer zum Teufel war der Erpresser und Daniels Mörder? Was für ein Motiv hatte er? Wie weit würde er mit seinem irren Versuch, Geld aus ihm herauszuquetschen, noch gehen? Wöhler griff sich in den Nacken, massierte ihn kräftig. Es gelang ihm kaum, seine Gedanken zu sortieren. Sein Versuch, Licht ins Dunkel zu bringen, war noch erfolgloser gewesen als damals bei dem schrecklichen Tod der Parfümeurin Estelle Nicolier, die in einem Müllsack gefunden worden war. Kaum hatte Wöhler diesmal angefangen, seine Spürnase in den Fall zu stecken, und der Polizei den Hinweis auf Susanne Klotz gegeben, war er auch schon wieder aus der Kurve geworfen worden. Bäumlers Nachricht, dass die Geldübergabe gescheitert war, hatte ihn frustriert. Das bedeutete nichts anderes, als dass er von nun an ständig in Gefahr war. Er bezweifelte, dass Bächle und Bäumler ihn schützen konnten. Zumal sie selber zugaben, dass ihnen das Personal dafür fehle. Was sollte er nun tun? Angst war ein mieser Ratgeber, und er war entschlossen, sich nicht unterkriegen zu lassen. Er krallte sich so stark an dem pinkfarbenen Polsterstuhl fest, dass die Haut an den Fingerknöcheln weiß wurde.

»Beruhig dich, mein Junge, so fürchterlich wird's schon nicht werden«, sagte Aischvarya.

»Ach, Mutter, es ist nicht deswegen. Sondern wegen Daniel. Morgen ist doch die Beerdigung. Kommst du mit?« Wöhler hatte die Erpressung ihr gegenüber mit keinem Wort erwähnt. Er hasste es, Heimlichkeiten zu haben, war aber spätestens seit der Pubertät fest davon überzeugt, dass Mütter nicht alles wissen mussten.

»Natürlich stehe ich dir bei, mein Sohn. Auch wenn ich mir den Abschluss meines Besuchs bei dir etwas freudiger vorgestellt hatte. Aber dafür kannst du ja nichts.« Sie schnäuzte vernehmlich in ein Taschentuch, zeigte nach rechts. »Schau, die Presse ist auch schon da.«

Rechts neben ihnen hatte sich ein massiger Mann mit breitkrempigem dunklen Hut so aufgebaut, dass er, direkt vor der Bühne stehend, den Zuschauerraum überblicken konnte. Um seinen Hals baumelte eine Kamera. Erst jetzt realisierte Wöhler, dass das derselbe Typ war, der ihn nach der Veranstaltung in Brey genervt und ihm am Samstag vor drei Tagen an der Schranke des Parkhauses aufgelauert hatte. Gab es nur mehr einen einzigen Pressefotografen am Mittelrhein, und hatte er etwas von der Geldübergabe gewusst? Oder verfolgte der ihn? Hatte dieser Typ etwa unter der Maske gesteckt? Und die wichtigste Frage: Sollte er Bäumler von dieser Vermutung erzählen? Oder Bächle? Oder sollte er sich überwinden und jetzt das Gespräch mit dem Journalisten suchen?

Aischvarya stieß ihm ihren Ellbogen in die Seite. »Nun starr den doch nicht so an, Jaspal. Das ist ja peinlich!«

»Schon gut, Mutter.« Wöhler zwang sich, auf die leere Bühne zu schauen, und drehte sich dann zum Publikum hinter ihm um, wobei er sich noch einen flüchtigen Seitenblick auf den Fotografen gönnte. Hatte der ihn gerade angegrinst, oder drohte er jetzt völlig den Verstand zu verlieren? Der aufbrandende Applaus riss Wöhler aus seinen Gedanken. Eine Wolke mit dem süßlich-schweren Geruch nach Rose, Weihrauch und Sandelholz zog durch den Raum. Das Publikum, das den kleinen Theatersaal in Urbar gefüllt hatte, verdrehte die Köpfe, um den Auftritt einer Hippiefrau, gefolgt vom weiß gewandeten Maître, zu verfolgen. Beide lächelten huldvoll, während sie schnurstracks die Bühne erklommen. Darauf stand ein Tisch mit einem Bücherstapel auf der rechten Seite. Eines der Bücher war so aufgestellt, dass man das Cover sehen konnte, das hinter dem Tisch zusätzlich noch auf einem Rollup-Display abgebildet war. »Die Wahrheit der Schöpfung«, so lautete der reißerische Titel, unter dem Matthusens Gesicht sowie ein Hexagramm abgebildet waren. Die Hippiefrau nahm links hinter dem Tisch

Platz, der Guru rechts. Augenblicklich kehrte gespannte Stille im Saal ein.

»Gut sieht er aus, der Maître«, flüsterte Aischvarya.

»Hat sich auf Staatskosten anscheinend prächtig erholt«, antwortete Wöhler, verwundert über Aischvaryas Bemerkung. Er hatte gedacht, dass er und seine Mutter sich seit der Fernseh-Talkshow einig waren, was Matthusen betraf. Er betrachtete den Meister in natura: Er war klein, drahtig und glatzköpfig. Im linken Ohr trug er einen silbernen Ohrring, der Kinnbart war sorgfältig gestutzt, und die dunklen Augenbrauen akzentuierten sein Gesicht. Die Schläfenadern traten deutlich hervor, während er mit großen braunen Augen sichtbar stolz sein Publikum musterte.

»Meine Damen, meine Herren, Vertreter der Medien. Bitte einen Applaus für Dionysos, unseren verehrten Maître«, eröffnete die Hippiefrau die Veranstaltung. Erneut brandete Applaus auf, diesmal etwas verhaltener. Offenbar waren die Gäste geizig mit Vorschusslorbeeren.

Matthusen räusperte sich, und sofort wurde es wieder still. Er deutete ein selbstgefälliges Grinsen an. »Meine Lieben«, begann er mit sanfter Stimme im angenehmen Bariton, »unser Rechtsstaat funktioniert zum Glück doch noch. Die zwei Wochen in Haft waren eine lehrreiche Zeit. Beschweren kann ich mich nicht, man hat mich gut behandelt. Ich habe die Zeit genutzt, um einige ganz besondere Menschen für unsere Sache zu gewinnen. Aber jetzt freue ich mich, endlich wieder zu euch sprechen zu dürfen.« Er nahm ein Buch zur Hand, dessen Seiten mit gelben Klebezetteln gespickt waren, blätterte es aufmerksam durch, als sähe er es zum ersten Mal, vor, dann wieder zurück. Schließlich murmelte er: »Von Anfang an«, und begann zu lesen.

»Es war an jenem wundervollen Morgen im Frühmärz, so gegen sieben Uhr, als ich die Höhe des Erbeskopfes erreichte und die Sommerrodelbahn hinabschaute, die noch nicht in Betrieb war. Ich war der einzige Wandersmann weit und breit. Bereits als ich aufgewacht war, hatte ich das dringende Bedürfnis verspürt, auf den Erbeskopf zu steigen. Den Grund weiß ich nicht mehr, aber ich musste es einfach tun. Als ich also die Rodelbahn hinab ins Tal schaute, sah ich auf einmal ein blendendes, grelles Licht am Himmel. Und erkannte eine Art Glocke aus strahlend hellem Metall, die langsam heruntersank. Wow, dachte ich, das muss ein Ufo sein! Ich erwartete, dass es bestimmt gleich wieder verschwinden würde. Aber stattdessen kam es näher, und ehe ich mich versah, landete das Fluggerät, das einen Durchmesser von etwa zehn Metern hatte, links von mir auf einer Wiese. Eine Tür öffnete sich, und eine lange Treppe wurde herausgefahren. Wow, dachte ich wieder, wenn sich eine Tür öffnet und eine Treppe erscheint, dann wird diese sicherlich gleich jemand hinuntersteigen.«

Der Guru machte eine effektvolle Pause, ließ seinen Blick über das Publikum schweifen, das ihm gebannt lauschte.

Wöhler wippte gelangweilt mit dem Fuß. Er wusste jetzt schon, was er davon hielt. Nicht viel.

Der Meister las weiter. »War ich in Gefahr? Ich überlegte zu verschwinden, aber meine Neugier war größer. Wenn der Typ, der da gleich aussteigt, keine Waffe hat, dachte ich, dann wird mir schon nichts passieren. Ich beobachtete, wie ein kleiner Mann die Treppe herunterkam. Zum Glück schien er nicht bewaffnet zu sein, deshalb blieb ich stehen. Und er kam direkt auf mich zu. Sein Gesicht war so voller Liebe, so friedfertig, und das war der Beginn der Geschichte …«

Wöhlers Kopf war inzwischen zur Seite gekippt, seine Augen waren zugefallen. Ein wohliges Gefühl der Schwere breitete sich in ihm aus. Er hörte zwar noch die sonore Stimme des Maître, verstand dessen schwülstige Worte aber längst nicht mehr.

Plötzlich kam die brünette Hippiefrau zu ihm und beugte sich über ihn, sodass ihre Haare sein Gesicht streichelten. Sie flüsterte etwas, das er nicht verstand. Es klang süß und verführerisch. Er sog ihren süßlich-erdigen Patschuliduft ein, ließ sich tiefer und tiefer sinken, spürte ihre weichen Lippen, die seine Haut berührten.

Auf einmal stieß sie sich von ihm ab, ihr Gesicht verformte sich, die Haut warf Blasen, verfärbte sich bräunlich. Hörner wuchsen aus ihrem knochigen Schädel, ihre Augen leuchteten blau, den grimmigen Mund hielt sie weit geöffnet. Fauliger Atem schlug Wöhler entgegen. »Alle müssen bezahlen. Auch du, Jaspal«, verkündete sie ihm mit hallender Stimme.

Wöhler erschrak, öffnete die Augen. Die Hand seiner Mutter lag auf seinem Arm, die Zuschauer klatschten, vereinzelt waren Bravorufe zu hören.

»Kann doch nicht sein, Junge, dass du einfach so einschläfst. Und das in der ersten Reihe. Null Respekt. Mensch, ist mir das unangenehm.«

Wöhler gähnte, streckte die Arme. »'tschuldigung, Mutter, aber die letzten Tage waren einfach zu anstrengend. Und dann noch dieser schreckliche Traum. Ich hoffe, du hast dich besser amüsiert als ich.«

»Danke der Nachfrage. Und ja, die Lesung war großartig. Ich revidiere meine Meinung. Maître Dionysos ist ein beeindruckender Mann von Format. So authentisch. Heute habe ich gespürt, dass er das alles tatsächlich erlebt hat. Ich glaube, ich habe mich gewaltig in ihm getäuscht. Gut, dass wir hierhergegangen sind. Jetzt aber schnell, ich möchte unbedingt noch eine Widmung von ihm.« Aischvarya sprang auf und zog Matthusens Buch aus ihrer Handtasche.

Wöhler war überrascht. Wann hatte sie sich das denn gekauft? Inzwischen hatte sich eine Menschenschlange gebildet, die von dem Tisch auf der Bühne bis hinunter in den Saal reichte. Die Wartenden verdeckten Wöhlers Sicht auf den Guru.

Warum habe ich mich bloß breitschlagen lassen mitzukommen, stöhnte er stumm. Jetzt hatte der Meister seine Mutter schon wieder eingewickelt. Er hätte es ahnen müssen.

Nach einer gefühlten Ewigkeit standen Wöhler und Aischvarya endlich vor dem Büchertisch. Die scharfe Hippiefrau war inzwischen verschwunden. Stattdessen saß ein zwielichtiger

Typ mit gegeltem Haar, Seitenscheitel, rosa Hemd und brauner Krawatte neben dem Maître.

»Aischvarya! Schön, dich zu sehen. Ich höre, du wurdest auf der Burg vermisst!« Matthusen lächelte huldvoll.

»Danke für den ergreifenden Vortrag. Und vergiss bitte, was ich gesagt habe, als wir uns gestritten haben. Ich sprach im Übereifer. Ich fühle mich dir immer noch verbunden und werde im Aschram nur Gutes über dich erzählen.«

Der Guru strich sich selbstgefällig über die Glatze. »Ach, Aischvarya, wir haben doch alle mal unsere schwachen Momente, nicht wahr? Aber unsere Schöpfer haben dafür Verständnis, sie wissen ja, wie wir ticken … Was soll ich denn schreiben?«

»Einfach etwas Nettes zur Erinnerung. Entscheide du.«

Der Maître nahm einen goldenen Füller, schraubte die Kappe ab und kritzelte schwungvoll etwas Unleserliches auf die erste Seite. Beglückt nahm Aischvarya das signierte Buch wieder in Empfang und fasste Wöhler, der sich bereits zum Gehen umgewandt hatte, am Arm. »Das hier ist übrigens mein Sohn Jaspal. Eigentlich ist er Aromaforscher, macht aber jetzt Wein am Bopparder Hamm. Ganz tolle Rieslinge, die neuen musst du unbedingt mal probieren.«

Wöhler beobachtete, wie der schmierige Typ seinen Krawattenknoten lockerte und ihn dabei durchdringend ansah. Schien so eine Art Bodyguard zu sein. Wofür hatte der Maître den dabei?

»Ihre Mutter ist eine tolle Frau«, lächelte Matthusen ihn an. »In der kurzen Zeit, die sie bei uns war, haben wir viel von ihr gelernt. Wenn es ums Meditieren geht, macht ihr keiner was vor. Es freut mich sehr, Ihre Bekanntschaft zu machen.« Er reichte Wöhler die Hand. »Hat Ihnen die Lesung gefallen?«

»Es war sehr …«, Wöhler suchte nach Worten, spürte, dass drei Augenpaare auf ihn gerichtet waren. »Unterhaltsam«, brachte er schließlich hervor.

»Unterhaltsam? Na gut.« Der Guru musterte ihn. »Und Sie sind also Aromaforscher und Winzer? Ist das nicht dasselbe?«

Mit einer solchen geistigen Leistung hatte Wöhler nicht gerechnet. »Im Prinzip haben Sie recht. Aber in meinem früheren Job als Aromaforscher ging es um künstliche Aromen, als Winzer mache ich jetzt ein Naturprodukt«, antwortete er. »Ein Naturprodukt? Sind Sie sicher? Wie vergären Sie denn? Worin bauen Sie aus?« Der Maître war lauter geworden. Seine Schläfenadern schwollen so gefährlich an, dass ihm der schmierige Aufpasser beruhigend auf die Schulter klopfte. »Mal Stahltank, mal Holzfass, meistens mit natürlichen Hefen. Reinzuchthefe verwende ich nur selten. Der Wein wird sehr schonend behandelt und kommt möglichst so in die Flasche, wie er im Weinberg gewachsen ist. Das schmeckt jeder heraus, der nicht geruchsblind ist. Mehr Naturprodukt geht kaum.« Die Worte waren aus Wöhler herausgesprudelt, als wollte er sich verteidigen.

Matthusen schüttelte verächtlich den Kopf. »Dass ich nicht lache. Mit Sicherheit haben Sie noch nie etwas vom Dionysischen gehört, das sich im Wein ausdrückt. Ihr Wein ist doch genauso viel Natur wie alles andere, was unsere industrialisierte Landwirtschaft produziert. Haben Sie schon mal probiert, Ihren Wein in eine Tonamphore zu füllen, diese in der Erde zu vergraben und dann zu warten, was der Weingott daraus macht? Dann können Sie von Naturwein reden, aber nicht so, Herr Wöhler, nicht so!«

»Wollen Sie mich bekehren, damit ich genauso ende wie mein Freund Daniel Alt?« Schon während er die Worte ausspuckte, wusste er, dass er einen Fehler beging.

»Was unterstehen Sie sich, mir die Schuld am Tod von Herrn Alt zu geben! Was auch immer der Grund war, das hat er sich selbst zuzuschreiben. Gutmann, haben Sie gehört, dass dieser Kerl mich verleumdet? Bereiten Sie bitte später eine Anzeige vor!«

Der Schmierige drückte den Maître auf den Sitz. Offenbar wollte er verhindern, dass er Wöhler an die Gurgel ging.

»Komm, Mutter. Das muss ich mir nicht anhören!«, brüllte

Wöhler. Er musste weg hier, sonst konnte auch er für nichts mehr garantieren.

»Entschuldige, Maître Dionysos, er meint das nicht so. Das alles ist momentan ein bisschen zu viel für ihn«, entschuldigte Aischvarya ihren Sohn noch, während der sie schon mit sich fortriss. Als sie außer Hörweite waren, fuhr sie ihn an: »Wie kannst du mir das antun? Erst schläfst du die ganze Zeit, und dann beleidigst du auch noch den Guru. Ich nehme extra den langen Weg aus Indien auf mich, um dich zu besuchen, und du dankst es mir mit einer solchen Aktion. Das muss ich mir echt nicht bieten lassen, Jaspal!«

Wenige Stunden später beobachtete Wöhler, wie der Taxifahrer den Kofferraumdeckel schloss, seiner Mutter die Tür aufhielt und sie galant einsteigen ließ. Aischvarya hatte nach ihrem Ausbruch kein Wort mehr mit ihm geredet, sondern auf den nächsten Flug nach Goa umgebucht. Er schaute dem wegfahrenden Auto hinterher, winkte seiner Mutter nach. Sie drehte sich nicht mehr um. Seine Brust wurde eng. Er war sich sicher, dass sich die Wogen wieder glätten würden, aber so einen Abschied hatte er nicht gewollt.

22

Balsamisch und würzig füllte der Geruch von Weihrauch den stillen Kirchenraum. Wöhler schaute nach rechts. In der zweiten Reihe saßen die Erntehelfer. Wojciech Kowalski, der sich damals so ungeschickt mit der Rebschere verletzt hatte, blickte ausdruckslos nach vorne. Neben ihm saß Magdalena Król. Aufrecht, würdevoll, dezent geschminkt und elegant wie immer. Wöhler drückte Elisabettas Hand, dankbar dafür, dass sie sich die Mühe gemacht hatte und am Morgen extra aus Sizilien angereist war. Zu ihrer Linken hockte Joshua Kazmierski. Auch er hatte es sich nicht nehmen lassen, Daniel die letzte Ehre zu erweisen. Es war eine Ewigkeit her, dass sich die drei zuletzt gesehen hatten. Bei Zwiebelkuchen und Federweißem hatten sie damals zusammengesessen und das Leben gefeiert. Kurz bevor sie sich in alle Himmelsrichtungen verstreut hatten. Nur Wöhler, Paul und Daniel waren übrig geblieben. Und jetzt …

Wöhler biss die Zähne zusammen, betrachtete den hellen Eichensarg, auf dem ein Strauß aus weißen Rosen, Hagebutten und Weinlaub lag. Alle Gäste wussten, dass Alfred Alt ein Traditionalist war, und hatten deshalb Kränze liefern lassen. Auf den Schleifen: »Abschied in Dankbarkeit«, »Als Freund unvergessen« oder »Als letzten Gruß«. Es war nur ein Ritual, aber ein Tröstliches. Wöhler spürte, wie er ruhiger wurde und wie gut es ihm tat, Teil dieser Trauergemeinde zu sein. Mit Daniel hatte er einen seiner besten Freunde verloren, ohne den er in Boppard niemals Fuß gefasst hätte.

Mit einem Quietschen wurde die Hauptpforte geöffnet. Wöhler vermied es, sich umzudrehen, vermutete er doch, dass es der Geistliche war. Gemessenen Schrittes ging der neue Bopparder Pfarrer zum Hauptaltar, gefolgt von einer hochgewachsenen Schwarzen, die Wöhler sofort an Grace Jones erinnerte. Sie nahm in der ersten Reihe Platz, er verneigte sich vor dem

Sarg, begrüßte die Trauergemeinde. Alfred Alt schluchzte laut auf, wurde von zwei älteren Frauen, zwischen denen er saß, getröstet. Der Pfarrer stellte sich hinter die Kanzel und räusperte sich schon, als wieder die Tür quietschte. Diesmal drehten sich fast alle Gäste unwillig um.

Es waren die Kommissare Bäumler und Bächle, die den Beginn der Trauerfeier gestört hatten. Sie nickten kurz, bevor sie sich in die letzte Reihe setzten.

Warum kreuzen die denn hier auf?, wunderte sich Wöhler, während die Orgel feierlich zu spielen begann. Hält die Polizei es tatsächlich für möglich, dass der Mörder sich auf der Beerdigung sehen lässt? Das würde ja heißen, dass der Erpresser mitten unter ihnen war. Wieder spürte er einen Schmerz in der Brust. Er drehte sich nach rechts, registrierte Susanne Klotz, schaute in ernste Gesichter, die der Musik lauschten. Niemanden der Anwesenden konnte er sich als den Holzmaskenträger vorstellen. Und noch weniger hielt er jemanden unter der Gästeschar für fähig, Daniel eine Schere in die Brust gerammt und ihn dann in die Maische gestoßen zu haben. Während der Pfarrer den Sarg mit Weihwasser besprengte, wendete Wöhler seinen Kopf langsam nach links. Direkt hinter ihm saß Armin Klotz senior und starrte feindselig zurück. Schnell schaute Wöhler wieder nach vorn.

Der Pfarrer betete, »Herr, erbarme dich!«, rief die Gemeinde. Wöhler hatte das Gefühl, dass sich der hasserfüllte Blick von Armin Klotz jetzt in seinen Nacken bohrte. Er musste sich beherrschen, um sich weder umzudrehen, noch wenigstens im Nacken zu kratzen.

»Christus, erbarme dich«, wiederholte die Gemeinde die Worte des Geistlichen.

Am liebsten wäre Wöhler aufgesprungen und hätte die Kommissare gefragt, ob sie Klotz schon in die Mangel genommen hatten.

»Herr, erbarme dich!«, rief die Gemeinde zum zweiten Mal, und endlich fiel Wöhler mit kräftiger Stimme mit ein.

Während des nun folgenden Gebetes und der Schriftlesung konnte er den Worten des Pfarrers kaum zuhören. Seine Gedanken kreisten. Es war Beringer gewesen, der den Verdacht schon früh auf Klotz gelenkt hatte. Aber dann hatte Wöhler dessen Frau getroffen, Bächle von dieser Begegnung erzählt, und der Erpresser hatte den Druck so erhöht, dass Wöhler seither kaum noch zum Innehalten und Nachdenken gekommen war. Während der aufregenden letzten Tage hatte er Klotz fast vergessen.

Die Predigt begann. Jeder in der Kirche musste merken, dass der Pfarrer nervös war und Daniel nicht persönlich gekannt hatte. Aber dann schien er an Sicherheit zu gewinnen, seine Stimme wurde lauter, er artikulierte deutlicher. »Sie haben Daniel als jemanden erlebt, der optimistisch, hilfsbereit und mit einer positiven Grundeinstellung durchs Leben ging. Durch seine Art hat er viele Freunde gewonnen und gute Werke hinterlassen, die bleiben werden. Aber, liebe Trauergemeinde, und das möchte ich hier nicht verschweigen«, er machte eine bedeutungsvolle Pause, »Sie haben ihn auch als jemanden kennengelernt, der sich verführen ließ. Denn er hatte sich in Hände begeben, an denen Schuld haftet und die uns nichts Gutes wollen.«

Gemurmel erfüllte den Kirchenraum. Einige der Anwesenden schienen die Worte des Pfarrers unpassend zu finden. Wöhler blickte zu Alfred Alt. Er nickte heftig, als wollte er den Pfarrer zum Weitersprechen animieren.

»Ich bin der Herr, dein Gott. Du sollst keine anderen Götter neben mir haben. Der Tod von Daniel ruft uns dieses Gebot eindrücklich wieder ins Gedächtnis. Die Vergebung des Herrn ist ihm gewiss, aber uns Hinterbliebenen sollte sein Tod eine Mahnung sein, auf dem rechten Weg zu bleiben.«

Wöhler hatte mit einer so deutlichen Ansprache des Geistlichen nicht gerechnet. In der nun einsetzenden Stille wurde ihm bewusst, dass dieser damit den Feldzug seines Vorgängers gegen Matthusen fortzusetzen schien. Auch Wöhler hatte mit Sorge beobachtet, wie sein Freund sich auf die verrückten Ideen des

Maître eingelassen hatte, glaubte aber nicht, dass dieser Spinner etwas mit seinem Tod zu tun hatte.

Wieder setzte die Orgel ein, und Wöhler erkannte das Lied bereits an den ersten Akkorden: »Amazing Grace«. Er lächelte, denn diesen Gospel liebte er besonders. Als er die dritte Strophe beherzt mitsang, fühlte er sich schon befreiter und ein Stückchen weiter von den Drohungen des Erpressers entfernt:

»Through many dangers,
toils and snares,
I have already come;
'twas grace
has brought me safe thus far,
and grace
will lead me home.«

Es folgten mehrere Bitten, den Verstorbenen zu erlösen, und dann ein kurzes Gebet mit dem Wunsch, Gott möge Daniel gnädig bei sich aufnehmen. Erneut ertönte eine Orgelmelodie, dann schritten vier schwarz gekleidete Männer mit Hüten und Handschuhen nach vorne, verneigten sich vor dem Sarg und trugen ihn aus der Kirche.

Nach und nach erhoben sich die Trauergäste, um hinter dem Sarg herzugehen. Wöhler blieb stehen, um Susanne Klotz Platz zu machen. Als er in ihre hellblauen Augen schaute und sie ihn anlächelte, durchströmte ihn Wärme. Gemessenen Schrittes ging er weiter und spürte, dass dies nicht die letzte Begegnung mit ihr gewesen sein sollte.

Es hatte zu nieseln begonnen. Wöhler zog die Schultern hoch, wand den Schal enger um seinen Hals. Nach und nach versammelten sich die Trauergäste am Grab. Neben dem Sarg stand der Pfarrer mit der Bibel in der Hand. Zu seiner Linken erkannte Wöhler wieder die Schwarze, die ihm bereits in der Kirche aufgefallen war. Wer war das?

Wöhler hielt Elisabettas Hand, als der Pfarrer ein weiteres

Gebet zu sprechen begann. »Der Gerechte aber, kommt auch sein Ende früh, geht in Gottes Ruhe ein. Denn ehrenvolles Alter besteht nicht in einem langen Leben und wird nicht an der Zahl der Jahre gemessen. Mehr als graues Haar bedeutet für die Menschen die Klugheit, und mehr als Greisenalter wiegt ein Leben ohne Tadel. Früh vollendet, hat der Gerechte doch ein volles Leben gehabt; da seine Seele dem Herrn gefiel, enteilte sie aus der Mitte des Bösen. Die Leute sahen es, ohne es zu verstehen; sie nahmen es sich nicht zu Herzen, dass Gnade und Erbarmen seinen Auserwählten zuteilwird, Belohnung seinen Heiligen.«

Während Wöhler noch darüber nachdachte, dass Daniel in gewissem Sinne tatsächlich »der Mitte des Bösen« enteilt war, wurde der Nieselregen zunehmend fieser. Als die schwarzen Männer mit Hut sich an den Seiten des Grabes postierten und schließlich den Sarg hinabließen, schoss Wöhler das Wasser in die Augen. Dieser Moment erschütterte ihn noch mehr als der schreckliche Augenblick, in dem er den toten Freund halb im Tank hängend gesehen hatte.

Der Pfarrer besprengte den versenkten Sarg erneut mit Weihwasser, griff anschließend eine Schaufel und ließ dreimal eine kleine Menge feuchten Sandes in die Grube regnen, der auf das Holz klatschte. Er bekreuzigte sich, bevor er, das katholische Ritual exakt befolgend, das Glaubensbekenntnis sprach und für Daniel sowie für die Opfer von Krieg und Katastrophen und abschließend das Vaterunser betete. Mit dem Schlusssegen beendete er die Trauerfeier im Nieselregen. Ein einsames Rotkehlchen sang dazu sein melancholisches Lied.

Gestützt von seinen Nebensitzerinnen in der Kirche, den älteren Damen, ging Alfred Alt unsicheren Schrittes auf die Grube zu, wobei sich sein Oberkörper gefährlich nach vorn beugte, sodass die Frauen Mühe hatten, ihn zu halten.

Wöhler sprintete los, griff nach Alts Arm, half ihm, die Balance zu wahren. Paul hatte beinahe genauso schnell reagiert, und gemeinsam geleiteten sie den trauernden Winzer zum Grab. Wöhler spürte, wie Alt am ganzen Leib zitterte. Hätten sie ihn nicht gestützt, er wäre auf der Stelle zusammengebrochen. Nachdem er drei Schäufelchen Erde und eine Rose auf den Sarg seines einzigen Kindes geworfen hatte, traten sie mit ihm einige Schritte zurück und beobachteten das Defilee der Gäste, die sich von Daniel verabschiedeten und anschließend dessen Vater Trost spendeten.

Irgendwann löste sich Wöhler von Alt, trat ebenfalls zum Grab und schaute in die Grube hinab. Der Regen fiel in seinen Nacken. Er fühlte sich leer, konnte keinen klaren Gedanken fassen, griff mechanisch nach der Schaufel, ließ die Erde dreimal klatschen. Wie ein Roboter ging er zurück und war fast froh, Alt wieder unterhaken zu können.

Paul tat es ihm gleich, blieb vor dem Grab stehen, verneigte sich, wobei sein schwarzes Haar sein Gesicht komplett verdeckte. Als er sich aufrichtete, griff er in seinen Rucksack und zauberte eine grüne Weinflasche hervor.

Die bislang schweigenden Gäste ließen ein unwilliges Grummeln hören, ähnlich wie schon in der Kirche, als der Pfarrer den Toten kritisiert hatte.

Paul ignorierte es, küsste die Flasche und warf sie in die Grube. Sie schlug so leise auf, dass alle wussten, dass er bewusst neben den Sarg gezielt hatte. Als auch er Alt senior wieder am Arm nahm, zwinkerte er Wöhler zu.

Der Aromaforscher kannte Paul gut genug, um diese Szene, die manchem unüberhörbar missfallen hatte, richtig einordnen zu können. Er wäre nicht Paul gewesen, wenn er sich konventionell von Daniel verabschiedet hätte. Für ihn wäre es gleichbedeutend mit Gedankenlosigkeit gewesen, hätte er so wie alle anderen ein paar Häufchen Erde oder eine Rose ins Grab geworfen.

Durch lautes Murmeln wurde Wöhler aus seinen Gedanken aufgeschreckt. Er schaute zum Grab, traute seinen Augen nicht. An ihm stand Matthusen in weißem Gewand und ließ Rosenblätter auf den Sarg niederregnen. »Friede, mein Bruder. Ruhe in Frieden!«, rief er.

Plötzlich war Armin Klotz senior neben dem Maître, packte ihn, der zwei Köpfe kleiner war als er, an der Gurgel und würgte ihn. Der Guru war vollkommen ruhig, als wüsste er, dass er körperlich gegen den Winzer keine Chance hatte. »Du und Frieden, du nichtsnutziger Glatzkopf. Nur Ärger und Schmerz hast du uns gebracht, hast unsere Frauen gevögelt, du Wi…« Er brach ab, schaute ins Grab.

Matthusen röchelte, sein Gesicht war puterrot angelaufen. Die Trauergäste waren wie erstarrt.

Während Wöhler noch überlegte, was er tun sollte, war Bäumler bereits zur Stelle. Er riss Klotz' Arme vom Hals des Gurus, drehte sie ihm auf den Rücken. Bächle drängte sich zwischen die beiden Kontrahenten, fasste den Guru am Arm, und gemeinsam führten die Kommissare den Störenfried fort, weg vom Grab.

»Eine Schande, so was. Der Herr Pfarrer hat vollkommen recht, Daniel hat sich in Hände begeben, an denen Schuld haftet. Denen des Quacksalbers. Lasst uns gehen«, sagte Alt senior mit zitternder, aber lauter Stimme und gab damit das Signal zum Aufbruch.

Wöhler, Elisabetta, Alt und Paul hatten den Parkplatz erreicht. Wöhler drückte auf die Fernbedienung, sah den Seitenspiegeln seines Jeeps beim Ausklappen zu und half Alt dann dabei, auf dem Beifahrersitz Platz zu nehmen. Paul setzte sich auf die Rückbank. Das obligatorische Kaffeetrinken nach der Beerdigung sollte in dessen Villa an der Bopparder Promenade stattfinden, und die beiden älteren Damen hatten erleichtert zugestimmt, als Wöhler vorschlug, Alfred Alt mit zurück nach Boppard zu nehmen. Bevor er selbst einsteigen konnte, zupfte ihn jemand am Ärmel. Wöhler drehte sich um. Vor ihm stand Susanne Klotz.

»Entschuldigen Sie«, begann sie, lächelte unsicher. »Ich wollte nicht weglaufen, damals in der Kirche. Ich wusste ja nicht, dass Claus … Ich wollte mit ihm sprechen, und dann waren Sie auf einmal da, da bin ich einfach weg. Aber ich habe der Polizei alles erzählt und hoffe, Sie tragen mir nichts nach.« Sie neigte den Kopf zur Seite und spielte nervös mit ihrer Perlenkette.

»Um das Gleiche könnte ich Sie bitten.« Wöhlers Herz machte einen Hüpfer. »Nachdem ich Sie auf dem Weinfest in Boppard wiedererkannt hatte, musste ich der Polizei einfach sagen, dass wir uns in der Kirche begegnet sind. Ich hoffe, dass ich Ihnen keine Umstände gemacht habe.« Er lächelte und schaute in Susanne Klotz' hellblaue Augen. Aus dem Augenwinkel sah er Elisabetta, die ihn mit finsterer Miene beobachtete.

»Nein. Ich war es doch, die sich dumm verhalten hat.« Susanne Klotz berührte kurz seinen Arm.

»Geht es Ihnen denn inzwischen besser? Paul Zeehse, der ja immer gut informiert ist, hat mir erzählt, dass Sie weggezogen sind?«, fragte Wöhler mit weicher Stimme.

»Jetzt macht schon hin, ihr Turteltauben«, kam es von Paul, der zwischen den Vordersitzen hindurchschaute. »Wir müssen langsam los.«

»Tut mir leid, ich wollte Sie nicht aufhalten. Und ja, ich wohne jetzt bei einer Freundin in Oberwesel. Auf dem Weingut Britzmann-Knechtsleben«, flüsterte Klotz.

»Ich melde mich mal bei Ihnen, in Ordnung? Sie müssen mich unbedingt im Bopparder Hamm besuchen«, erwiderte Wöhler und drückte ihre Hand.

»Sehr gern. Dann bis gleich beim Kaffeetrinken.« Sie warf ihre rotbraune Lockenmähne nach hinten und wandte sich zum Gehen.

Wöhler stieg ein, sah im Rückspiegel, wie Susanne Klotz sich noch einmal zu seinem Wagen umdrehte, und startete den Motor. Er hatte einen Freund verloren und gerade eine neue Freundin gewonnen. Oder mehr? Elisabetta, die mit Joshua Kazmierski mitfuhr, und Paul schienen jedenfalls die gefährlichen Funken bemerkt zu haben, die zwischen ihm und Susanne Klotz sprühten.

23

Wöhler öffnete die Augen einen Spaltbreit, schloss sie aber sofort wieder, weil er vom Sonnenlicht geblendet wurde, das durch die Jalousien fiel. Er streckte die linke Hand aus, das Kissen neben ihm war leer. Er konnte sich an jede Minute der letzten Nacht erinnern. An jede einzelne intensive Minute, die er in vollen Zügen genossen hatte. Als sich sein schlechtes Gewissen regte, konnte er nicht anders, als genau darüber zu lachen. Was für absurde Moralvorstellungen trug er eigentlich immer noch mit sich herum? Er rollte sich auf die linke Seite, drückte die Nase ins Kissen. Ihr Parfüm, vermischt mit dem Duft der letzten Nacht, roch unwiderstehlich. Wöhler drehte sich auf den Rücken, streckte alle viere von sich. Er sah Elisabetta vor sich, wie sie ihn den ganzen Abend argwöhnisch betrachtet hatte, mal an die eine, mal an die andere Marmorsäule in Pauls Villa gelehnt. Als er sich endlich von den Gesprächen mit Susanne Klotz, Alfred Alt und dessen Verwandten losgerissen und zu ihr gesellt hatte, zeigte sie ihm die kalte Schulter.

»Ich muss meinen Flieger kriegen, wir mailen dann«, hatte sie knapp gesagt und war davongerauscht. Einen solchen Abgang hatten sie beide nicht verdient gehabt. Trotz allem war das Kaffeetrinken ein würdevoller Abschied für Daniel gewesen. Er hätte die Feier mit Sicherheit genossen.

Auch jetzt stieg Kaffeeduft in Wöhlers Nase. Erneut versuchte er, die Augen zu öffnen, war diesmal erfolgreich und sah, wie die Tür aufging und Susanne hereinkam. Sie balancierte ein Tablett mit zwei Tassen vor sich her und trug nichts als ein blaues Winzerhemd, das Wöhler ihr gestern Abend geliehen hatte. Er fand, es stand ihr ziemlich gut. Hemden wie dieses hatte auch Daniel stets mit Stolz getragen. Immer wieder hatte er betont, dass der Winzerberuf ein ehrbares Handwerk sei und man dies nie vergessen dürfe.

Susanne stellte das Tablett vorsichtig aufs Bettende und setzte sich im Schneidersitz daneben, sodass Wöhler das Elfenbeinweiß ihrer Beine bewundern konnte. »Kaffee, der Herr?«, fragte sie.

Wöhler richtete sich auf, griff nach ihrem Fuß, begann, ihn zärtlich zu massieren. »Nichts lieber als das. Na ja, wobei …« Er grinste, nahm dann aber doch die Tasse, schnupperte, nippte daran. »Hm. Ich liebe die kräftige Röstung. Nussig und mit Anklängen von Zartbitterschokolade. Riechst du das auch?«

Sie schnupperte, kostete ebenfalls, schaute erst nachdenklich, dann hellte sich ihr Gesicht auf. »Tatsächlich. Unglaublich, was man aus Kaffeebohnen alles zaubern kann!«

»Wenn ich nicht Winzer geworden wäre, dann bestimmt Kaffeeröster.« Wöhler nahm einen weiteren Schluck, strich Susanne über das zerzauste Haar. »War 'ne prima Idee von dir, gestern Abend noch mitzukommen, um das Weingut zu besichtigen.«

»Nicht wahr? Ganz ohne Hintergedanken, ich hoffe, das weißt du. Ich wollte dein Weingut schon lange kennenlernen. Bin ja häufig hier vorbeigefahren und habe mich immer gefragt, wie es sich hier so lebt, hoch oben im Bopparder Hamm.« Susanne ließ ihren Zeigefinger über Wöhlers Oberschenkel wandern.

»Und? Wie lebt es sich hier?«

»Man kann's schon aushalten.« Susanne umschloss ihren Kaffeebecher mit beiden Händen. »Auch wenn ich vom Weingut bisher nicht besonders viel gesehen habe.« Sie stockte. »Es war leichtsinnig von mir, wieder hier in Boppard aufzutauchen. Die feindseligen Blicke von meinem Mann während der Beerdigung waren schwer zu ertragen.« Sie wischte sich über die Augen, nippte hastig am Kaffee.

»Hier bist du sicher. Aber wenn du möchtest, bringe ich dich später zurück nach Oberwesel«, sagte Wöhler zärtlich. Das Angebot war ernst gemeint, auch wenn er hoffte, dass sie es nicht annehmen würde.

»Danke, Jaspal. Aber natürlich gehe ich nicht, ohne deinen neuen Riesling probiert zu haben.«

Wöhler war erleichtert. Auf diese Antwort hatte er gehofft. »Wie geht's denn deinem Sohnemann?«, wechselte er schnell das Thema.

»Ach, es ist ganz rührend, wie er sich um mich kümmert. Er ist jetzt mein Beschützer.« Sie grinste.

»Ist doch toll. In dem Alter können sich Söhne auch ganz anders verhalten. Könnten nichts von ihrer Mutter wissen wollen.« Und vorsichtig fügte er hinzu: »Wie hat er denn die Nachricht aufgenommen, dass der Pfarrer sein Vater war? Du hast es ihm doch erzählt, oder?«

Susanne stellte den Kaffeebecher aufs Tablett zurück, verschränkte die Arme vor der Brust und umklammerte ihre Oberarme, als wäre ihr kalt. »Ja, sicher. Ich glaube fast, er war froh. Mein Mann und er sind nicht gut miteinander ausgekommen. Manchmal sind sie gemeinsam angeln gegangen, aber ansonsten hat jeder sein Ding gemacht.«

»Nicht gut miteinander ausgekommen? Kannst du das näher beschreiben?«

»Armin, also, mein Mann, war streng mit ihm. Sehr streng. So wie mit mir.« Sie kniff die Lippen zusammen und schaute an Wöhler vorbei, bevor sie sich ihm wieder zuwandte. »Machen wir jetzt die Weinprobe?«

Wöhler war überrascht, schmeckte dem Kaffee nach, der noch bitter auf der Zunge lag. Mit »streng« hatte sie bestimmt untertrieben. Er unterdrückte die Wut auf den brutalen Klotz, die in ihm aufzusteigen drohte, gab sich einen Ruck. »Jetzt? ... Aber gut, warum nicht. Dann frühstücken wir halt anschließend!«

Wöhler drehte den Hahn wieder zu und reichte Susanne das Weinglas mit der zartgelben, trüben Flüssigkeit. »Unser offizieller Frühstückswein«, sagte er schmunzelnd.

»Frühstückswein? Statt Kaffee?«

»Nein, natürlich nicht. Aber im Ernst: Sein Name ist Morgenstimmung. Weil er aus dem Fässerlay kommt, das ist der Teil des Bopparder Hamm, der nach Osten ausgerichtet ist und die Morgensonne einfängt.«

»Danke für die Erläuterung, Herr Professor.« Grinsend schwenkte sie das Glas, versenkte die Nase darin. »Frisch, zitrusfruchtig, belebend. Das kommt schon trotz der Gäraromen und der Hefe durch. Ein trockener Kabinett?«

»Ganz genau. Der bekommt das grüngelbe Etikett.« Wöhler schnupperte ebenfalls, nahm einen großen Schluck, lächelte zufrieden. »Der wird genau so, wie ich ihn mir vorgestellt habe. Lizzie wäre mächtig stolz auf mich.« Er entsorgte den Rest des Glasinhalts durch das Abflussgitter, das in den Boden eingelassen war.

»Wer ist denn jetzt schon wieder Lizzie?«, fragte Susanne misstrauisch und tat es Wöhler gleich.

»Die Tante von Paul Zeehse. Eigentlich hieß sie Elisabeth, aber niemand nannte sie so. Sie hat das Weingut aufgebaut und erfolgreich gemacht. Leider ist Lizzie viel zu früh gestorben, und nun führen wir ihr Werk weiter, so gut wir es eben können.« Er ging zum nächsten Stahltank. »Jetzt kommen wir zu unserem Sorgenkind, dem Schieferkraftwerk.« Wöhler hielt erst sein eigenes, dann Susannes Glas unter den Hahn und ließ eine trübe Flüssigkeit hineinschießen, deren Gelb ein wenig dunkler war als das der Morgenstimmung. »Voilà.«

»Warum Sorgenkind? Soll das ein morgendliches Ratespiel werden?« Sie griff nach dem Glas.

»Na ja, wenn, dann ein Ratespiel, das uns die Natur aufgegeben hat.« Beide schwenkten ihre Gläser, rochen am Inhalt und mussten darüber schmunzeln, wie simultan ihre Bewegungsabläufe waren.

»Aber da liegt doch schon ganz viel feuchter Schiefer unter der Hefe und funkelt in der Sonne. Meinem Eindruck nach ist das Schieferkraftwerk pur!«

»Die Nase ist auch nicht das Problem. Das liegt gewissermaßen tiefer. Ich wollte ihn trocken haben, und jetzt hört er einfach nicht auf zu gären. Erst hat die Hefe durchgestartet, dann wurde sie immer langsamer, und jetzt dümpelt die Gärung vor sich hin, ohne zu einem Ende kommen zu wollen. Probier mal, mit der Restsüße bin ich gar nicht zufrieden.«

Susanne nahm einen Schluck, bewegte den Wein im Mund hin und her, schluckte. »Also, mich stört das nicht. Der Wein hat doch genug Säure, um ein bisschen Restsüße zu tolerieren. Aber wenn es dir nicht gefällt, warum hilfst du der Gärung nicht auf die Sprünge? Armin würde da nicht lange fackeln.« Ihre letzten Worte klangen bitter.

»Weil ich das nicht will. Ich habe zwar eine Vorstellung davon, wie der Wein werden soll, aber ich lasse ihn gewähren. Er soll so natürlich wie möglich auf die Flasche kommen, soll Wind, Wetter und Boden widerspiegeln, und das erreiche ich nicht, indem ich ihn mit ein paar Schaufeln Reinzuchthefe in die Richtung prügele, die mir vorschwebt. So ein Wein ist wie ein Kind. Man muss ihn erziehen, aber ihm auch Raum zur Entfaltung der eigenen Persönlichkeit geben.«

Sie lächelte ihn an. »Niemand von Armin und seinen Winzerfreunden hat je so einen schönen Satz gesagt. Hast du denn Kinder?« Sie schaute Wöhler aufmerksam an.

»Leider nein«, antwortete er, wich ihrem Blick aus und nahm hastig einen Schluck. Er dachte an den heißen Sommer mit Claire in Freiburg, an seine gescheiterte Ehe mit Claudia. Die Stille im Weinkeller wurde nur durch das Gärröhrchen auf dem Schieferkraftwerk unterbrochen, das dann und wann einen Hickser von sich gab. »Aber jetzt lass uns die Lössruhe kosten, die goldene Mitte sozusagen.«

»Aus dem Feuerlay, der Mitte des Bopparder Hamm? Ich tippe mal auf einen schmelzigen, dichten Wein vom Lössboden?«

»Man merkt, dass du vom Fach bist.« Wöhler ging zum nächsten Tank, hielt sein Glas unter den Hahn, drehte auf und erschrak. Der Strahl schoss rot und trüb heraus. Sofort drehte er den Hahn wieder zu, hielt mit zitternden Fingern das Weinglas von sich fort. »Das … das kann nicht wahr sein«, stammelte er.

»Der sollte eigentlich nicht rot sein, oder?«, fragte Susanne vorsichtig.

»Auf keinen Fall. Dunkelgelb, ja, aber doch nicht …« Sofort stieg ein böser Verdacht in ihm auf, er eilte in den hinteren Teil des Weinkellers und kehrte mit einer Leiter und einer Taschenlampe zurück. »Halt mal fest«, bat er Susanne und stieg mit weichen Knien die Stufen empor. Er hob den Deckel an und leuchtete mit der Taschenlampe in den Tank. Was er sah, überstieg seine schlimmsten Befürchtungen. Sechs Ratten trieben auf der Oberfläche der rötlichen Flüssigkeit. Genauer gesagt sechs Rattenköpfe und ihre dazugehörigen Körper. Dazwischen schwamm eine laminierte Botschaft, die Wöhler aus seiner Perspektive nicht lesen konnte.

»Was siehst du, Jaspal? Sprich mit mir«, drängte Susanne, die angestrengt die Leiter festhielt.

»Ich brauche so was wie einen Stock.« Die Taschenlampe zwischen die Zähne geklemmt, kletterte Wöhler vorsichtig wieder hinunter, verschwand erneut im hinteren Teil des Weinkellers und kam mit einer dünnen Eisenstange zurück, die er sonst zum Anbinden junger Weinreben verwendete. »Das müsste gehen«, murmelte er.

»Jaspal, was ist los?«, rief Susanne besorgt.

»Gleich«, antwortete Wöhler kurz angebunden, erklomm wieder die Leiter und navigierte die Botschaft mit Hilfe der Stange zwischen den Rattenleibern hindurch. Es war widerlich, aber nach einigem Stochern gelang es ihm schließlich, den Zettel zu sich zu dirigieren, sodass er lesen konnte:

»Das war der Erste. Wenn du nicht glaubst, ich mach Ernst. Morgen wieder auf dem Parkplatz in Koblenz um 3 mit 100 Riesen. Ich ruf an. Keine Tricks diesmal.«

Wöhler prägte sich den Text gut ein, ließ die Stange klirrend auf den Boden fallen, schloss den Tankdeckel und stieg vorsichtig die Leiter herunter. »Susanne … Ich …«, stammelte er mit rauer Stimme. »Jemand hat es auf mich abgesehen. Ein Viertel meines Weins ist hin. Ich muss Paul anrufen.«

»Aber wer? Und was hast du da oben gefunden?«, fragte Susanne erschüttert. »Ist der Wein noch zu retten? Mit Aktivkohle vielleicht? Steckt Armin dahinter, weiß er, wo ich bin? Ich habe Angst, Jaspal!«

»Das musst du nicht, Susanne. Das hat nichts mit dir zu tun. Aber der Wein ist hin, da hilft auch keine Schönung mehr.« Seine Gedanken rotierten. Er musste handeln, bevor es zu spät war.

»Das ist ja widerlich. Was kann denn der Wein dafür?« Susanne war immer noch erschüttert von der Beschreibung des Funds im Tankinhalt, die Wöhler ihnen geliefert hatte.

Paul tigerte vor dem großen Esstisch auf und ab, an dem Susanne und Wöhler Platz genommen hatten. »Wir können das nicht noch einmal dem Bäumler überlassen. Wir müssen etwas Neues probieren«, sagte er.

»Nein! Besser, die Polizei regelt das!« Susannes Gesicht war kreidebleich. Die rotbraunen Haare loderten wie dunkle Flammen um ihren Kopf.

Keiner der beiden Männer sagte etwas. Paul tigerte weiter, Wöhler brütete.

»Wir haben nur wenige Optionen. Wir wissen, dass der Typ verrückt ist. Verrückt und saugefährlich«, dachte Wöhler laut. Im Stillen ging er die drei Möglichkeiten durch, die seiner Meinung nach in Frage kamen. Sie konnten die Polizei rufen, auf den Erpresser eingehen oder abwarten. Wobei Letzteres eigentlich doch keine Option für ihn darstellte. »Trotzdem glaube ich, dass wir der Forderung nachgeben müssen, sonst verlieren wir auch noch den restlichen Wein«, sagte er entschlossen.

»Du willst für deinen Wein dein Leben riskieren? Bist du denn noch zu retten? Hast du schon wieder vergessen, was Daniel passiert ist?« Susanne war außer sich.

Wöhler beugte sich vor, berührte ihren Arm. »Versetz dich

doch mal in den Erpresser hinein. Er will Geld, sonst nichts. Bisher ist er mit seinem Vorhaben gescheitert, stattdessen reitet er sich immer tiefer rein. Wenn wir ihm jetzt geben, was er will, dann ist er am Ziel, und die Chancen stehen gut, dass er sich anschließend davonmacht. In der Gegend zu bleiben wäre für ihn viel zu gefährlich. Deshalb bin ich der Überzeugung, dass wir Ruhe vor ihm haben werden, wenn er das Geld bekommt. Die Hunderttausend bringe ich schon auf.«

Susanne wirkte überrascht, schien Wöhlers Argumentation aber nicht völlig abwegig zu finden. »Willst du denn nicht, dass er gefasst wird?«, fragte sie.

»Doch, natürlich. Aber erst mal müssen wir ihn zufriedenstellen. Dann folgt der nächste Schritt«, erwiderte Wöhler.

Susanne entzog ihm ihre Hand, schaute prüfend zu Paul.

Der Künstler blieb stehen, warf das wallende Haar mit einem Kopfschwung nach hinten. »Macht Sinn. Aber auf keinen Fall wieder auf eigene Faust. Diesmal fahr ich dir hinterher und passe auf dich auf.«

»Daran habe ich auch schon gedacht. Ich werd zwar morgen nicht verkabelt sein, könnte aber doch einfach ein zweites Handy mitnehmen. Damit ruf ich dich an und leg es dann auf den Beifahrersitz. Und wenn sich der Erpresser auf dem anderen Handy meldet, nehme ich über die Freisprechanlage ab. So solltest du alles mithören, was gesprochen wird. Außerdem solltest du mir in sicherem Abstand folgen und vorsichtig sein, dass du nicht auffällst.«

»Aber, Jaspal, ich und auffallen.« Paul schmunzelte. »Wie auch immer. Genau so machen wir's. Wird schon schiefgehen!« Er trat zu Wöhler, schlug ihm auf die Schulter und nickte Susanne aufmunternd zu.

»Ihr seid doch beide krank. Unheilbar. Aber wenn ich schon nicht die Polizei benachrichtigen darf, dann sitze ich wenigstens neben dir, Paul. Und wenn es auch nur den kleinsten Hinweis gibt, dass Jaspal etwas passiert ist, dann rufen wir die Bächle und diesen Bäumler dazu, einverstanden?«

»Einverstanden«, antworteten die Männer im Chor, dann seufzte Wöhler. Er hatte ein schlechtes Gewissen, Susanne in die Geschichte mit hineingezogen zu haben, und hoffte inständig, dass sie gut ausgehen würde.

24

Am nächsten Morgen schaute Wöhler missmutig in den wolkenverhangenen Himmel, bevor er die mit Geld gefüllte blaue Sporttasche, ein Überbleibsel aus seiner Zeit, als er noch ins Fitnessstudio gegangen war, auf den Rücksitz seines Autos warf. Der goldene Herbst war vorbei. Der Alltag bestand jetzt aus trüben Tagen, die das nahende Jahresende ankündigten und in wenigen Wochen allenfalls durch die Weihnachtsbeleuchtung ein wenig erhellt würden. Manchmal sogar so grell, dass man die Augen schließen müsste.

Vielleicht war es ja ein gutes Omen, dass dieser graue Tag den perfekten Gegensatz zu dem strahlenden darstellte, an dem die letzte Geldübergabe schiefgelaufen war. Wöhler setzte sich hinters Steuer, griff nach dem Zweithandy und wählte Pauls Nummer. Das Handy aus dem Müllcontainer, das er inzwischen von der Polizei zurückbekommen hatte, hatte er mit der Freisprechanlage verbunden. »Geht los«, sagte er knapp und legte das Telefon auf den Beifahrersitz.

»Sag mal was«, tönte es leise aus dessen Lautsprecher.

»Was«, antwortete Wöhler.

»Witzbold. Immerhin hast du deinen Humor nicht verloren. Gut so. Ich hör dich jedenfalls klar und deutlich. Dann mal Hals- und Beinbruch!«

»Sei vorsichtig, Jaspal. Mach keinen Unsinn«, klang nun auch Susannes Stimme besorgt aus dem Telefon.

Wöhler schaute in den Rückspiegel, sah in die beiden Gesichter im Wagen hinter sich. Er hauchte Susanne einen Handkuss zu, startete den Motor und fuhr rasant den Weinberg hinunter. Erst als die beiden fast außer Sichtweite waren, meinte er wahrzunehmen, wie sich auch ihr Auto in Bewegung setzte.

Nur wenige Minuten später passierte er die Marksburg, die er diesmal nur mit einem flüchtigen Blick bedachte. Dann klingelte das Handy, das er mit der Freisprechanlage verbunden hatte. Kurz war er irritiert. Hatte ihn Paul an jenem Samstag vor sechs Tagen nicht auch auf Höhe der Marksburg angerufen? Unwillig ging er ran.

»Du bist unterwegs. Gut so. Geld dabei?«, tönte es verzerrt aus den Lautsprechern.

»Alles so, wie Sie es wollten. Wo soll ich hinfahren?«, fragte Wöhler.

»Wie ich geschrieben habe. Aldi-Parkplatz.« Der Anrufer legte auf.

Wöhler atmete durch. Es begann zu regnen, dicke Tropfen prasselten auf die Windschutzscheibe. Mit einem Blick in den Rückspiegel versicherte er sich, dass Susanne und Paul ihm noch folgten, wenn auch in so großem Abstand, dass er ihren Wagen kaum erkennen konnte. Hoffentlich verloren sie ihn nicht aus den Augen.

Als er am »Coyote Ugly« vorbeifuhr, verzogen sich seine Lippen automatisch zu einem Lächeln. Es war gar nicht so lange her, dass er gemeinsam mit Paul hier versackt war. Eigentlich waren sie beide längst viel zu alt für so eine Extremparty, hatten den Altersdurchschnitt deutlich angehoben. Wie hieß es so schön in der Werbung des Lokals? »›Coyote Ugly‹ ist die Bar, in der die Theke brennt.« Oh ja, dem konnte er mit Fug und Recht zustimmen. Natürlich hatte Paul am Ende eine der Kojotinnen abgeschleppt, und Wöhler hatte allein sehen müssen, wie er nach Hause kam. Die Strafe in Form von höllischen Kopfschmerzen war am nächsten Morgen erfolgt. Er konnte sich nicht erinnern, jemals so lange gebraucht zu haben, um wieder auf die Beine zu kommen. Und jetzt, da es mit dem Weingut gerade so richtig losging, wollte Paul ihn schon wieder alleine lassen.

Aber halt, seine Gedanken schweiften ab. Wollte er vielleicht verdrängen, in welcher Gefahr er sich befand? Er konzentrierte sich wieder auf den Verkehr, starrte angestrengt auf die regennasse Fahrbahn. Längst hatte er Koblenz erreicht, gleich würde er die Bundesstraße verlassen und in die Moselweißer Straße einbiegen. Als er das Polizeipräsidium erblickte, klingelte erneut das Telefon. Hastig nahm er ab.

»Bleib auf B 9, fahr über Mosel, dann Koblenz-Nord ab auf die Autobahn 48. Verstanden?«

Wöhlers Herzschlag ging schneller. Was hatte der Typ vor? »Okay, aber warum?«, fragte er vorsichtig nach, als er bereits die Mosel überquerte.

»Quatsch nicht. Fahr!«, dröhnte die verzerrte Stimme, dann rauschte es nur noch in der Leitung.

Als Wöhler in den Rückspiegel schaute, waren Paul und Susanne verschwunden. »Mist«, murmelte er und fuhr hinter dem Gewerbegebiet auf die Autobahn 48. Erneut klingelte das Telefon.

»Gleich links Richtung Bendorf/Neuwied und dann weiter geradeaus.« Der Anrufer legte auf.

Wöhler atmete durch. Der Erpresser war also in der Lage, ihn zu orten. Übers Handy oder über einen Sender, den er am Auto befestigt hatte? Ihm fiel auf, dass nicht einmal Bäumler bei dem letzten Versuch der Geldübergabe auf die Idee gekommen war, seinen Wagen zu überprüfen. Dieser Hauptkommissar war einfach zu nichts zu gebrauchen.

Er bog links ab, fuhr in Richtung Neuwied. Er war nervös, weil der Erpresser diesmal nicht wie sonst explizit den Namen der Bundesstraße genannt, sondern einfach nur »gleich links« gesagt hatte. Wusste er, dass Susanne und Paul ihm folgten? Versuchte er, die beiden abzuschütteln? Wöhler passierte ein weiteres Gewerbegebiet zu seiner Linken, als es wieder klingelte.

»Jetzt rechts«, dröhnte die Stimme. »Und nicht auflegen, geht gleich weiter«, fügte er überraschenderweise hinzu. Aus den Lautsprechern war ein Martinshorn zu hören, das schnell lauter wurde.

Überrascht sah Wöhler im Rückspiegel, wie sich ein Krankenwagen mit zuckendem Blaulicht näherte. Er fuhr langsamer, ließ ihn passieren. Weit entfernt konnte der Erpresser nicht sein.

»Jetzt wieder rechts, schlaf nicht ein«, raunzte die Blechstimme ihn an.

Wöhler befand sich inzwischen auf einer Landstraße, fuhr vorbei an Äckern und Obstgütern, die sich auf den Winterschlaf vorbereiteten. Als sich die Stimme schon wieder zu Wort meldete, zuckte er zusammen.

»Und noch mal rechts. Lass Wagen stehen und steig aus. Dann geh Weg hoch. Oben auf Wiese ist Hütte. Da stellst du Tasche mit Geld ab und verschwindest. Dein Handy bleibt im Wagen, verstanden?«

»Schon. Und nachdem ich die Tasche dort abgestellt habe?«

»Hör auf mit Geschwafel. Dann verschwinde, hab ich doch gesagt.« Aufgelegt.

Wöhler lenkte das Auto nach rechts. Die Straße wurde enger und schlechter, beschrieb eine Rechtskurve, die schließlich in einen matschigen Sandweg überging. Er bremste ab, brachte das Auto zum Stehen. Was sollte er jetzt tun? Wo waren Susanne und Paul? Nach dem Trubel der letzten Minuten schaute er das erste Mal wieder auf das Handy. Keine Verbindung.

»Scheiße!«, fluchte er laut und biss sich auf die Unterlippe. Wieder blickte er in den Rückspiegel, konnte im mittlerweile dichten Regen aber keinen Wagen entdecken. Würde er lange genug mit seinem Auto im Matsch stehen bleiben, könnte er ohne fremde Hilfe vermutlich nicht weiterfahren.

Wöhler gab sich einen Ruck, stieg aus, griff nach der Sporttasche und zog die Kapuze seiner Jacke über den Kopf. Nach kurzem Zögern beugte er sich wieder in das Auto, nahm das Handy vom Beifahrersitz, steckte es ein. Egal, was die Blechstimme befohlen hatte, auf diese Lebensversicherung wollte er nicht verzichten.

Mit einem mulmigen Gefühl in der Magengrube setzte er sich in Bewegung. Das Areal vor ihm mutete wie ein überdimensionierter Sandkasten an. Oder wie eine offene Wunde, die in der Landschaft klaffte. Anscheinend war hier vor einiger Zeit Sand oder Kies abgebaut worden. Wöhler folgte dem schnurgeraden Pfad. Außer ihm hatte sich heute niemand in diese Gegend verirrt, noch nicht einmal einer der obligatorischen Spaziergänger mit Hund. Selbst das Wetter schien seinem Erpresser in die Hände zu spielen. Er gelangte auf eine Art Sandplatz, von dem rechts und links Wege abzweigten. Welchen sollte er wählen? Hatte der Erpresser, der sonst so zuverlässig wie ein Navi war, ihm erstmals missverständliche Anweisungen gegeben? Wöhler versuchte sich an die letzten Befehle der Blechstimme zu erinnern. »Geh Weg hoch, oben auf Wiese ist Hütte.« Allmählich dämmerte ihm, was das heißen sollte. Er erblickte dicht stehende Kiefern und Sträucher, zwischen denen ein Weg verlief. Gut möglich, dass sich die Wiese dahinter befand.

Als Wöhler sich durch die Brombeersträucher zwängte, verhakte sich ein Dorn in seinem Ärmel. Unwillig riss er sich los, aber ein Fetzen Stoff blieb in der Hecke zurück. Inzwischen waren seine Beine klatschnass, die Jacke hielt dem Regen weitaus besser stand. Zum Glück trug er mittlerweile auch im Alltag winzertaugliches grobes Schuhwerk. Vor Kurzem noch, als Kölner Aromaforscher, hätte er sich mit Schnürschuhen aus Leder hier durchkämpfen müssen.

Er betrat die Wiese und entdeckte die verfallene Laube sofort. Das musste die Hütte sein, die der Erpresser erwähnt hatte. Sie sah aus, als wäre sie schon lange nicht mehr bewohnt worden. An der Vorderfront lehnten gebrochene Pflastersteine, die mittlere der drei Fensterscheiben mit rotem Rahmen war mit Aufklebern zugepflastert. Auf die linke Scheibe hatte jemand ein pinkfarbenes X gesprüht. Wöhler ging auf die Hütte zu und betrachtete die Aufkleber, die aus verschiedenen deutschen Urlaubsregionen stammten. Dann wagte er einen Blick um die Hausecke. Volltreffer. Die Holztür stand halb offen, war beschädigt. Jemand hatte sie mit Gewalt geöffnet. Wöhlers Puls jagte jetzt, er war hellwach. Er blickte sich nach allen Seiten um, konnte aber nichts sehen und nichts hören. Nur den Regen, der lautstark auf das Wellblechdach der Hütte trommelte.

Hastig öffnete er die Tür. Bis auf einen Holzstuhl und zwei Blechkanister war der Innenraum leer. Wöhler stellte die Sporttasche auf den Stuhl, verließ die Hütte, zog die Tür hinter sich zu. Heftig atmend überlegte er fieberhaft, was er nun tun sollte. Zurückgehen, davonfahren und hoffen, dass der Spuk damit vorbei war?

Kurz entschlossen steuerte er eine verwilderte Thujahecke an, zwängte sich zwischen zwei gelbgrünlichen Pflanzen hindurch und ging dahinter in die Hocke. Von hier aus hatte er eine hervorragende Sicht auf die Eingangstür. Er zog sein Handy aus der Hosentasche. Sollte es ihm gelingen, ein Foto von dem Erpresser zu schießen, hätte er alles richtig gemacht. Er fluchte leise, als er realisierte, dass jetzt auch noch der Akku leer war. Egal. Er würde hier so lange ausharren, bis der Typ auftauchte, und später Bäumler eine exakte Personenbeschreibung liefern.

Unter dem Blätterdach, das den Regen erstaunlich effektiv abhielt, war es fast schon zu gemütlich. Wöhler musste aufpassen, nicht einzunicken.

Als etwas knackte, fuhr er herum. Noch bevor er in das Gesicht des Mannes schauen oder realisieren konnte, was passierte, traf ihn der Knauf einer Pistole an der Schläfe. Er verlor das Bewusstsein.

Wöhler versuchte, die Augen zu öffnen. Vergeblich. Etwas lag auf seinen Lidern. Sein Kopf schmerzte, und in seinem Mund lag ein riesiger trockener, pelziger Kloß, sodass er kaum die Zunge bewegen konnte. Anscheinend hatte man ihm die Augen verbunden und seine Hände gefesselt. Wenn er sie zu bewegen versuchte, schnitt etwas an seinen Handgelenken ein. Auch seine Beine waren fixiert, in seinem Rücken spürte er etwas Hartes. Regen trommelte, es roch nach altem Holz und Schimmel. Die Hütte, schoss es ihm durch den Kopf. Vor seinem geistigen Auge sah er den Pistolenknauf wieder auf sich niedersausen und begriff, was passiert war. Der Erpresser hatte ihn zusammengeschlagen, ihn an den Stuhl in der Hütte gefesselt und war inzwischen mitsamt dem Geld sicherlich über alle Berge.

Seine Gedanken fuhren Achterbahn. Wie lange würde er hier sitzen? Es konnte ewig dauern, bis ihn jemand zufällig entdeckte. Vermutlich wäre er bis dahin jämmerlich verreckt. Er wollte schreien, brachte aber nichts als ein klägliches Wimmern zustande. Die Lage war aussichtslos.

Als er nach wenigen Minuten Schritte hörte, brach er in lautlosen Jubel aus. So schnell hatte er nicht mit seiner Befreiung gerechnet. Ein Mann hustete, trat gegen etwas, das mit metallischem Poltern umfiel. Ein Kanister, dachte Wöhler.

»*Cholera jasna!*«, rief der Mann, und Wöhler erkannte die Stimme sofort. Sie gehörte Wojciech Kowalski, Daniels polnischem Saisonarbeiter, der sich bei seiner Weinlese mit der Rebschere verletzt hatte. Was machte der denn hier? Würde er ihm gleich die Fesseln lösen und den Knebel aus dem Mund nehmen? Oder …? Aber dieser Gedanke war so absurd, dass Wöhler ihn nicht einmal zu Ende denken mochte.

Ein Plätschern erklang, als würde jemand eine Flüssigkeit verschütten. Wöhler, der Chemiker, roch Alkane und Benzolringe, die vor seiner Nase tanzten. Benzin. Ein Schauer lief ihm heiß über den Rücken, blanke Panik erfasste ihn. Schnell wurde es wärmer, Holz knackte. Er atmete Rauch ein, schluckte, schmeckte Ruß auf der Zunge. Als er niesen musste, ekelte er sich vor dem Schleim, der ihm aus der Nase Richtung Oberlippe rann. Husten. Niesen, Schlucken. Wöhler hatte von dem Kreislauf des Erstickens gelesen. Auch dass die meisten Menschen im Qualm erstickten, bevor sie verbrannten. Wild zerrte er an seinen Fesseln, spannte die Muskeln an. Er hatte nicht den Hauch einer Chance.

»Susanne, er ist da drin! Schnell!«, rief jemand nach einer gefühlten Ewigkeit.

Das war Pauls Stimme!

Wöhler war zu erschöpft, um sich darüber zu freuen. Er fühlte nur eine unglaubliche Erleichterung.

»Ich schleife ihn raus. Mann, ist das schweineheiß hier drinnen.« Wöhler spürte, wie erst an den Fesseln gerissen und er dann samt Stuhl aus der Hütte gezogen wurde.

Kurz darauf prasselte der Regen auf seinen Körper, und seine Lebensgeister erwachten. Ein herrliches Gefühl, wie eine erfrischende Dusche. Die Fesseln wurden gelöst, die Augenbinde abgenommen. Den Knebel spuckte er aus. Sofort wurde er von den Flammen geblendet, die wütend aus der Laube schlugen. Mit letzter Kraft kam er auf die Füße und wurde von Susanne und Paul zur Thujahecke geleitet.

Susanne fiel ihm um den Hals. »Wie geht es dir? Bist du verletzt? Hast du Schmerzen?«, fragte sie besorgt.

»Nein, alles okay. Ich danke euch«, antwortete Wöhler matt.

»Bäumler ist schon informiert. Er hat mächtig getobt, aber sofort eine Großfahndung eingeleitet. Die werden das Arschloch finden, Jaspal. Du hast nicht umsonst dein Leben riskiert.« Paul setzte sich neben seinen Freund ins nasse Gras.

»Es war Wojciech Kowalski. Ich hab seine Stimme erkannt. An ihn hätte ich nie und nimmer gedacht. Einer von Daniels tüchtigsten Leuten. Wie ist der nur auf diese wahnwitzige Idee gekommen, uns zu erpressen?« Wöhler schüttelte ungläubig den Kopf.

»Weiht ihr mich bitte mal ein?« Susanne ließ sich vor Wöhler fallen, legte ihre Hände auf seine Knie. Die drei waren vom Regen bereits so durchnässt, dass sie ihn kaum noch wahrnahmen.

»Wojciech Kowalski. Einer der polnischen Erntehelfer von Daniel. Er hatte ihn mir ausgeliehen, damit er mir bei der Lese half. Hat sogar weitergemacht, nachdem er sich mit der Rebschere verletzt hatte. Ein ganz harter Hund.« Wöhler beugte sich vor, strich Susanne zärtlich die Haarsträhnen aus dem Gesicht.

Paul griff nach seinem Smartphone. »Wenn du dir so sicher bist, muss ich das unbedingt dem Bäumler sagen. Das hilft ihm bestimmt bei seiner Fahndung.«

Die drei zuckten gleichzeitig zusammen, als die Hütte unter Getöse in sich zusammenbrach. Die Flammen wurden schwächer, anscheinend ging ihnen die Nahrung aus.

Nach dem Anruf steckte Paul zufrieden das Handy zurück in seine Jackentasche. Bäumler schien die Nachricht, dass der Erpresser bereits identifiziert war, gefallen zu haben. »Er meint, wir sollen uns keine Sorgen machen, sie würden jetzt wirklich sämtliche Hebel in Bewegung setzen. Die Flughäfen in Nordrhein-Westfalen, Hessen und Rheinland-Pfalz seien informiert, sogar ein Hubschrauber sei unterwegs.«

Als hätte er Pauls letzten Satz gehört, tauchte knatternd ein Polizeihubschrauber am grauen Himmel auf. Mit breitem Lichtkegel, der ihn wie ein Ufo aussehen ließ, überflog er suchend die Umgebung. Über dem Rest der Hütte blieb er minutenlang stehen, drehte sich dann um dreihundertsechzig Grad und ließ den Lichtkreis des Suchscheinwerfers langsam über die Lichtung wandern. Wöhler schloss die Augen, als er geblendet wurde.

Dann schien der Pilot genug gesehen zu haben. Er drehte ab und flog in die Richtung davon, in der Wöhler sein Auto zurückgelassen hatte. »Wie habt ihr mich gefunden?«, fragte er. »Das Handy war doch aus.«

»Aber nicht lange. Die letzte Anweisung des Erpressers haben wir noch gehört. Ohne Susanne hätte ich dich jedoch nie im Leben gefunden. Sie hat ständig gegoogelt, wo du sein müsstest, und im Gegensatz zu mir verfügt sie über einen hervorragenden Orientierungssinn.«

»Wir waren schon kurz davor, weiter die Landstraße runterzufahren, als wir dein Auto gesehen haben. Da war viel Glück dabei. Mach so was nicht noch mal, versprichst du mir das?« Susanne schaute Wöhler mit flehendem Blick an.

»Versprochen.« Er nickte, dachte an Daniel, an den mit Blut versauten Wein, sah hinüber zur brennenden Hütte und hatte das Geld vor Augen, mit dem Wojciech Kowalski verschwunden war. Würde Bäumler ihn stellen? War der Spuk endlich vorbei? In der Ferne wurden Martinshörner lauter. Ein beruhigendes Geräusch.

Wow, ein rauschendes Fest war das. Schade, dass ich Wöhlers dämliches Gesicht nicht gesehen habe, als er begriff, was passierte. Das Benzin hat ordentlich Dampf gemacht. Ein schöner Zufall, dass die Kanister da rumstanden. Dachte Wöhler wirklich, dass ich mich so leicht übers Ohr hauen lasse? Ausgerechnet von ihm? Na ja, so kam dann eins zum anderen, und am Ende brannte die Hütte wie ein Weihnachtsbaum.

Das Wichtigste: Ich hab die Kohle. Und jetzt ab zum Flughafen. Die Zukunft kann beginnen. Ich hab mit Sicherheit 'nen riesigen Vorsprung vor der Polizei. Die müssen ja erst mal den Wöhler finden, raffen, was passiert ist, und dann anfangen, mich zu suchen. Bis jetzt hatte mich niemand auf dem Radar, das wird also dauern.

Aber was ist das? Hört sich an wie ein Hubschrauber. Sind die mir etwa doch schon auf den Fersen? Quatsch. Die sind bestimmt auf dem Weg zur A3, den Verkehr kontrollieren, und haben dabei zufällig das Feuer gesehen. Die haben keinen Schimmer. Werden zu spät kommen und können sich dann mit Wöhlers Asche amüsieren.

Magdalena. Ich brauche dich. Ohne dich kann ich nicht leben. Wo bist du? Egal. Ich muss jetzt schnell zum Flughafen. Mich absetzen. Um kurz vor acht geht mein Flieger. Wenn ich da bin, rufe ich dich an, Magdalena. Kannst nachkommen. Dann fangen wir noch mal an. Ganz von vorne. Mit dem Geld. Dann sind wir frei.

25

Kurz zuvor

»Okay. Links ist gut, rechts ist gut.« Der Pilot reckte den Daumen in Richtung Marshaller. »Beide auf Flight, kann losgehen«, fügte er hinzu. Bäumler beobachtete, wie der Copilot zwei Hebel umlegte. Die Motoren starteten, ohrenbetäubender Lärm setzte ein. Dann hob der Hubschrauber vom Boden ab, schwankte, stabilisierte sich und flog kurz nach links, bevor er rasch an Höhe gewann. Als alter Technikfreak war der Hauptkommissar begeistert. »Der EC135 schafft zweihundertsechzig in der Spitze. Wir müssten in fünfzehn Minuten da sein«, funkte er zu Bächle.

Nachdem Zeehse sie über Wöhlers aktuellsten Alleingang informiert hatte, hatten sie eilig die gesamte Abteilung zusammengerufen, um über das weitere Prozedere zu beraten. Die üblichen Maßnahmen einer Großfahndung wie Verkehrs- und Grenzkontrollen und Benachrichtigung aller Streifenpolizisten an den Bahn- und Flughäfen in Nordrhein-Westfalen, Hessen und Rheinland-Pfalz waren eingeleitet worden, außerdem hatten sie den Hubschrauber angefordert. Bäumler war sofort Feuer und Flamme gewesen und hatte Bächle überredet, nach Winningen zu fahren, um mitzufliegen. Nun hockte die Kommissarin links neben ihm auf der Sitzreihe hinter dem Cockpit und vermied den Blick nach unten. Ihre Körpersprache weckte Bäumlers Beschützerinstinkt. »Nicht so verkrampft, Sigrid. Wird schon nicht so lange dauern.« Er legte seine Hand auf ihren Oberschenkel, die von ihr sofort unwillig zur Seite geschoben wurde.

»Ich glaube, wir müssen so lange hier drin ausharren, bis wir diesen Typen haben. Ich hasse Fliegen.«

»Warum bist du dann nicht im Präsidium geblieben?«

»Schon vergessen? Du hast mich überredet. Und außerdem: Was soll ich denn da? Natürlich wollte ich live dabei sein, wenn wir den Flüchtigen stellen.« Bächle musterte die vielen kleinen Schalthebel über den Köpfen der Piloten.

Der dunkelhäutige Polizist, dessen Kraushaar unter dem Helm hervorquoll, grinste. Mit so viel Unterhaltung schien er nicht gerechnet zu haben. Er saß rechts neben Bäumler und hatte die Aufgabe, das Kamerasystem, bestehend aus einer TV- und einer Wärmebildkamera, zu bedienen.

Bäumler schaute abwechselnd zwischen den Piloten hindurch durch die Cockpitscheibe und neben sich auf das Kameradisplay. Es regnete heftig, der Himmel war wolkenverhangen, die denkbar ungünstigsten Bedingungen, um einen fliehenden Verdächtigen aufzuspüren. Umso besser, dass der EC135 mit Technik vollgestopft war.

Bäumler beugte sich wieder nach vorn. Gerade überflogen sie eine lang gestreckte Rheininsel. Das musste Niederwerth sein, sie hatten also bereits die Hälfte der Strecke bis zu der von Zeehse beschriebenen Kiesgrube nordöstlich von Neuwied hinter sich.

»Wir überqueren jetzt Bendorf. Danach kommt Neuwied, und dann fliegen wir östlich die Dierdorfer Straße entlang. Dauert nicht mehr lange«, erklärte der Pilot die Route, so als säßen sie in einem gewöhnlichen Linienflieger.

»Dann wird's ja gleich spannend«, murmelte Bäumler.

Nur wenige Minuten später zeigte der Polizist neben Bäumler aufgeregt auf den Bildschirm. »Östlich von uns empfängt die Wärmebildkamera ein starkes Signal. Ist zwar noch weit weg, aber eindeutig. Das … Na klar, das muss ein Feuer sein!«

»Ein Feuer?« Bäumler ahnte Schlimmes. »Doch nicht am Zielort? Davon hat Zeehse nichts gesagt.«

»Sieht ganz danach aus.« Der Kollege starrte auf den Bildschirm, kaute nervös am Fingernagel.

»Chef, können Sie noch ein bisschen Gas geben?«, funkte Bäumler den Piloten an. »Es eilt. Wäre gut möglich, dass wir auf verletzte Personen treffen.«

Der Pilot schaute auf die Instrumententafel, bevor er sich zu ihm umdrehte. »Zweihundertsiebzig. Mehr geht wirklich nicht. Aber ich bin mir unsicher, ob wir dort landen können.« »Okay, okay, das haben wir schon verstanden. Und jetzt schauen Sie bitte wieder nach vorne.« Bächle verzog das Gesicht, griff nach Bäumlers Hand, ließ sie aber schnell wieder los.

Angespannt und in immer kürzer werdenden Abständen schaute der Kommissar abwechselnd durch die Cockpitscheibe und auf den Bildschirm. Sie flogen auf eine kleine Stadt zu. Das musste Neuwied sein. Der Helikopter drehte nach rechts ab und verlor an Höhe, sodass man mehr und mehr Einzelheiten erkennen konnte. Sie folgten einer Landstraße, neben der in verschiedenen Brauntönen gefärbte Ackerflächen unter ihnen vorbeizogen. Inzwischen konnte man das Feuer auch mit bloßem Auge sehen.

»Da brennt eine Hütte, Sigrid. Hoffentlich sind wir nicht zu spät.« Bäumler wischte sich über die Stirn, kniff die Augen zusammen, starrte angespannt nach vorn. Als sein Telefon vibrierte, studierte er aufmerksam die eingegangene SMS. »Das war noch mal Zeehse. Wöhler ist in Sicherheit. Er glaubt, den Erpresser an der Stimme erkannt zu haben. Soll ein gewisser Wojciech Kowalski sein. Das ist der Typ von der Król. Hattest du den auf der Rechnung?«, fragte er Bächle.

»Im Leben nicht. Obwohl … Auf der Beerdigung ist er mir aufgefallen. Saß in der zweiten Reihe neben seiner Freundin und brütete vor sich hin.«

»Ex-Freundin.«

»Stimmt, du hattest ja … Ach, was soll's. Und mit der Ex-Freundin wäre ich mir an deiner Stelle nicht so sicher. Ich weiß nicht, welches Spiel sie mit Männern spielt. Mit Kowalski, Matthusen und …« Bächle drehte ihren Silberring, den sie am Zeigefinger der linken Hand trug.

»Jetzt fällt mir etwas ein. Als ich wegen der Befragung zu Magdalena Król wollte, rannte er gerade aus dem Haus. Ich hab ihn kaum wahrgenommen, aber irgendwie kam er mir merkwürdig vor. Trotzdem hätte ich nie gedacht … Welches Motiv er wohl hat?«

»Geld?«, antwortete Bächle schnippisch.

Bäumler sparte sich eine Erwiderung und schickte der Zentrale über sein Handy die Nachricht, dass es sich beim flüchtigen Täter um Wojciech Kowalski handelte.

Der Helikopter verringerte seine Geschwindigkeit, überflog ein kleines Waldstück, näherte sich so weit wie möglich der Feuerstelle und blieb schließlich in der Luft stehen. Die Laube war eingestürzt, die Flammen schlugen hoch, schienen aber schwächer zu werden. Bäumler schwitzte und sprang gleichzeitig mit Bächle auf, um die Szenerie besser in Augenschein nehmen zu können.

»Landen unmöglich«, meldete der Pilot.

»Drei Personen auf vier Uhr, zwei Männer und eine Frau«, verkündete der Kameramann mit dem Kraushaar.

Sofort drehte der Pilot den Hubschrauber so, dass die gesamte Besatzung das Dreiergrüppchen sehen konnte. Es kauerte vor einer Hecke, schien mit der Situation überfordert, aber wohlauf zu sein.

»Das bei der Frau ist Wöhler. Ihr Gesicht kann ich nicht erkennen.« Bächle runzelte die Stirn. »Und der daneben muss Zeehse sein.«

»Ich schreib ihm nochmals eine SMS. Wir müssen wissen, was genau passiert ist.« Bäumler setzte sich, griff nach seinem Smartphone, tippte eilig, schickte die Nachricht ab.

Diesmal war es der Copilot, der sich umwandte und vermeldete, er habe Feuerwehr, Krankenwagen und eine Streife verständigt.

Bäumler nickte, schaute enttäuscht auf sein Smartphone. »Niemand mehr zu Hause. Dann eben der Wöhler«, murmelte er. »*By the way*, Sigrid, wer ist die Frau? Jetzt, wo sie aufschaut, kommt sie mir bekannt vor.«

»Mir auch. Du … ich hab's. Das ist die Klotz.« Bächle hatte

sich ebenfalls wieder hingesetzt und klopfte dem Hauptkommissar auf den Oberschenkel.

Endlich steckte Bäumler sein Smartphone unverrichteter Dinge in seine Jacketttasche zurück. »Bitte keine Tätlichkeiten, Frau Kommissarin. Aber du hast recht! Was tut die denn hier? Die gehört doch eigentlich zu dem Fall mit dem ermordeten Pfarrer.« Bäumler kratzte sich an der Wange.

»Dr. Wöhler hat halt ein großes Herz. Und Susanne Klotz braucht Trost. Das passt doch prima zusammen. Außerdem habe ich gesehen, wie sie sich vorgestern nach der Beerdigung angeregt unterhalten haben.« Bächle schaute versonnen.

»Der Wöhler ein Schwerenöter? Na, wenn du das sagst. Jedenfalls ist niemand von denen da unten erreichbar. Die scheinen zu sehr mit sich selbst beschäftigt zu sein. Und was jetzt? Meiner Meinung nach macht es wenig Sinn, weiter über der Hütte zu kreisen und Benzin zu verschwenden.« Bäumler schaute Bächle auffordernd an.

»Bin ich auf einmal für die Planung verantwortlich, oder was? Das sind ja ganz neue Sitten. Aber was passiert ist, ist klar. Kowalski muss Feuer gelegt haben, nachdem er das Geld hatte. Hier werden wir den kaum noch finden. Also fliegen wir entweder zurück und verfolgen die Suche nach ihm vom Büro aus, oder wir –«

»Ja?«

»Oder wir werden selbst aktiv.«

»Na, dann ist ja alles klar. Weiterfliegen, Chef!«, funkte Bäumler ins Cockpit.

»*Aye, aye, sir.* Haben Sie auch eine Ahnung, wohin?«, gab der Pilot zurück.

Bäumler zuckte mit den Schultern, schaute hilfesuchend zu Bächle, die gerade damit beschäftigt war, etwas in ihr Handy zu tippen.

An ihrer statt antwortete der Kameramann. »Richtung Autobahn, würde ich sagen. Die Landstraße führt direkt in nordwestlicher Richtung auf die A 3. Wenn er mit dem Wagen unterwegs ist, dürften wir gute Karten haben.« Er wirkte richtiggehend aufgekratzt, sein Jagdinstinkt schien geweckt.

»Leider ist kein Fahrzeug auf ihn zugelassen, habe ich gerade überprüft«, steuerte Bächle bei und steckte ihr Handy wieder ein.

»Macht trotzdem Sinn«, beschied Bäumler. »Wir fliegen Richtung A 3. Sperrt alle die Augen auf, vielleicht haben wir ja Glück.«

Der Pilot drehte den Hubschrauber, ließ die brennende Hütte hinter sich und folgte dem Verlauf der Bundesstraße. Rechts unter ihnen entdeckte Bäumler ein kleines Dorf, dahinter einen Wald. Wäre Kowalski zu Fuß auf der Flucht, könnte er sich darin super für eine Weile verstecken. Aber wofür hatten sie eine Wärmekamera an Bord?

Wieder wurde der Kameramann unruhig, deutete auf den Bildschirm, stieß Bäumler in die Seite. »Da, am Waldrand rennt jemand. Runtergehen! Schnell!«

Die Piloten senkten den Hubschrauber, richteten den Suchscheinwerfer auf den Mann, der sich sofort umdrehte, langsamer wurde, stehen blieb. Als der Heli wieder in der Luft stand, starrten Bäumler und Bächle angespannt nach unten.

Bächle schlug sich auf den Helm, den sie wie alle Insassen im Polizeihubschrauber trug. »Das ist der nie und nimmer. Kowalski ist ein untersetzter Kraftprotz, nicht so ein Spargeltarzan. Weiter, hier vergeuden wir nur unsere Zeit!«

Enttäuschung machte sich im Helikopter breit, der abermals beschleunigte. Alle waren Profis genug, um zu wissen, dass es mit jeder Minute schwieriger wurde, den Flüchtigen zu finden. Je weiter sie sich vom Tatort entfernten, umso unübersichtlicher wurde die Lage.

Inzwischen sahen sie unter sich die Autobahn. »Was nun? Folgen? Wenn ja, in welche Richtung?«, fragte der Pilot mit wenig Enthusiasmus in der Stimme. Wahrscheinlich hätte er lieber den Feierabend genossen, als die Zeit mit diesem schier aussichtslosen Unterfangen zu vergeuden.

»Folgen Sie der A3. Richtung Flughafen«, sagte Bächle im Brustton der Überzeugung. »Vielleicht entdecken wir ein Auto, das auffallend aggressiv und schnell fährt.«

»Natürlich, wenn jemand auf einer deutschen Autobahn aggressiv und schnell unterwegs ist, dann handelt es sich bei ihm mit Sicherheit um den flüchtigen Erpresser, um wen sonst?« Es tat Bäumler leid, Bächle aufziehen zu müssen, aber in diesem Moment konnte er einfach nicht an sich halten.

Die übrige Besatzung reagierte mit Schweigen auf den Ausfall des Kommissars, trotzdem folgte der Pilot dem Verlauf der Autobahn. Die Sonne war inzwischen untergegangen, es regnete immer noch. Dunkelheit legte sich wie ein schwarzes Tuch über die Landschaft unter ihnen. »Sind rund achtzig Kilometer bis Köln-Wahn. Wir müssten in zwanzig Minuten da sein. Soll ich eine Landeerlaubnis einholen?«

»Ich denke nicht. Entweder ist uns bis dahin etwas auf der A3 aufgefallen, oder wir drehen ab und fliegen zurück Richtung Sofa.« Bäumlers Laune war auf dem Tiefpunkt angekommen. War er gerade noch ganz heiß darauf gewesen, Kowalski auf der Flucht zu stellen, hielt er diese Verfolgung ins Ungewisse inzwischen für eine Schnapsidee. »Zeitverschwendung«, murmelte er und handelte sich dafür einen bösen Seitenblick von Bächle ein.

Der Verkehr auf der dreispurigen Autobahn floss gemächlich durch den Westerwald, rechts schlichen die Lkw, links zogen sportliche Fahrer vorbei. Etwas Außergewöhnliches konnte Bäumler beim besten Willen nicht entdecken. Nur den stinknormalen Autobahnalltag.

Plötzlich herrschte Unruhe im Cockpit. Der Pilot drehte an einem Regler, sodass alle den eingehenden Funkspruch hören konnten.

»... festgenommen. Der Verdächtige wollte zu einem Flug Richtung Warschau einchecken. Wo sind Sie? Sind die Kommissare noch an Bord?« Eine Männerstimme wurde durch Rauschen und Knacken immer wieder unterbrochen.

»Kommissare sind an Bord. Sind jetzt bei Neustadt an der

Wied und können in zehn Minuten vor Ort sein. Besorgt ihr uns eine Landeerlaubnis?«, antwortete der Kapitän, ohne auf die Meinung der übrigen Besatzung zu warten.

»Geht klar. Wir sehen uns!«, antwortete die knatternde Stimme und verstummte wieder.

Simultan ließen sich Bächle, Bäumler und der Kameramann in die Sitze zurückfallen. Letzterer verschränkte die Arme vor der Brust. Er schien frustriert zu sein, dass die Jagd schon wieder vorbei war.

»Du hattest den richtigen Riecher, Sigrid. Der war so dumm und ist direkt zum Flughafen gefahren. Schöne Sackgasse.« Bäumler grinste breit.

»Na ja, als dumm würde ich das nicht bezeichnen. Wahrscheinlich hatte er alles minutiös geplant und wollte es durchziehen. Und wenn wir ehrlich sind, hätte es ohne Zeehses Anruf vielleicht sogar geklappt«, antwortete Bächle.

»Stimmt. Und immerhin hat er es geschafft, uns ziemlich lange zum Narren zu halten. Aber damit ist jetzt Schluss.« Bäumler griff unter sein Jackett und fühlte nach dem Halfter. Er war beruhigt. Die Pistole saß dort, wo sie hingehörte.

Der Hubschrauber setzte auf. Anders als in einschlägigen Filmen wartete der Pilot, bis die Rotorblätter vollständig zum Stillstand gekommen waren, bevor er das Signal zum Ausstieg gab. Die Besatzung sprang auf den Asphalt, Bäumler und Bächle verabschiedeten sich und hasteten in Richtung der Ankunftsebene im Terminal 1. Bei der Polizeiwache sollte Kowalski bereits auf sie warten.

»Könnt ich mich dran gewöhnen, mit dem Hubschrauber zum Einsatzort geflogen zu werden«, sagte Bäumler keuchend. Er hatte wieder einmal Mühe, mit Bächles rasantem Tempo Schritt zu halten.

»Nein danke. Das brauch ich so schnell nicht noch mal. Bin ja schon froh, dass ich überlebt habe.« Sie gab noch ein bisschen mehr Gas.

Sie erreichten einen Seiteneingang, vor dem eine vollschlanke Polizistin bereits auf sie wartete. Sie grüßte freundlich und bedeutete den beiden Kommissaren, ihr zu folgen. Als sie eine lange Treppe hinaufsteigen mussten, war Bäumler froh über die Anwesenheit der Vollschlanken. So passte das Tempo auch für ihn.

Noch bevor sie den oberen Treppenabsatz erreicht hatten, blieb Bäumler stehen, weil sein Handy wieder einmal die Melodie von »Mer losse d'r Dom en Kölle« spielte. Ungehalten nahm er ab, während die beiden Damen weitergingen.

»Kriminalhauptkommissar Bäumler?«, fragte eine hohe Männerstimme.

»Wer will das wissen?«

»Polizeiobermeister Lemke hier. Er … er ist flüchtig. Das soll ich Ihnen sagen.«

»Wie? Wer zum Teufel ist flüchtig? Drücken Sie sich gefälligst klar aus, Mann!«, schrie Bäumler so laut ins Telefon, dass Bächle und die Polizistin stehen blieben und sich fragend umdrehten.

»Herr Kowalski, den wir in Gewahrsam genommen hatten. Es tut mir leid.«

»Das ändert jetzt auch nichts mehr. Riegeln Sie sofort den Flughafen ab!« Bäumler war außer sich. Er wollte nicht glauben, was er soeben gehört hatte. »Wann ist das passiert?«

»Wir haben es erst vor wenigen Minuten bemerkt. Er hat einen Kollegen überwältigt und dessen Dienstwaffe entwendet. Wir hoffen, dass sich der Flüchtige noch auf der Ankunftsebene im Terminal 1 befindet. Wir setzen alle Hebel in Bewegung.«

»Aber klar doch«, antwortete Bäumler grimmig und legte auf. »Wojciech Kowalski ist wieder flüchtig. Die Kollegen haben gepennt. Er hat eine Dienstwaffe entwendet«, fasste er zusammen, was er gerade erfahren hatte. »Auf welcher Höhe des Gebäudes sind wir gerade?«, fragte er die Vollschlanke.

»Wenn wir da oben durch die Tür gehen, kommen wir auf der Ankunftsebene raus«, antwortete sie unter hörbarem Keuchen.

»Dann nichts wie los!«, rief der Kommissar, und sofort marschierte das Grüppchen weiter.

Vor der Tür tippte die Polizistin einen Code in ein elektronisches Türschloss, dann standen die drei in der Ankunftshalle, in der Aufregung herrschte.

»Da, das ist er doch!«, rief Bächle und zeigte auf einen untersetzten, stämmigen Mann mit Kurzhaarschnitt und Brille, der direkt auf sie zusprintete.

Der Mann blieb stehen, zögerte, musterte die Polizistengruppe und griff in die rechte Tasche seiner dunklen Bomberjacke.

Bäumler ahnte, was er vorhatte, zog die Pistole, entsicherte sie, zielte auf das rechte Bein des Mannes und drückte ab.

Als Wojciech Kowalski zu Boden ging, fiel eine Pistole aus seiner Tasche und rutschte einige Meter über den blanken Fliesenboden, bevor sie zum Liegen kam. Der Pole griff sich ans Bein, krümmte sich vor Schmerz.

Rufe wie »Ein Attentat, schnell raus hier!«, »Platz da, wir haben Kinder dabei!« und »Terroristen, weg hier!« hallten durch die Ankunftshalle, und es dauerte nicht lange, bis der Bereich rund um Kowalski wie leer gefegt war.

Wortlos griff Bäumler die Hände des Angeschossenen. Er ließ sich Zeit, das satte Klicken der Handschellen zu genießen, erst dann sprach er ihn an. »Ich verhafte Sie wegen des dringenden Verdachts der Erpressung und Tötung von Daniel Alt.«

Anstatt zu antworten, rollte sich Kowalski in Embryostellung auf dem Fußboden zusammen.

Bäumler griff nach seinem Smartphone, verständigte den Krankenwagen.

Bächle und die Polizistin wirkten von der Geschwindigkeit der Ereignisse überrumpelt. Schließlich fand Bächle doch ihre Sprache wieder. »Du hast super reagiert, danke.«

Bäumler nickte zufrieden und beförderte sein Handy zurück in die Jackentasche, als erneut die Melodie von »Mer losse d'r Dom en Kölle« erklang. Er ließ den Blick durch die leere Halle schweifen, sah, wie ein Trupp Polizisten mit Sanitätern herbeieilte, dann hob er erstaunt ab. »Ja?«

»Kreikebaum hier. Bäumler?«

»Nee, der Bundespräsident. Aber wenn Sie Herrn Kowalski suchen, der liegt gerade hier vor mir.«

»Schön, schön, Herr Bäumler. Ich wusste ja, dass ich auf Sie zählen kann. Ihren Bericht bekomme ich dann in Kürze, gell? Haben wir denn auch schon ein Geständnis?«

»Nein, erst mal haben wir nur eine Kugel im Bein.«

»Sie sind verletzt?«

»Nein, mir geht's gut. Herrn Kowalski allerdings weniger. Aber deswegen rufen Sie doch nicht an. Was wollen Sie, Herr Kreikebaum?«

»Bewundernswert, Ihre Intuition, Herr Hauptkommissar. In der Tat – ich habe schlechte Nachrichten. Herr Matthusen, also, der Guru von Bacharach, er ist tot aufgefunden worden. Seine Jünger sind außer Rand und Band. Sieht ganz so aus, als wäre er das Opfer seiner eigenen Geilheit geworden.«

»Bitte?«

»Ist erstochen worden. Anscheinend während des Akts. Kein schöner Tod.«

Bäumler konnte Kreikebaums breites Grinsen hören.

»Scheiße … 'tschuldigung«, sagte er. »Und danke für die Info. Wir bringen Herrn Kowalski jetzt nach Koblenz zum Verhör, dann sollten wir uns in Ruhe unterhalten. Bis gleich, Herr Staatsanwalt.« Bäumler legte auf, nahm Bächle beiseite, wiederholte kurz, was Kreikebaum ihm erzählt hatte. Die meisten Bewohner des Mittelrheintals würden den Tod des Maître wohl nicht wie der Staatsanwalt als schlechte Nachricht bezeichnen. Bäumler ahnte, dass dahinter eine weitere Wendung des Falls Kaltenborn steckte. Und der war ihm ohnehin schon kompliziert genug.

244

26

Kreikebaum stand auf, stützte sich auf die Schreibtischplatte, beugte sich nach vorn. Bäumler befürchtete, gleich von einem Spucketropfenregen getroffen zu werden, so nahe kam ihm der Staatsanwalt, deshalb lehnte er sich zurück.

»Das Prozedere dürfte klar sein. Holen Sie aus Kowalski raus, was möglich ist. Seine Verletzung sollte Ihnen dabei zugutekommen. Gehen Sie am besten systematisch vor und ziehen Sie diesmal bitte gemeinsam an einem Strang, ja? Obwohl, wie man so hört …« Kreikebaum schaute zu Bächle, dann zu Bäumler und verzog den Mund zu etwas, das wohl ein Grinsen sein sollte.

Ist der etwa eifersüchtig?, dachte Bäumler. Der Gedanke gefiel ihm.

»Und anschließend fahren Sie nach Bacharach auf die Burg. Die Kollegen halten Ihnen solange den Tatort warm. Also los, worauf warten Sie noch? An die Arbeit!« Der Staatsanwalt klatschte in die Hände, als befehligte er ein Küchenteam.

Bäumler schüttelte sich, stellte sich hinter den Stuhl, umfasste die Lehne mit beiden Händen. Er liebte das karge Verhörzimmer, in dem sich nichts als ein dunkelgrauer, rechteckiger Tisch mit vier Stühlen befand. In der Tischmitte stand ein Aufnahmegerät mit Mikrofon. Selbst die hartgesottensten Kerle mussten sich hier unwohl fühlen, was die Wahrscheinlichkeit erhöhte, sie zum Sprechen zu bringen. Er nahm sich vor, die ganz harte Tour zu fahren. Und zwar genau jetzt, solange ihm noch kein Anwalt dazwischenfunken konnte. »Herr Kowalski. Warum haben Sie das Feuer gelegt? Und warum musste Daniel Alt sterben?«, stieß er scharf hervor.

Kowalski, der das verwundete Bein auf einen Stuhl gelegt hatte, lehnte sich zurück, starrte an die Decke. Schwieg.

»Sie hatten das Geld bei sich, als die Kollegen Sie gefasst haben. Ihre Schuld ist bewiesen, also reden Sie!« Bäumler wurde unruhig. Er hatte Mühe, sich zu beherrschen.

Kowalski schaute zu Bächle, die ihm schräg gegenübersaß. »Ich hab Durst«, sagte er.

»Wasser, Kaffee?«, fragte Bächle süßlich.

»Kaffee wär toll. Mit Milch und Zucker, bitte.«

Bäumler traute seinen Ohren nicht. Wenn jemand dieses Spiel beherrscht, dann Sigrid, dachte er stolz, konzentrierte sich dann aber wieder auf seinen Part und schaltete das Aufnahmegerät ab.

»Gerne. Bin gleich zurück.« Bächle stand auf, zwinkerte Bäumler vertraut zu und verließ das Zimmer.

Kowalski starrte ihm in die Augen, ohne mit der Wimper zu zucken. Okay, kann er haben, dachte Bäumler und starrte zurück. »Wie wär's mit einer Aussage? Soll ich wieder anschalten?«, fragte er, ohne den Blickkontakt abzubrechen.

Plötzlich verzog Kowalski das Gesicht und griff sich ans Bein. »Scheiße, tut das weh«, zischte er.

Der Hauptkommissar hatte das Blickduell gewonnen.

»Rauchen?«, fragte Kowalski mit heiserer Stimme.

»Kannst du vergessen. Freu dich, dass du 'nen Kaffee kriegst. Im Bau wird man dich nicht mehr bedienen.«

»Pfff«, stieß Kowalski verächtlich hervor. Den Schmerz im Bein schien er bereits wieder vergessen zu haben.

Bäumler biss die Zähne aufeinander, begann, auf und ab zu gehen. Mehrmals atmete er tief durch. Er wusste, dass inzwischen so viel Druck auf seinem Kessel war, dass die kleinste Temperaturerhöhung ausreichen würde, um ihn zum Explodieren zu bringen.

Kowalski hingegen saß ruhig auf seinem Stuhl, beobachtete Bäumler und studierte zwischendurch interessiert die Zimmerdecke.

Endlich kam Bächle mit einem Becher Kaffee zurück und stellte ihn vor Kowalski auf den Tisch. »Tut mir leid, war 'ne

Schlange an der Maschine. Hab ich was verpasst?«, fragte sie an Bäumler gewandt.

»Nö. Der Herr ziert sich immer noch«, gab der Hauptkommissar zurück.

Kowalski griff nach dem Plastikbecher, trank gierig.

Bäumler meinte bemerkt zu haben, dass seine Hand ein wenig zitterte, bevor er den Becher fester umklammerte. Vielleicht ging da ja doch noch was.

»Schmeckt's?«, fragte Bächle. »Ich schalte das Aufnahmegerät jetzt mal wieder an. Also, wie sind Sie an das Geld gekommen?«

»Hab's verdient. Wie sonst?«

»Herr Kowalski. Das ist doch lächerlich. Sie tragen hunderttausend Euro in einer blauen Sporttasche mit sich herum, werden am Check-in nach Warschau gestellt und wollen uns jetzt weismachen, dass das alles nur ein Zufall ist?«

»Krieg ich endlich 'ne Zigarette? Dann sag ich auch was dazu.« Kowalski verzog den Mund zu einem schiefen Grinsen.

Das war zu viel. Sie durften hier nicht noch mehr Zeit verplempern, schließlich gab es einen weiteren Tatort. Bäumler lehnte sich über den Tisch, bis sein Gesicht nur noch wenige Zentimeter von dem des Polen entfernt war. »Du mieser kleiner Haufen Scheiße. Du glaubst, du bist schlauer als wir? Da täuschst du dich aber gewaltig. Es gibt Zeugenaussagen. Und wir werden Spuren finden. Bei der Gartenhütte, in deiner Wohnung und wenn wir dein Auto finden. Während du hier sitzt, stumm wie ein stinkender Fisch, geben die Kollegen von der Spusi nämlich richtig Gas. Glaub mir, sobald«, Bäumler zog sein Telefon hervor, »dieses Handy hier klingelt, bist du am Arsch!« Er setzte sich Kowalski gegenüber und beobachtete dessen Reaktion.

Der Pole verzog hasserfüllt das Gesicht. »Du alter geiler Bock. Meinst wohl, du kannst dir alles erlauben, was? Greifst dir einfach meine Magdalena und besorgst es dir mal eben. Da staunst du, was? Hast wohl nicht erwartet, dass sie mir das erzählt. Wir beide haben uns köstlich amüsiert. So unbeholfen, wie du dich angestellt hast. Darfst nicht häufig ran, oder? Sie meinte, es wäre fast schon traurig gewesen. Noch nie hätte sie so einen schlechten Fick gehabt. Mann, was haben wir über dich gelacht!«

Bäumler spürte, wie das Blut in seinen Kopf schoss. Er sprang auf, ging Kowalski an die Gurgel. »Halt deine verdammte Schnauze, oder ich ...«

»Was dann, Herr Polizist?«, krächzte Kowalski.

Bächle löste sich aus ihrer Erstarrung. Auch in den jungen Uniformierten, der an der Tür stand, kam Bewegung, doch er blieb unschlüssig hinter Bächle stehen. Die griff bereits beherzt Bäumlers Arme und drehte sie nach hinten, bis er aufjaulte. »Schluss jetzt, das reicht!«, schrie sie ihn wütend an. »Wir beruhigen uns erst mal und gehen gemeinsam vor die Tür.«

»Jetzt lass mich endlich los«, fauchte Bäumler, als sie im Flur standen. »Das gerade tut mir leid.«

»Mir auch. Wir haben es nämlich sogar auf Band, ergo muss es ins Protokoll. Wie kann man nur so blöd sein? Und so unbeherrscht. Und ... so notgeil.«

»Scheiße, ja, ich weiß. Die Befragung können wir jetzt vergessen. Aber der hat es doch nur drauf angelegt. Das war von Anfang an so geplant. Als er merkte, dass er mich genügend gereizt hatte, hat er eiskalt zugestochen.« Bäumler schüttelte den Kopf.

»Trotzdem wird es ihm nichts nützen. Ist doch so klar wie Kloßbrühe, dass er es war. Das gerade eben war ein Pyrrhussieg für ihn, mehr nicht. Wenn wir weitere Beweise haben, nageln wir ihn fest.«

»Als Nächstes wird er einen Anwalt fordern. Alles meine Schuld.« Wieder schüttelte Bäumler den Kopf über die Folgen seiner Unbeherrschtheit.

»Na und? Das ist sein gutes Recht. Lass mich mal von jetzt an machen. Dich kann er einschätzen, ihr beiden seid euch zu ähnlich. Ich als Frau habe viel mehr Asse im Ärmel, viel mehr

Möglichkeiten, ihn zu überraschen, glaub mir. Fahr du in der Zwischenzeit schon mal nach Bacharach und schau dir den Schlamassel auf der Burg mit eigenen Augen an, abgemacht?«
»Okay«, sagte Bäumler tonlos und trollte sich wie ein begossener Pudel.

Bächle schwebte keine konkrete Taktik vor, mit der sie Kowalski zum Sprechen bringen wollte, doch ihre Intuition riet ihr, Ruhe zu bewahren und auf den passenden Zeitpunkt zu warten. Sie kehrte ins Verhörzimmer zurück, wo der Pole stoisch brütend saß.

»Entschuldigen Sie den Ausfall meines Kollegen. Wir stehen hier alle ziemlich unter Druck.« Da Kowalski nicht reagierte, fügte sie hinzu:»Noch 'nen Kaffee?«

»Ich will 'nen Anwalt, sonst nix.« Er schaute sie triumphierend an.

Das Spiel ging also weiter.»Klar, ein Anwalt steht Ihnen ja auch zu. Dann machen wir jetzt eine Pause, und Sie können telefonieren. Haben Sie die Nummer?«

»Das lass mal meine Sorge sein«, antwortete Kowalski schroff. Er schien für alles einen Plan zu haben.

Eine Stunde später betrat Bächle ausgiebig gähnend erneut das Verhörzimmer. Inzwischen war es deutlich nach Mitternacht. Mit einem Schlag war sie hellwach. Gab es denn nur einen einzigen Anwalt im Mittelrheintal, oder bestand zwischen Matthusen und Kowalski eine Verbindung, von der sie noch nichts wussten? Abgesehen davon, dass Kowalskis Freundin eine Mätresse des Gurus war beziehungsweise gewesen war.

Gutmann, der neben Kowalski Platz genommen hatte, stand auf, strich sich über den Scheitel und zupfte sein Jackett zurecht. »Frau Bächle. Was für eine Freude, Sie wiederzusehen.« Er musterte sie demonstrativ vom Scheitel bis zur Sohle.»Ich muss schon sagen, wie immer eine höchst angenehme Erscheinung. Seien Sie ehrlich, das hier ist doch keine Umgebung für Sie!«

Abschätzig ließ er den Blick durch das graue Verhörzimmer schweifen, bevor er ihr die Hand reichte.

Die Kommissarin schlug nur widerwillig ein und nahm dann eilig Platz.

»Wo wir gerade beim Thema sind. Herr Kowalski hat mich vollumfänglich informiert. Ihrem Aufstieg, Frau Bächle, steht nichts mehr im Wege. Die Dienstaufsichtsbeschwerde gegen Kriminalhauptkommissar Bäumler wird schon vorbereitet.« Mit diesen Worten setzte sich der Anwalt wieder.

Bächle schluckte ihren Ärger herunter, war entschlossen, sich nicht ablenken zu lassen und sich auf die anstehende Befragung zu konzentrieren. Kurz überlegte sie, ob sie einen Kollegen hinzuziehen sollte, entschied sich aber dagegen, dieses Zeichen von Schwäche auszusenden. »Schön. Dann lassen Sie uns jetzt weitermachen.« Sie drückte auf den Einschaltknopf des Aufnahmegeräts. »Woher genau haben Sie denn das Geld, Herr Kowalski?«

»Mein Mandant hat es gefunden«, antwortete Gutmann anstelle des Polen.

»Aha ... Gerade noch verdient und auf einmal gefunden. Interessant. Und wo, bitt schön?«

»Kann ich mir denken, dass unsere widersprüchlichen Aussagen Sie irritieren. Aber Herr Kowalski wusste, dass Sie ihm nicht glauben würden. Deshalb hat er ein wenig geflunkert.«

»Na gut. Dann hat er das Geld also gefunden. Und wo?«

»Am Flughafen. In einem Mülleimer. Was für ein Zufall, nicht wahr? Sie sagten doch, dass die Tasche etwas mit einer Erpressung zu tun hat. Vermutlich hat der Täter kalte Füße bekommen und sich ihrer auf diese Weise entledigt. Natürlich hätte Herr Kowalski den Fund melden müssen, aber bei hunderttausend Euro musste er sich verständlicherweise erst dazu durchringen.«

Kowalski nickte.

»Glauben Sie ernsthaft, dass Sie damit durchkommen, Herr Gutmann?« Bächle lächelte spöttisch. »Als Herr Wöhler gefesselt in der Laube saß, hat er Ihren Mandanten eindeutig an der Stimme erkannt, während der gerade dabei war, die Hütte in Brand zu stecken. Wenig später haben wir ihn am Flughafen mit der Tasche aufgegriffen. Ich denke, das wäre schon ein zu großer Zufall.«

»Und das sind all Ihre Indizien? An der Stimme erkannt? Sie wissen, dass das niemals reicht, Frau Bächle. Ihre Anschuldigungen sind sehr schwerwiegend. Räuberische Erpressung, Mord. Da müssen Sie sich schon ein bisschen mehr Mühe geben.« Gutmann richtete demonstrativ den Knoten seiner perfekt sitzenden geschmacklosen Krawatte. Er wirkte mit sich und der Welt zufrieden.

Bächle überlegte fieberhaft. Sie drehte sich gerade im Kreis, kam keinen Millimeter voran. War es verantwortlich von ihr, keinen Kollegen hinzugezogen zu haben? Plötzlich hatte sie eine Eingebung. »Herr Gutmann, warum verschwenden Sie eigentlich hier Ihre Zeit? Werden Sie nicht in Bacharach gebraucht? Verdient der Mord an Herrn Matthusen nicht Ihre volle Aufmerksamkeit?«

Der Anwalt zuckte zusammen, blickte erschrocken zu seinem Mandanten.

Der schnellte vor, packte Gutmann am Arm. »Warum hast du mir das verschwiegen? Wer hat das Schwein ermordet?« Kowalski schien zu ahnen, wer hinter dem Mord steckte.

»Den Täter haben wir noch nicht ermittelt«, antwortete Bächle schnell, bevor Gutmann es tun konnte. »Der Guru wurde erstochen in seinem Bett aufgefunden. Noch Fragen?«

»Erstochen?« Kowalski wurde kreidebleich. »Das darf doch alles nicht wahr sein. Und wir waren so kurz davor.« Der Erntehelfer sackte in sich zusammen, vergrub das Gesicht in den Händen.

Bächle hatte die Phalanx des Schweigens zwar durchbrochen, aber keine Ahnung, warum ihr Verdächtiger sich so aufregte. Jetzt galt es, mit der nächsten Frage einen weiteren Wirkungstreffer zu landen. In diesem Moment klingelte ihr Telefon. Unwillig hob sie ab. »Bächle hier. Sprechen Sie nur weiter, wenn es wichtig ist.«

»Ich denke, das ist es. Jagemann hier«, antwortete ein rauchiger Bass und hustete laut.

Bächle hielt das Telefon auf Abstand, um ihre Ohren zu schonen. Aus dem Augenwinkel sah sie, dass Kowalski und sein Anwalt aufgeregt miteinander tuschelten. Sie schienen über etwas unterschiedlicher Meinung zu sein.

Der Bass räusperte sich, fuhr fort. »Wir haben das Fluchtfahrzeug am Flughafen sichergestellt. Die Fingerabdrücke sind eindeutig Kowalski zuzuordnen.« Wieder hustete Jagemann bellend. »Und das Beste: Wir haben in dem Wagen sein Smartphone gefunden. Zwar zertreten, aber ich bin zuversichtlich, dass wir die Daten retten können. Ich dachte, das könnte wichtig sein.«

Bächle jubilierte innerlich. »Das sind ja mal wirklich gute Nachrichten zur rechten Zeit. Ich danke Ihnen.« Sie beendete das Gespräch, schaute triumphierend auf ihr Handy. »Herr Kowalski, Sie sitzen in der Falle. Wir haben Ihr Fahrzeug gefunden und Ihr Handy sichergestellt, aus dem wir die Daten auslesen werden. Es ist nur noch eine Frage der Zeit, bis wir lückenlos nachweisen können, dass Sie es waren, der mit Herrn Wöhler telefoniert hat. Geben Sie auf!«

»Scheiße, was soll's. Ist ohnehin vorbei«, stieß Kowalski hervor.

»Aber Sie müssen sich nicht selbst belasten«, fuhr Gutmann dazwischen.

»Halt's Maul, du schmieriger Arsch!« Kowalski stieß seinen Anwalt von sich. »Es stimmt, ich hab die Winzer erpresst. Ich brauche das Geld, sonst haben die mich an den Eiern.«

»Langsam, langsam, Herr Kowalski. Wer sind die?« Bächle registrierte mit Genugtuung, dass Gutmann anscheinend aufgegeben hatte.

»Na, die polnische Mafia. So fing doch alles an. Mein größter Traum ist ein Weingut in Polen, zusammen mit Magdalena. Ich hatte sogar schon eins gefunden, ganz in der Nähe von Warschau, da hätte wirklich alles gepasst. Nur leisten konnte ich's mir nicht. Deshalb habe ich mir Geld geliehen, aber von den falschen Leuten. Und damit nahm das Elend seinen Lauf.« Gutmann fasste Kowalski am Arm. »Hören Sie auf! Daraus kann man doch eine Geschichte machen, die jeder Richter verstehen wird. Reden Sie sich jetzt bloß nicht um Kopf und Kragen!«

»Schnauze! Vorbei ist vorbei!« Wie zur Bestätigung verpasste Kowalski dem Anwalt einen Fausthieb auf die Brust.

»Herr Kowalski. Ich bitte Sie!«, schritt Bächle ein. »Aber weiter. Warum mussten Sie das Geld erpressen? Sie haben hier doch gearbeitet.«

»Das war ja auch der ursprüngliche Plan. Ich wollte nach Deutschland gehen, arbeiten und den Kredit abbezahlen. Aber diese Typen haben mich eiskalt unter Druck gesetzt. Haben mir ein Ultimatum gestellt. Und dann habe ich angefangen, Autos zu klauen. Hat ja auch funktioniert, bis der Pfarrer dazwischenkam.«

»Der Pfarrer?« Bächle lief es eiskalt den Rücken hinunter, während Gutmann nur noch den Kopf schüttelte.

»Aus Versehen habe ich seine geparkte Schrottbeule gerammt. Er bekam das mit und schoss wie von der Tarantel gestochen aus seiner Scheißkirche raus. Er stellte mich zur Rede, es kam zum Gerangel, und dann ist es halt passiert. War ganz klar Notwehr.«

Gutmann erhob sich. »Ich glaube, ab jetzt bin ich hier überflüssig. Die Dame? Herr Kowalski? Ich empfehle mich.« In kerzengerader Haltung verließ der Anwalt den Vernehmungsraum.

Bächle kommentierte Gutmanns Abgang mit keinem Wort. »Sie geben also zu, Herrn Kaltenborn erschlagen zu haben?«

»Das sagte ich doch gerade. Wollen Sie nicht wissen, wie es weiterging?« Kowalski wischte sich über den Mund.

»Also gut: Wie sind Sie anschließend auf die Idee mit der

Erpressung gekommen?«, nahm Bächle den Ball auf, den er ihr zugespielt hatte.

»Na, wie schon? Meine polnischen Freunde«, mit beiden Zeigefingern malte er Anführungszeichen in die Luft, »halfen mir, den Wagen des Pfarrers verschwinden zu lassen. Der musste ja weg, wegen des Unfalls, um Spuren zu beseitigen. Aber dafür wollten Sie noch mehr Geld von mir. Ein beschissenes Spiel, das können Sie mir glauben.« Kowalski lachte bitter, sprach ohne Aufforderung weiter. Anscheinend war er entschlossen, sich alles von der Seele zu reden. »Ich wusste doch, dass die beiden Winzer Geld haben beziehungsweise hatten, besonders der Wöhler aus seiner Kölner Zeit. Ist ja allgemein bekannt, dass er im Vorstand dieser Aromafirma war. Und natürlich kannte ich ihre empfindlichste Stelle. Ihren heiligen Wein. Hätte ja auch klappen können, wenn der Alt junior mich nicht überrascht hätte, als ich gerade einen seiner Tanks präparieren wollte. Ich glaube, er ahnte von Anfang an, dass ich hinter der Erpressung stecke.«

Das Blut rauschte in Bächles Ohren, hinter ihren Schläfen pochte es. Sie konnte ihr Glück kaum fassen, dass ihr die komplette Geschichte auf dem Silbertablett serviert wurde. Kurz dachte sie daran, dass es im Nachhinein so aussehen musste, als hätte sie Bäumler bewusst weggeschickt, um den Erfolg allein einzufahren. Aber es hatte doch niemand wissen können, dass Kowalski plötzlich wie ein aufgeregtes Rotkehlchen zu singen anfangen würde. Sie war entschlossen, Bäumler nicht wieder zu düpieren. Diese Phase in ihrer Beziehung hatten sie längst hinter sich. »Und dann haben Sie ihm die Rebschere in die Brust gerammt. Weil es ja auf einen Mord mehr oder weniger auch schon nicht mehr ankam.«

»Pass auf, was du sagst, sonst erfährst du gar nichts mehr von mir! Der Mord war genauso wenig geplant wie der am Pfarrer. War doch wieder Notwehr, quasi.«

»Ich verstehe. Und was ist gestern Nachmittag in der Laube passiert?«, fragte Bächle und versuchte, dabei so verständnisvoll wie möglich zu klingen.

»Der Wöhler dachte natürlich, er wär oberschlau. Hat die Tasche mit dem Geld abgestellt, sich hinter die Hecke gehockt und auf mich gewartet. Der Blödmann. Aber er hat mich nicht provoziert, mich nicht angegriffen. Verstehen Sie? Mord aus Notwehr, das ja, aber doch nicht einfach so!«

»Und das Feuer? Wie kam es dazu?«, bohrte Bächle geduldig weiter.

»Na ja«, Kowalski grinste, »das war so was wie eine Eingebung. Ich hatte ihn auf den Stuhl gefesselt, bin dann mit 'ner Fluppe im Mund über einen der Kanister gestolpert und dachte: ›Hey, fackelst ihn mal ab, den Wichser.‹«

»Okay, ich verstehe«, antwortete Bächle mechanisch. »Und Ihnen war nicht klar, dass wir Ihnen auf den Fersen sind?« In Wahrheit verstand sie noch immer nur wenig von dem, was Kowalski da gerade von sich gab. Das Einzige, was ihr klar war, war, dass der anfangs halbwegs geplante Versuch, an Geld zu kommen, in einem irrationalen Blutrausch geendet hatte. Sie musste schnellstens mit Bäumler reden. Erfahren, was er auf der Burg herausgefunden hatte.

27

Bäumler wollte die Tür zum Schlafzimmer öffnen, als ihm der Trupp Kriminaltechniker in weißen Schutzanzügen und mit Metallkoffern bewaffnet entgegenkam. Er ließ die Kollegen passieren, trat ein. Sein Blick fiel auf ein breites, mit weißen Laken bespanntes Doppelbett, in dessen Mitte der splitternackte Tote lag. In seiner Brust steckte etwas, das wie ein Küchenmesser aussah. Arme und Beine waren gespreizt, der Mund stand offen. Die Menge an Blut, die die Brust des Toten und die weiße Bettdecke rot färbte, erinnerte Bäumler an einen Quentin-Tarantino-Film. Ein scheußlicher Anblick. Er schüttelte sich und schaute durch zwei dicke Brillengläser in die wachsamen Augen von Frau Vahlbruch-Wesendonck.

»Wir sind, na ja, das sehen Sie ja selbst. Also, inzwischen fertig. Die Leiche haben wir Ihnen sozusagen, Sie entschuldigen, warmgehalten.«

Bäumler seufzte. »Danke, sehr rücksichtsvoll. Sie meinen also, dass er beim Sex erstochen wurde? Das heißt, wir suchen eine Täterin?«

»Genaueres kann ich erst, also, dafür muss ich ihn erst auf meinem Tisch haben. Ob Mann oder Frau, das kann ich nicht sagen. Kommt ja drauf an. Kenn ja nicht seine Vorlieben. Aber nach der Untersuchung weiß ich mehr.«

»Schon klar. Ich tippe allerdings auf eine Dame aus seinem Harem. Da gibt's ja eine reichliche Auswahl. Sonst noch was?« Bäumler gähnte, rieb sich die Augen.

»Nein. Gestorben ist er an den, das sehen Sie ja selbst, also, an den Messerstichen. Acht Stück habe ich gezählt, aber ich zähl später noch mal in Ruhe nach. Da war wohl, muss ich Ihnen ja nicht erklären, also, eine Menge Wut im Spiel.« Die Rechtsmedizinerin nahm die Brille ab, kniff die Augen zusammen. Auch sie schien müde zu sein.

»Wie's aussieht, eine Beziehungstat. Wo ist denn der Harem hin?«, fragte Bäumler und stellte fest, dass Frau Vahlbruch-Wesendonck ohne Brille wesentlich attraktiver aussah. Warum trug sie keine Kontaktlinsen? Musste ihr mal jemand stecken.

»In den Rittersaal, also, glaube ich. Schauen Sie doch einfach nach. Gleich kommen die Kollegen mit dem Zinksarg, dann ist für mich erst mal Feierabend.« Sie setzte die Brille wieder auf, schob sie sich dicht vor ihre Augen.

»Na, dann …« Bäumler zog seinen imaginären Hut vor der Medizinerin und verließ das Schlafzimmer mit dem Vorsatz herauszufinden, welche der Mätressen ihren Meister so brutal niedergemetzelt hatte.

Im Kamin des Rittersaals knisterte ein Feuer, in den Halterungen an den Wänden steckten brennende Kerzen. Es war so still und feierlich, dass Bäumler die Tür unbewusst behutsam hinter sich zuzog. Wieder saßen die Anhängerinnen und Anhänger des Meisters auf orangefarbenen Kissen, wobei diesmal das rote Chefkissen unbesetzt war. Alle waren ausnahmslos in Weiß gekleidet. Der Kommissar stapfte beherzt in den Raum und blieb in der Mitte des Sitzkreises stehen. Welche Macht musste der Guru gefühlt haben, wenn er hier auf seinem Kissen thronte, umringt von all den bildschönen Frauen, die stets zu seiner Verfügung standen, dachte Bäumler. Ein kurzer Rundumblick zeigte ihm, dass weder Muchingiari noch Wöhlers Mutter unter den Anwesenden waren. Erleichtert räusperte er sich.

Plötzlich öffnete die Frau zur Rechten des roten Kissens die Augen. Es war die Kardinälin. »Müssen Sie unsere Trauer stören? Kann das nicht warten?«, blaffte sie. Die anderen Jünger hielten weiterhin die Augen geschlossen.

Bäumler räusperte sich abermals. »Ich nehme an, Sie wissen, was passiert ist. In diesem Fall ist eine sofortige Befragung unausweichlich.«

»Dann tun Sie, was Sie nicht lassen können.«

Bäumler überlegte fieberhaft. Sollte er vor versammelter

Frauschaft der Reihe nach mit allen sprechen oder sie einzeln in einen Nebenraum bitten? Er entschied sich dafür, zumindest ein paar Fragen sofort in Anwesenheit aller zu stellen.

»Waren Sie zur Tatzeit, also heute am frühen Abend, auf der Burg?«

Alle Jünger nickten.

Das konnte ja heiter werden. Hätte er sich ja denken können, dass sie sich wieder gegenseitig Alibis gaben. »Und wer war mit dem Meister zusammen? Oder waren Sie alle gleichzeitig im Schlafzimmer? Haben gemeinsam mit dem Messer zugestochen?«, fragte Bäumler sarkastisch.

Die Kardinälin hob den Kopf, ließ ihre Mundwinkel nach unten fallen. »Sie sind geschmacklos, Herr Kommissar. So kommen Sie bestimmt nicht weiter.«

Wo sie recht hatte, hatte sie recht. »Wie Sie wollen. Ich kann auch anders. Dann werden wir uns in Matthusens Büro unterhalten. Immer schön der Reihe nach. Niemand von Ihnen verlässt vorher die Burg.« Zur Sicherheit zählte er die Jünger noch einmal durch, bevor er den Rittersaal mit forschem Schritt verließ.

Bäumler lehnte sich zurück, schlug die Beine übereinander, gähnte. Drehte sich auf dem Schreibtischstuhl zur Wand, betrachtete das Gemälde, das über ihm hing. Darauf saß der Guru auf einem Stein am Bachufer. Ein Handtuch um die Hüften geschlungen, badete er die Füße im Wasser. In der rechten Hand hielt er ein mit Rotwein gefülltes Glas. Wohlgefällig ruhte sein Blick auf den leicht bekleideten Mädchen, die wie Nymphen vor ihm im Bach spielten. Die Gesichter der Frauen kamen dem Kommissar bekannt vor. Auch wenn der Maler in puncto Jugendlichkeit bei fast allen übertrieben hatte: Sämtliche Frauen, die er gerade noch im Rittersaal gesehen hatte, waren unzweifelhaft auf dem Gemälde verewigt. Bäumler war kein großer Kunstkenner, aber sich sicher, noch nie etwas Geschmackloseres gesehen zu haben.

»Von Meisterhand geschaffen. Da staunen Sie, was?«, säuselte eine traurige Frauenstimme.

Bäumler fuhr herum. Die Kardinälin war eingetreten, setzte sich langsam und schob ihr weißes Kleid bis über die Knie nach oben. Er schluckte, kniff die Augen zusammen. »Beeindruckend, über welche Fähigkeiten Herr Matthusen verfügt hat. Wie ging es denn in seinem Schlafzimmer zu? Er hatte doch bestimmt seine Lieblingsmädels?«

»Vielleicht, vielleicht aber auch nicht. Er entschied immer sehr spontan, wer ihm Gesellschaft leisten durfte«, antwortete die Hippiefrau schnippisch, fuhr sich durch die Haare und warf den Kopf nach hinten.

»Dann war es also eine Ehre, ihm beiwohnen zu dürfen. Und wer hatte heute die Ehre? Sie, seine rechte Hand? Oder hat er Sie mit einer anderen betrogen?« Bäumler unterdrückte ein Gähnen.

»War mir klar, dass Sie so denken. Aber wir waren nicht eifersüchtig aufeinander. Wenn wir von ihm ausgewählt wurden, waren wir einfach nur glücklich.« Die Kardinälin schaute versonnen, wischte eine Träne fort. »Ich werde Ihnen erzählen, wie das lief. Zum Abendessen hatte der Meister stets Gäste. Wichtige Leute, Wissenschaftler, Minister, Wirtschaftsbosse. Es ging ja immer um Macht und Geld. Wir haben sie bedient, und im Laufe des Abends gab der Meister ein Zeichen, wen er später bei sich haben wollte. Immer dezent, es war nur ein Blick, eine zarte Berührung an der Brust, das reichte. Ach, er war ein so feinfühliger Mann …« Die Kardinälin zog ein Papiertaschentuch hervor, schnäuzte sich.

Bäumler kritzelte eine Notiz in seine abgegriffene Kladde. »Wer war denn an seinem letzten Abend bei ihm?«

»Tut mir leid, aber das weiß ich leider nicht. Die Wahl war ja immer sehr diskret, um die anderen nicht eifersüchtig zu machen.«

»Verstehe, danke. Haben Sie denn einen Verdacht, wer ihn umgebracht haben könnte?«

»Nein. Aber wenn, dann würde ich Ihnen das ganz bestimmt sagen, glauben Sie mir. Ich habe ihn geliebt. Ich will, dass Sie das Schwein finden, das ihn so brutal ermordet hat.« Sie presste die Augenlider aufeinander. Als sie sie wieder öffnete, glänzten ihre Augen feucht.

Bäumler rutschte auf seinem Stuhl hin und her, versuchte, eine bequemere Sitzposition zu finden. »In Ordnung. Das mit dem Protokoll machen wir später. Kennen Sie ja schon. Dann holen Sie mal die nächste von Ihren Kolleginnen rein.« Er seufzte.

Sekunden später betrat Magdalena Król Matthusens Büro, nahm auf der Stuhlkante Platz und setzte sich kerzengerade hin. »Was wollen Sie schon wieder von mir?«, fragte sie scharf.

»Na ja, ich glaub, der Anlass dieses Gesprächs dürfte wohl klar sein, oder? Waren Sie am Abend bei ihm?«

»Nein. Sonst noch Fragen?« Król spitzte genervt die vollen Lippen. Sie waren rot geschminkt.

Bäumler starrte auf ihren Mund. Stimmte es, was Kowalski behauptet hatte? Hatten sie sich wirklich gemeinsam über ihn lustig gemacht? Und durfte er Król überhaupt befragen? Noch dazu allein? War er nicht befangen?

Als schien sie seine Gedanken lesen zu können, nahm ihr Gesicht einen spöttischen Ausdruck an.

»Warum sind Sie eigentlich wieder auf der Burg? Erst liefern sie Ihren Guru an die Polizei, dann kehren Sie zu ihm zurück? Was sagt denn Ihr Freund dazu?«

»Lassen Sie Wojciech aus dem Spiel. Den Mord können Sie ihm nicht anhängen«, presste Król hervor.

»Stimmt. Der hat das perfekte Alibi. Wir haben ihn nämlich auf der Flucht gestellt. Jetzt wohnt er bei uns.«

Das schien gesessen zu haben. Króls Gesichtszüge entgleisten kurz, dann hatte sie sich wieder im Griff. »Sie bluffen doch nur. Ich glaub Ihnen kein Wort.«

Bäumler grinste. Fast war es ihm gelungen, ihre Fassade zum Einsturz zu bringen. »Das ist kein Bluff. Wen haben Sie denn im

Verdacht, wenn weder Sie noch Ihr Freund den Guru ermordet haben wollen? Wen hatte er sich für den Abend ausgesucht?«

»Keine Ahnung. Vielleicht hat der Mord ja was mit den beschissenen Drogen zu tun? Ich hab ihm immer wieder gesagt, dass er von dieser Klonwissenschaftlerin die Finger lassen soll.«

»Das könnte sogar sein.« Bäumler massierte sich den Nacken. Sie würden die Wissenschaftlerin nochmals überprüfen müssen. Die Müdigkeit begann, seine Gedanken zu lähmen. Er würde jetzt Schluss machen und die restlichen Gespräche morgen beziehungsweise heute früh im Präsidium führen. Der Fall lief ihm schon nicht weg. Und vor allem musste er Bächle anrufen. Er war neugierig, wie Kowalskis Vernehmung weiter verlaufen war. Vermutlich war sie wie er kein Stückchen weitergekommen. Die Ermittlungen waren so festgefahren wie ein Rennwagen in einer Sanddüne auf der Rallye Dakar.

28

»Hey, Jaspal, für die Frau, die dich einmal abkriegt, bist du wie
'n Sechser im Lotto.« Paul versetzte seinem Freund einen kräftigen Hieb zwischen die Schulterblätter, grinste verschmitzt.
Alfred Alt lachte herzlich. Er fühlte sich in der Runde sichtlich wohl, schien dankbar zu sein, die Trauer um seinen Sohn
für einen Augenblick verdrängen zu können.
»Stimmt, Paul. Ich habe schon lange nicht mehr so gut ge-
gessen.« Susanne, die Wöhler gegenübersaß, ergriff seine Hand
und drückte sie zärtlich.
»Freut mich, dass meine Rheingauer Küche euch zusagt.
Aber der eigentliche Höhepunkt kommt noch.« Wöhler schaute
zufrieden in die rot glühenden Gesichter seiner Freunde und
rückte seine Schürze zurecht, bevor er zurück in die Küche
ging. Kurz darauf kam er mit vier appetitlich aussehenden Tel-
lern zurück. Auf jedem waren drei Käsestücke, Walnüsse und
ein Klecks grünen Feigensenfs angerichtet. Er stellte die Teller
auf dem Tisch ab, verschwand ein weiteres Mal in der Küche.
Diesmal erschien er wieder mit einer kleinen Flasche Wein in
der Hand. »Eine Riesling-Trockenbeerenauslese von meinem
Bruder Steffen. Hochheimer Hölle, Weingut Wöhler. Noch
jung, aber bereits gut zu trinken.« Er verteilte den goldgelben
Flascheninhalt auf die Gläser seiner Gäste, gönnte zuletzt auch
sich einen ordentlichen Schluck und nahm Platz. »Wir haben
hier drei Sorten französischen Blauschimmel. Ganz links den
Bleu d'Auvergne, ein würzig-kräftiger Klassiker. Daneben den
Bleu des Causses aus dem Languedoc-Roussillon, er ist würzig, kräftig und salzig. Und schließlich den kleinen Bruder des
Königs: den Roquefort«, dozierte Wöhler.
Susanne versuchte, aufmerksam zuzuhören, konnte jedoch
ein Gähnen nicht unterdrücken. Die letzten Tage waren anstrengend gewesen.

»Jetzt aber erst mal zum Wohl.« Der Aromaforscher versenkte die Nase im Glas, verzog verzückt das Gesicht. »Strahlend reines Bukett nach eingelegter Marille, Quitte und Ananas«, murmelte er. »Ich kann gar nicht genug davon bekommen.« Auch Susanne schien wieder wacher zu werden. Mit glänzenden Augen nippte sie, bewegte die Auslese im Mund hin und her, schluckte. »So reif, so fruchtig, so süß … und gleichzeitig so lebendig!« Sie hielt inne, schaute ängstlich zu Alt und war sichtlich froh, dass dieser ebenfalls in den Weingenuss versunken war.

»Echt beeindruckend, das muss man dem Rheingau lassen«, meinte Paul. »Aber wartet mal ab, wenn dein Tod in der Steillage fertig ist, die süße Krönung unseres Sortiments!«

Die Bemerkung des Künstlers blieb unkommentiert. Es folgte eine Stille, die nur durch das Klappern der Gabeln und vereinzeltes Schlürfen unterbrochen wurde.

»Ich bin für den goldenen Kompromiss.« Es war Alt, der als Erster wieder sprach. Er zeigte auf das mittlere der Käsestücke. »Absolut, der Bleu des Causses geht die perfekte Liaison mit der Hölle ein.«

»Ein Satz für die Ewigkeit, Jaspal.« Paul lachte scheppernd. »Weil es gerade so gemütlich ist … Stört es dich, Alfred, wenn wir über den Artikel aus dem ›Rhein-Anzeiger‹ sprechen?« Der Künstler zog ein zerknittertes Papier aus der Tasche, legte es vor sich auf den Tisch und strich es glatt.

»Ach wo. Ich bin ja froh, dass sie den Kerl gefasst haben. Kommt er endlich dahin, wo er hingehört.« Alt leerte das Glas in einem Zug, knallte es auf den Tisch.

Paul griff nach seiner heute quietschgelben Brille, die in seinem wallenden Haupthaar steckte, setzte sie sich auf die Nase und begann vorzulesen: »Bopparder Doppelmord aufgeklärt. Ein Erfolg der Koblenzer Polizei, mit dem nach den jüngsten Blamagen niemand mehr rechnen konnte.«

»Ich kenn den Artikel in- und auswendig.« Alt seufzte, stützte den Kopf in die Hand.

»So wie wir alle«, erwiderte Wöhler, der Angst hatte, dass die Stimmung kippen würde. »Auch wenn wir darin nicht genannt werden, ein bisschen stolz können wir schon auf unseren Plan sein. Er war vielleicht nicht perfekt, hat aber schlussendlich funktioniert.«

»Findest du?«, fragte Susanne. »Du wärst beinahe verbrannt.« Wöhler zuckte zusammen. Wieder spürte er, wie die Hitze der Flammen zunahm, seine Kehle trocken wurde, Todesangst in ihm aufstieg. Er saß gefesselt in der Hütte und erwartete sein Ende. Er war zu keinem Wort fähig.

»Na ja, trotzdem hat Jaspal recht«, schaltete Paul sich ein. »Und Bäumlers Aktion beim ersten Versuch der Geldübergabe hat noch weniger gebracht. Ich finde, wir waren ein super Team. Jaspal als Lockvogel, du als Navigator und ich als unerschrockener Rennfahrer. Zum Glück hat Jaspal Wojciech Kowalskis Stimme erkannt. Nur so konnte die Polizei unseren Erntehelfer festsetzen, bevor er über alle Berge war.« Paul lehnte sich zurück. Er schien rundum zufrieden mit dem, was er, Susanne und Wöhler zum Fahndungserfolg beigetragen hatten.

Alfred Alt wippte mit dem Fuß, räusperte sich. Dann stand er auf, schlug mit seinem Messer gegen sein Glas. »Darf ich um einen Moment der Aufmerksamkeit bitten?«, fragte er unsicher.

Sofort waren aller Augen auf ihn gerichtet. Niemand schien zu ahnen, was jetzt kommen würde.

»Nun ja«, begann er. »Ich bin ja nicht mehr der Jüngste, und jetzt, wo Daniel tot ist … Außerdem sind da noch diese Qvevri oder wie die heißen, von denen eine ja schon gefüllt ist. Kurzum, Jaspal, ich schlage vor, dass wir fusionieren. Was meinst du dazu?« Fragend schaute der alte Winzer Wöhler an. Seine Augen waren gerötet.

Wöhler war überrumpelt, sah schnell zu Paul, zu Susanne, erkannte Zustimmung in ihren Gesichtern. »Na klar, Alfred«, sagte er kurz entschlossen. »Es wäre mir eine Ehre! Ich helfe dir gerne … Und das mit dem Orange Wine bekommen wir auch noch hin, deswegen mach dir mal keinen Kopf!«

Alfred Alt lächelte erleichtert, setzte sich wieder. Die Sorge um die Zukunft seines Lebenswerkes schien durch Wöhlers Antwort von ihm genommen worden zu sein.

»Auf das Weingut Wöhler und Alt. Tradition und Moderne unter einem Dach vereint.« Paul erhob das Glas, sie prosteten sich zu und nahmen einen kräftigen Schluck des trockenen Gutsrieslings, den Alt mitgebracht hatte und den sie zum Essen getrunken hatten.

»Und warum nicht Zeehse und Alt? Das wäre doch viel passender«, fragte Wöhler, der bereits eine Ahnung hatte, wie die Antwort lauten würde.

»Ach, Jaspal, ich bin dir doch kaum eine Hilfe im Alltag. Mein Vorschlag ist, dass ich mich ganz der Vinea widme und mich aus dem Weingut zurückziehe. Dann musst du dich wenigstens nicht mehr um das Vereinsgeklüngel kümmern.«

Wöhler nickte. Etwas in der Art hatte er erwartet. Und vielleicht war es sogar besser so. Trotzdem hatte er Mühe, den Ärger darüber zu unterdrücken, als ihm der Gedanke kam, dass Paul und Alt alles offensichtlich schon vorher hinter seinem Rücken miteinander abgesprochen hatten. Doch bevor er sich in das Gefühl, hintergangen worden zu sein, hineinsteigern konnte, meldete sich Susanne zu Wort.

»Ich bleib mal sitzen, aber bitte, hört mir trotzdem zu. Ich hab's gemacht. Endlich die Scheidung eingereicht.« Sie hielt kurz inne. »Ihr glaubt gar nicht, wie erleichtert ich bin.«

»Das … das ist toll, Susanne!« Wöhler sprang auf, ging um den Tisch herum zu ihr, drehte ihr Gesicht zu sich. Als er sie unter dem Applaus von Alt und Paul zärtlich küsste, spürte er, dass er endgültig als Winzer am Mittelrhein angekommen war.

Zögernd drückte Bäumler den Klingelknopf, der fein säuberlich mit »Król / Kowalski« beschriftet war. Nichts passierte. Verstohlen schaute er zu Bächle, die so erwartungsvoll auf die Tür starrte, als hoffte sie auf ein biblisches Wunder. Am Morgen hatte die JVA angerufen und die schreckliche Nachricht übermittelt. Die Kommissare, die nach einer gemeinsam verbrachten Nacht in Bäumlers Wohnung zusammen frühstückten, waren sich einig gewesen, sofort zu Król zu fahren. Ausgerechnet nach einer solchen Nacht und ausgerechnet am Frühstückstisch, dachte Bäumler. Was für ein beschissener Beruf und was für ein beschissenes Timing. Beim nächsten Versuch ließ er den Zeigefinger eine Weile auf dem Knopf verharren, bevor er die Hand zurückzog. Als endlich ein Summen ertönte, drückte Bächle blitzschnell die Tür auf und ließ Bäumler vorbei.

Król stand im Hausflur, die Hände in die Hüften gestemmt. »Ach, Sie sind's. Sie können gleich wieder gehen. Ich habe alles gesagt, das Protokoll ist unterschrieben. Tschö!«

Sie drehte sich um, doch Bäumler reagierte sofort. »Halt, bitte! Wir müssen Ihnen etwas sagen, etwas sehr Wichtiges. Aber nicht hier im Gang. Dürfen wir reinkommen?«

Król wandte sich den Polizisten wieder zu, studierte ihren ernsten Gesichtsausdruck, schien zu begreifen. »Wenn das so ist, bitte. Kommen Sie«, antwortete sie sichtbar beunruhigt.

Bäumler setzte sich neben Bächle auf das Sofa. Króls Absätze klackten auf dem Linoleumboden. Auch heute trug sie wieder einen gefährlich kurzen Rock, nahm aber gesittet in der Mitte des Sessels Platz. Bäumler spürte, wie das Blut ihm in den Kopf schoss. War die Wohnung überheizt, oder lief er gerade Gefahr, dass ihm seine Souveränität entglitt?

»Was wollen Sie? Ich hab nicht ewig Zeit!« Król fuhr mit dem rot lackierten Nagel des rechten Mittelfingers immer wieder über den Daumennagel.

Bäumler hustete trocken, blickte zu Bächle, dann zu Król. »Wir müssen Ihnen eine traurige Nachricht überbringen. Wir haben heute Morgen erfahren, dass Wojciech Kowalski sich in der vergangenen Nacht in seiner Zelle erhängt hat. Es tut uns wirklich sehr leid.« Der Kommissar war froh, diese Sätze, die zu den schwersten seines Metiers gehörten, fehlerfrei hervorgebracht zu haben.

Król schaute fassungslos, zwinkerte mehrmals, schüttelte dann den Kopf. »Sie wollen mich doch verarschen. Verschwinden Sie! Sofort!« Sie sprang von dem Sessel auf, funkelte die Beamten wütend an.

»Bitte, setzen Sie sich wieder. Glauben Sie mir, es ist die Wahrheit.« Bäumler sprach beschwörend, war erleichtert, als Król wieder Platz nahm.

Erst jetzt schien sie zu begreifen, verbarg ihren Kopf in den Händen und begann hemmungslos zu weinen. »Wojciech, mein armer geliebter Wojciech, wie konnte ich nur …«

Bächle stand auf, ging zu ihr hinüber, berührte sie sanft an der Schulter. »Es tut uns sehr leid. Können wir Ihnen irgendwie helfen? Gleich kommt eine Kollegin vom psychologischen Dienst.«

Król schluchzte auf. »Sie hätten auf ihn aufpassen müssen. Ich hätte …«

Bäumler lauschte aufmerksam. Er hatte Witterung aufgenommen. »Was meinten Sie gerade mit: ›Wie konnte ich nur …‹? Dass Sie wieder zum Guru zurückgekehrt sind?«

»Sie haben doch keine Ahnung.« Król schnellte so überraschend hoch, dass Bächle, die immer noch hinter ihr stand, einen Schritt zurückwich. »Ich habe nie aufgehört, Wojciech zu lieben. Der Guru hat uns alle nur benutzt, dieses Schwein. Wir Frauen waren nichts als Spielzeuge für ihn. Keine wagte es, sich zu wehren, ihn dazu zu zwingen, sich zwischen uns zu entscheiden. Weil es Ihnen, der Polizei, nicht gelungen war, ihn zur Rechenschaft zu ziehen, noch nicht einmal wegen der Drogen, von denen ich gar nichts gewusst habe, habe ich zugestoßen, einmal, zweimal, immer wieder. Jemand musste doch etwas tun. Ich wollte ihn beseitigen, bevor ich mit Wojciech verschwinde. Hätte ich geahnt, dass Sie ihn schon gefasst hatten … Dass unser Traum längst geplatzt war …« Króls Blick war leer, sie schien die Anwesenheit der Kommissare kaum noch zu bemerken.

»Welcher Traum?«, fragte Bäumler leise.

»Na, der von einem eigenen Weingut in unserer Heimat.«
Król schluchzte wieder laut auf.

Der Kommissar nickte. Er hätte es nicht für möglich gehalten, dass jemand so weit gehen würde, um sich einen Traum zu erfüllen, den er nicht einmal im Ansatz nachvollziehen konnte. Aber begriffen hatte er, dass Król eine Frau war, die besitzen wollte: ihn, den Guru, Kowalski ... und ein Weingut. Der Fall, der ihnen vor wenigen Stunden noch so festgefahren vorgekommen war, war tatsächlich gelöst. Er blickte zu Bächle und konnte spüren, dass ihr ähnliche Gedanken durch den Kopf gingen.

»Schieferkraftwerk, *marvellous*«, murmelte Julian Somerset, der bekannte englische Weinkritiker und tippte eifrig etwas in sein Tablet. »Warm hier«, fügte er hinzu. Er zog sein kariertes Jackett aus, hängte es über die Leiter, die vor dem rechten der drei Stahltanks stand, krempelte sich die Ärmel hoch.

Wöhler schmunzelte. Es war alles andere als warm im spätherbstlichen Keller – zwölf Grad, wie eigentlich das ganze Jahr über –, doch der Engländer schien das anders zu empfinden. Susanne trug eine Winterjacke und hatte sich einen Wollschal um den Hals gewickelt.

»Die ganze Technik hat nicht geholfen. Ich wollte es zum Weitergären überreden, aber das Schieferkraftwerk hatte seinen eigenen Kopf.« Wöhler deutete auf das Display an der Wand, das die Innentemperatur der Tanks auf ein Zehntelgrad genau anzeigte. »Ich hatte einen Sollwert eingestellt, die Temperatur ansteigen lassen, um die Gärung wieder anzuschieben. Aber nein, es war Schluss.«

»Und der Wein hat korrekt entschieden. Ihr hier im Rheintal seid halt Dickköpfe. Dieser Guru von Bacharach hat es übrigens bis in die englischen Boulevardblätter geschafft. Da hatte er sich wahrlich ein schlechtes Pflaster für seine Mission ausgesucht. War ja klar: Wenn ihr ihn hier nicht wollt, dann hält er sich nicht lange. Aber sein Ende war schon brutal.«

»In den letzten Wochen herrschte im Tal der Ausnahmezustand. Aber zum Glück ist ja wieder Ruhe eingekehrt.« Susanne trank ihr Glas leer, schaute Wöhler liebevoll an.

»Immerhin haben wir es ihm zu verdanken, dass du jetzt Orange Wine machst, *great*, Jaspal! Probieren wir nun den dritten Tank? Die Lössruhe, richtig?«

Vor seinem inneren Auge sah Wöhler wieder die Ratten und ihre abgetrennten Köpfe in dem rot gefärbten Wein schwimmen. Der Aromaforscher schüttelte den Kopf. »Der Tank ist leider leer«, sagte er traurig. »Jemand hat den Inhalt … nun, formulieren wir es mal so … sabotiert. Derselbe Erntehelfer, der den Pfarrer und Daniel umgebracht hat, hat uns erpresst und die Lössruhe vergiftet.«

Somerset ließ entsetzt das Tablet sinken. »Es gibt also keinen einzigen Tropfen Lössruhe mehr?«

»Nun ja … Ein paar Tropfen schon. Aber nicht viel.« Wöhler zeigte auf ein kleines, zweihundertfünfzig Liter fassendes Holzfass, das dem leeren Stahltank gegenüberstand. »Das Viertelfuderfass ist alles, was wir noch haben. Etwas größer als ein Barrique, die Eiche kommt aus der Eifel. Stammt noch von Lizzie, der Vorbesitzerin. Ich hatte eine kleine Partie der Lössruhe getrennt ausgebaut. War eigentlich als Experiment gedacht, aber nun ist es alles, was davon noch übrig ist.« Wöhler zog das Gärröhrchen aus dem Spundloch, steckte einen durchsichtigen Schlauch in das Fass, saugte daran, klemmte den Schlauch mit den Fingern zu, ließ in jedes der drei Gläser gekonnt einen Schwung der hellgelben Flüssigkeit schießen, entfernte den Schlauch und setzte das Röhrchen wieder auf.

Somerset nahm einen Schluck, bewegte den Wein schmatzend im Mund hin und her, schluckte. »Wow, wow, wow! Das schmeckt man sofort, dass das ein ganz besonderer Tropfen ist.« Er legte sein Tablet beiseite. »Der ist dicht und cremig, ich rieche reife Aprikosen und gelagerte Äpfel. Im Untergrund lauert der Schiefer, die lebendige Säure verleiht ihm Spiel und Struktur. Dieser Wein ist nach einer stürmischen Jugend zur Ruhe gekommen.«

»Das kannst du laut sagen«, bemerkte Wöhler nachdenklich. »Ich spüre deutlich, dass hier Großes beginnt.« Somerset schaute bedeutungsvoll in die Gesichter von Susanne und Wöhler. »Anfang Mai, wenn eure Weine auf der Flasche sind, komme ich wieder. Ich kann es kaum erwarten.« Er nahm noch einen weiteren Schluck von der Lössruhe und kaute genießerisch darauf herum.

Als sein Handy klingelte, runzelte Wöhler die Stirn. Normalerweise hatte er im Keller kaum Empfang. Bestimmt ein Kunde, der bestellen oder seinen Besuch anmelden wollte. Er zog das Telefon aus der Hosentasche, hob ab. »Weingut Wöhler und Alt, Jaspal Wöhler hier.« Der neue Name fühlte sich immer noch fremd an.

»Hallo, Jaspal«, antwortete eine rauchige, nervös klingende Frauenstimme. »Hier ist Claire aus Freiburg. Du erinnerst dich doch noch an den Sommer '92?«

Wöhlers Gedanken rasten, sein Puls beschleunigte sich. Selbstverständlich erinnerte er sich an Claire. Erst vor Kurzem hatte er an sie gedacht, als Susanne ihn auf seine Kinderlosigkeit angesprochen hatte. Claire. Ein unbeschwerter Sommer während des Studiums. Lange Nächte bei Raclette, Elsässer Weinen und Gesprächen über Gott und die Welt. Sein altes Holzbett, das für zwei viel zu eng gewesen war. Sie hatte den Schlussstrich gezogen. Warum eigentlich? Das Leben war mit Höchstgeschwindigkeit weitergerast, ohne diese Frage zu beantworten. »Natürlich. Hallo, Claire. Wir haben ewig nichts voneinander gehört. Wie lange eigentlich? Fünfundzwanzig Jahre?« Wöhler sprach in normaler Lautstärke, hatte schließlich nichts zu verbergen.

»Genau. Ein Vierteljahrhundert. Fast so lang, wie Lena alt ist. Sie wurde im April '93 geboren und wird nächstes Jahr fünfundzwanzig.« Claire klang vorwurfsvoll.

»Du hast eine Tochter? Das freut mich.« Doch Wöhler ahnte, dass es mit dieser lapidaren Bemerkung nicht getan war. Er sah Claire wieder vor sich im Chemie-Hörsaal sitzen, roch den Pfirsichduft ihres Shampoos, der in ihren Haaren hing.

»Wir, Jaspal. Lena ist unsere Tochter. Das wollte ich dir sagen, bevor es zu spät ist.« Claires Atem rasselte. »Mir ist klar, dass ich viel zu lange damit gewartet habe.«

Wöhler fühlte nichts als gähnende Leere in sich. Hatte Susanne Pfarrer Kaltenborn nicht praktisch das Gleiche am Abend seines Todes gebeichtet? Drehte sich das Leben denn ständig im Kreis? Versuchte nicht jeder krampfhaft, selbst die Richtung zu bestimmen, und wurde am Ende doch nur an der Nase herumgeführt? Wöhler schaute in Susannes fragendes Gesicht und suchte darin vergeblich nach einer Antwort.

Dank

Neulich sagte mir ein befreundeter Autor, er könne die Qualität eines Romans bereits an der Danksagung erkennen. Also gut, ich gebe mir Mühe. Mein erster Dank geht an die Winzerinnen und Winzer des Mittelrheintals. Ohne sie wäre dieser Weinkrimi naturgemäß niemals entstanden. Ich bewundere ihre Geduld – nicht nur mit dem arbeitsintensiven Produkt Wein, sondern auch mit mir, wenn es um die Beantwortung meiner vielen Fragen geht.

Zudem danke ich meinen Testleserinnen und Testlesern Matthias Boll, Ursula Mogg, Edeltraut Kümmel sowie Doris und Maik Burmeister. Euer Feedback war Gold wert und hat mir bei der Erstellung des Manuskriptes sehr geholfen.

Karin, meine Frau, weiß ich immer an meiner Seite, und dafür bin ich ihr sehr dankbar.

Daniela Nagel danke ich für ihre Unterstützung bei der Erstellung eines aussagekräftigen Exposés.

Meine Lektorin Susanne Bartel hat mir eine Menge Arbeit bereitet. Aber genau das ist ja auch ihr Job. Vielen Dank für die akribische Durchsicht, die dem Text lesbar gutgetan hat.

Last, but not least, wie man so schön sagt, danke ich dem Emons Verlag und seinem gesamten Team!